源氏物語と皇権の風景

小山利彦

大修館書店

源氏物語と皇権の風景　目次

序に代えて——文学から見える平安京

『源氏物語』の雅びな風景は皇権の最高空間として構築された大内裏・内裏において催される宮中行事と、院や離宮への行幸と、社寺詣に際しての行列や行粧《ぎょうしょう》において展開されている。次いで光源氏が構築した栄華の極限を尽くした四季の町から成る六条院を中心にして、折々の時節を見事に彩った催しが高潮した物語を形成している。平安京における大内裏や内裏も発掘調査によって遺跡が明らかになっている。平安京の中心に当たる大内裏や朱雀大路を検証する場合には、平安京における朱雀大路と重なる現在の道路、千本通りを注視する。その大路の真北に位置し、平安京造営の基点となった重要地点として船岡山の山頂、岩座の位置まで登るのである。船岡山は『枕草子』「岡は」の章段で嚆矢《こうし》に掲げられる。『今昔物語集』巻第二十八、第三話「円融院の御子《ね》の日《ひ》に曽祢《そねの》吉忠《よしただ》参れること」において、この岡で子の日の行幸が行われていることを伝えている。初春に長寿を願う小松引きという宮中行事が斎行される神聖な空間でもあった。この船岡山頂から真南を望んだ方角こそ、平安京の中枢空間の風景である。皇朝の政庁が建ち並ぶ大内裏、その中に天皇居住空間であり、文人貴紳や后・女房が侍し典雅な宮中文化形成の場でもあった内裏も構築されていた。大内裏の南辺にはその正門たる朱雀門が開いていた。清澄な日に船岡山の頂から東寺五重塔を望めば東寺の西側に二十八丈、約八十四メートルに近い朱雀大路が走っていたことになる。著者が平安京を案内する折にも先ずこの景観を展望して、都の規模を実観することから検証を開始する。この風景の中に平安京の文化が花開き、そうした風景・思想・信仰・生活を文学として表出し、それがその後の日本文化伝統の基底となっていくのである。

大極殿の風景

平安京に遷都しての初春は延暦十四年（七九五）のこと、まだ大内裏の正殿たる大極殿も完成しないまま、新京を祝う唐伝来の初春行事、踏歌が執り行われる。朝堂院の中で北に位置し、儀式が斎行される聖空間が大極殿である。『類聚國史』にはその頌歌が書き留められている。

山城顕レ楽、旧来伝
帝宅新成、最《モ》可レ憐
郊野道平、千里望
山河擅《ほしいままニシテ》レ美、四周連
　新京楽　平安楽土　万年春

山城国に平安京と名付けた新しい帝都を遷し、皇城を造営している状況を歌いあげている。四方は山紫に恵まれ、東に賀茂川が西に桂川の清流が、潤いの豊かな自然を形成していることを寿いでいる。平安京が永遠の繁栄をするように祈りを込めている。この宮中行事は『源氏物語』でも描かれ、

図１　平安神宮と右近の橘――大極殿に模す

初音の巻・真木柱の巻・竹河の巻などで物語空間を飾っている。光源氏が栄華の邸宅として新造された六条院の初春を描写している。光源氏の後を継承する次世代のヒロイン玉鬘の君や、源氏亡き後の主役となる薫の君の活躍の空間が形成されている。

翌延暦十五年（七九六）の正月に至り、ようやく大極殿が完成し、文武百官の朝賀を受けるのである。大極殿の位置は現在の千本通りと丸太町通りの交差点に当たる。これまでの「大極殿遺阯」碑のある千本丸太町上る西側の内野児童公園内の位置とは異なる。千本丸太町の交差点は「朝堂院跡」の説明板や、大極殿における天皇の控えの間である「小安殿《こあどの》」の碑が設置されている。この大極殿を模して建造されているのが平安神宮である（図１）。

平安神宮は大内裏のみならず平安京において最大の殿舎であった大極殿から見れば半分の高さすらない。しかし平安京に遷都を果たした桓武天皇を祭神として祀った神殿は大極殿を模しており、東に蒼龍楼、西に白虎楼が伸びている。神殿前は左近の桜・右近の橘が植え付けられて聖域であることを示し、龍尾壇から拝することができる。神宮の神門は朝堂院の正門、応天門を模している。

『源氏物語』絵合の巻において、宮中あげての絵の名品がその優劣を競われるという中に、朱雀院からも梅壺の女御の許に届けられている。「延喜の帝」即ち後世聖帝として崇められる実在の帝、醍醐天皇が詞書《ことばがき》をお添えあそばした宮中の年中行事絵巻に加えて、朱雀院自身の御代の伊勢斎宮下向に際しての大極殿の儀式を描いた宮中行事絵巻が目を奪う。実は梅壺の女御のかつて斎宮に卜《ぼく》定《じょう》された折の思い出が深く刻まれた史実と、文学時空とが入り混じった風景である。

皇祖神たる天照大神に対して天皇に代わって奉斎するために、内親王又は女王など皇統の姫宮が伊勢斎宮に卜定される。賢木の巻において朱雀帝の御代の斎宮として、六条御息所の姫君である、若き日の梅壺女御と称される姫君が斎宮となっている。十四歳で伊勢へ下向するのは非常に苛酷な人生と言える。上流貴族の姫君であれば、入内を果たすのにふさわしい年齢である。勅を発する朱雀帝ですら、落涙せずにいられない場面となっている。しかし祭政においては最高に神聖な女君となるわけである。そんな尊貴な役割を務めた上で、光源氏の養女として冷泉帝の許に入内し、後宮の梅壺の女御と称される。斎宮をも務めたことで斎宮女御とも呼ばれ、後に秋好中宮とも称されるように后として最高の位に到達している。祭政の頂点を極める大内裏の正殿である大極殿を舞台とする描写は、朱雀帝・冷泉帝・今上帝の即位式でもなく、秋好中宮の若き日の大極殿での別れの御櫛を授ける儀式が名場面として物語の中で活かされている。絵巻を描いた絵師も「公茂《きんもち》」という巨《こ》勢金岡《せのかなおか》の孫に当たる実在の人名が使われている。大極殿での斎宮の別れの御櫛は、若菜上の巻における朱雀院鍾愛《しょうあい》の女三の宮の裳着に際して、秋好中宮から御髪上《みぐしあ》げの具として、

　さしながら昔を今に伝ふれば玉の小櫛ぞ神さびにける

という三十一文字《みそひともじ》とともに贈られている。近世の碩学、本居宣長の『源氏物語』研究書はこの神聖な宮中行事に関わる言説を敷いて、『源氏物語玉の小櫛』の書名を冠することになる。

紫宸殿の風景

紫宸殿は内裏における正殿として、帝の元服や譲位・立后・立太子等の宮中儀式や、元日・白馬・踏歌・豊明節会《とよのあかりのせちえ》などが行われる。平安中期以降は次第に大極殿に代わる重要な空間となる。平安京の発掘調査の成果として、上京区下立売通浄福寺西入の地点に「平安宮内裏承明門跡」碑が建っている。承明門は紫宸殿南庭の南正門で、外郭には建礼門が対峙している。現京都御所でも再

現され、春秋の公開時には開門され、紫宸殿全景を望むことができる。出土品として建造物守護を祈願した輪宝や橛《けつ》が見出されている。今日の京都御所における中心殿舎は紫宸殿である。紫宸殿には天皇即位式で使用される、高御座《たかみくら》が据えられている。東隣には后が着座する御帳台《みちょうだい》が並んでおり、背後には『古今著聞集』巻第十一にも絵は巨勢金岡、銘は小野道風筆と記される、中国の賢君明臣を描いた障屏が立てられている。南面の庭、南庭《だんてい》には左近の桜・右近の橘が植栽されている。『源氏物語』桐壺の巻には朱雀帝元服の儀のことを触れるが、何ら詳細な描写はない。名場面とされるのは、花宴の巻において左近の桜の下（図2）で春鶯囀《しゅんのうでん》を舞う光源氏の晴れ姿である。この舞は『楽家録』によると、唐の高宗（六四九～六八三）が立太子礼の朝鶯の鳴く音を聴いて、楽人白明達に命じて作曲させている。

『楽府』近代曲辞に張祜の「春鶯囀」がある。

興慶池南柳未レ開
太真先把二一枝梅一
内人已唱二春鶯囀一
花下傞傞《トシテ》　軟舞来

図2　紫宸殿と南庭左近の桜

唐の宮殿の興慶池に咲いている梅を一枝楊貴妃が折り、女性の楽人が春鶯囀を歌うと、酔った楊貴妃が興にまかせて舞を踊っている、という歌詞となっている。唐のこの舞曲を、仁明天皇（八三三～八五〇）の御代に百十三歳の楽人尾張浜主に舞わせたという（『続日本後紀』）。この曲の和名は「和風長寿楽」とか「和風天長楽」「天長宝寿楽」「天長最寿楽」と呼ばれ、春の訪れや長寿を祝う曲とされる。唐高宗や仁明天皇も神仙思想や道教に関心のある帝王である。『源氏物語』においても、内裏の正殿、紫宸殿の満開の桜の下で光源氏は舞うことにより、父桐壺帝の長寿を祈ることになる。満座の喝采を得、物語の最も華美な場面を造りあげる。醍醐天皇の延喜の御代のみならず、仁明天皇の承和の御代の出来事も敷かれているのである。

清涼殿・後宮の風景

内裏の中で天皇が日常の生活を行う御殿である。間仕切も多く複雑な屋内構造を有している。天皇の御座は「昼の御座《おまし》」で孫廂《まごびさし》に侍臣が伺候し、政を奏上したり勅に与る（図3）。北側には玉輿に乗った后妃が参上する、上の御局《みつぼね》がある。南側には殿上人が侍る殿上の間があり、貴族達の憧れの空間である。孫廂には仕切りや障屏画としての「昆明池《こめいち》の障子」や手長足長《てながあしなが》を描いた「荒海の障子」が設置されている。東側の庭は東庭と称され、呉竹や漢竹が植え付けられている。

『源氏物語』においては桐壺帝・朱雀帝・冷泉帝・今上帝の四代の天皇がこの御殿の主となっている。殊に桐壺帝の御代には「女御・更衣あまた」と語られる、栄華の風景が描写されている。右大臣女弘徽殿女御腹には立太子した朱雀帝、父の身分の低い桐壺更衣腹の御子、賜姓源氏光は左大臣家の婿にした。内親王という最高の姫宮であった藤壺は立后し、薄雲女院という女君として最高の存在となった。藤壺や弘徽殿は尊貴者の娘、権勢の娘ということで、清涼殿の中に上の御局を与えられている。懐妊中のため朱雀院行幸に同行できない藤壺のために、この清涼殿で試楽が催され、これが紅葉賀宴ということになる。青海波という舞楽が奏され、光源氏は頭中将とともに舞うのである。何か不吉な予感をさえ懐かせるほどの美貌を有する光源氏に比べれば、貴公子としての頭中将も「花のかたはらの深山木」に喩えられてしまう。舞楽の音色も極楽浄土に棲む霊鳥、迦陵頻伽《かりょうびんが》の声かとも紛う素晴らしさであった。先帝の長寿を祝う賀宴を名邸として名高い朱雀院へ行幸し

図3　紅葉御覧の趣向に飾った清涼殿

て、桐壺帝の御代の栄華を披露するという目的を持っている。青海波《せいがいは》という舞楽は輪台という序の舞を備え、楽人も「四十人の垣代《かいしろ》」によって演奏される。龍宮のような仙境の楽を彷彿とさせる曲相を有している。ただ光源氏の私的な想いは憧憬の貴婦人である藤壺への恋情を秘めていた。光源氏の後朝《きぬぎぬ》の贈歌に、源氏の御子を懐妊している藤壺も懊悩の極みにありながら、浮世離れした舞い姿に感動して唐国の故事に喩えた和歌を詠んでいる。

　唐人の袖ふることは遠けれど立ちゐにつけて
　あはれとは見き

趙后飛燕が袖を振って舞う中で登仙しそうになったという故事を思い起こすような、光源氏の卓越した才芸を讃えている。源氏もこの藤壺の返歌を尊い経文を拝受したかのように見入っている。

後宮とは后妃や帝に近侍する女房達が居住しまた用務を行使する殿舎である。帝の殿舎である紫宸殿や清涼殿の後方に位置している。五舎七殿の殿舎から成っている。五舎は飛香舎《ひぎょうしゃ》（藤壺）・凝《ぎょう》華舎《かしゃ》（梅壺）・襲芳舎《しほうしゃ》（雷鳴壺《かんなりつぼ》）・昭陽舎《しょうようしゃ》（梨壺）・淑景舎《しげいしゃ》（桐壺）である。七殿は承香殿《じょうきょうでん》・弘徽《こき》殿《でん》・登華殿《とうかでん》・常寧殿《じょうねいでん》・貞観殿《じょうがんでん》・麗景殿《れいけいでん》・宣耀殿《せんようでん》である。

『源氏物語』の最高の女君、中宮となり、唯一人薄雲女院と称される藤壺。この局は現在の京都御所に保存されている（図４）。南面の御殿では中壺に藤棚を植栽している。獅子を備えた后の御座が整えられている。江戸時代の建造であるが、檜皮葺《ひわだぶ》きの屋根・蔀戸《しとみど》・勾欄《こうらん》のある簀子《すのこ》と平安時代の面影を留めている。明治天皇の昭憲皇太后の皇后冊立《さくりつ》の儀が斎行されもしている。この藤壺は平安京の後宮の重要な空間であり、『源氏物語』においてもこの局の女主人は最高位の皇后として女性像の頂点に立って、物語の空間を支配していると言える。

朱雀大路の風景

大内裏の正門、朱雀門から二十八丈（約八十四メートル）の朱雀大路が南に伸びている。その南端には平安京の正門、羅城門が開いている。大路の両側には唐風に柳がそよいでいた。催馬楽『浅緑』には「浅緑濃い縹《はなだ》　染めかけたりとみるまでに　玉光る下光る新京朱雀のしだり柳云々」と歌

図4　中壺に藤棚のある京都御所の藤壺

われている。行幸の巻における冷泉帝の大原野行幸に際しての路程は、醍醐皇子重明《しげあきら》親王の日記『李部王記《りほうおうき》』延長六年（九二八）の記事が参考になる。行幸の一行は朱雀門から出てこの朱雀大路を南下し、五条で西に折れて桂川方向を目指している。朱雀門は『伴大納言絵詞』に描かれてもいる。

二条城の南西部には大学寮跡・藤原氏の勧学院・在原氏の奨学院・和気氏の弘文院などの学院がある。少女の巻では光源氏が嫡子夕霧を大学寮で学ばせている。朱雀大路の西側三条から四条にかけての八町の地域は広大な朱雀院跡である。紅葉賀の巻での桐壺帝の行幸があり、少女の巻では南池で夕霧に対しての放島の試が行われる。七条付近の東西にはそれぞれ東鴻臚館《こうろかん》（図5）・西鴻臚館が営まれていた。渡来する外国人に対する迎賓館があり、桐壺の巻では高麗《こま》の人相見が登場しており、光源氏の生涯を占っている。往時は遣唐使は廃止され、主たる交流は渤海からの使節であった。彼らがこの賓館の客人であった。菅原道真・紀長谷雄等文人貴紳も詩文の交歓を試みており、『菅家文草』や『本朝文粋』に入集されている。延喜二十年（九二〇）は渤海使裴璆《はいきゅう》に正三位を授けている。しかし九二六年に至り、渤海は契丹のために滅ぼされている。以後大陸・半島からの正使による交流は途絶える。『源氏物語』の成立した十一世紀初頭からみれば百年近い以前の大陸文化との交流風景である。

朱雀大路の南端に開いている門がこの平安京の正門、羅城門である。この羅城門は天元三年（九八〇）七月に暴風雨で倒壊してからは再建されることがなかった。道長ですら法成寺の礎石にこの門の石を利用している。『源氏物語』においてもこの平安京の正門が描写されることはない。大原野行幸に際しては大内裏正門の朱雀門から出御して、朱雀大路を五条で西に折れて、桂に向かっている。『源氏物語』の風景は一条天皇の御代より古い時空が敷かれていると言えよう。延喜・天暦の御代をも含めて、文徳・仁明そして嵯峨天皇に遡る御代の風景が活かされていると理解している。朱雀院や冷然院（後に冷泉院と改称）などの空間も、皇位を退位した上皇が晩年を送る贅を尽くした後院《こういん》として、行幸などの雅びな風景が展開していた。渤海の正使一行にも踏歌などの初春行事や、夏においては端午の節供の催し等の、唐国に起源を有する宮中行事を見物させている。もちろん前掲の文人貴紳らの詩宴も漢詩文集に書き留められている。

図５　島原角屋の位置にある東鴻臚館址

洛外の聖なる風景

平安京の地主神を祀る賀茂御祖《みおや》神社（通称下鴨神社）、そしてさらに洛北に鎮まる賀茂別雷《わけいかづち》神社（通称上賀茂神社）も皇城条里空間の洛外にある。四月中酉日の賀茂祭には宮中からの勅使列と斎院女人列の行粧《ぎょうしょう》は新緑の一条大路を飾った。見物《みもの》として貴種まで集い、敷の上や立てた牛車の中の風景も華やかな装いで、御簾の下や牛車からは様々の色を重ねた出し衣《いだしぎぬ》の袖口や裾の彩りを賞でる。この行粧の行き着く先が糺《ただす》の森に鎮まる賀茂御祖神社であり（図６）、さらに賀茂川を上流に遡り神山《こうやま》の南麓に鎮まる賀茂別雷神社である。華やかな行粧は『源氏物語』『枕草子』、そして歴史性を敷いた『栄花物語』や『今昔物語集』等にも描写されている。

そうした宮中からの行粧に加えて、平安京地主神としての祭祀や信仰を踏まえて平安時代に成立した文学を読み進めていくことが肝要である。『源氏物語』の世界については、主に第二章において皇権と賀茂の神との連関から考察を加えている。若紫の登場する北山は賀茂の神の降臨・生誕する聖地でもある。紫の上が都人の前に初登場するのは賀茂祭の見物《みもの》の折で、光源氏との同車という派手な設定を仕立てている。また光源氏の一人娘明石の姫君の入内が決まったところで、その養母として紫の上が賀茂の御生《みあ》れに詣でている。朝顔の君についても、斎院というこの役割が物語上の重々しい存在を形成している。賀茂祭で神から授けられる葵は、懸詞である「逢ふ日」という発想と結び付く。それ故男女の出逢いを設定する。また女三の宮と柏木の密通事件も斎院御禊の多忙に紛れた中で発生するのである。また賀茂御祖神社の瀬見の小川周辺の発掘や古絵図によって、平安時代における境内の有様を再現していく作業も興味深いものがある。

離宮である雲林院については京都文化博物館が発掘作業を試み、報告書が公にされた。大宮大路北延長路に雲林院南大門が開いていたと想定される。またこの門前を西に折れて雲林院の西側に沿うて北上する道筋があり、その道を辿り上賀茂神社に到着する。いわゆる賀茂祭の帰路に当たる「祭の還《かえ》さ」で斎院へ戻り着く路程とみる。雲林院の前身は詩宴も開かれた離宮で、後に六歌仙の僧正遍照が関わる寺院でもある。『源氏物語』では賢木の巻において光源氏が参籠する寺院に設定される。朱雀帝に入内するはずの右大臣家の娘で、弘徽殿女御の妹にも当たる朧月夜との恋も重な

図6　賀茂御祖神社に参入する斎院女人列

り、光源氏は逆境の極にあり、雲林院で仏教への救済を祈念している。この間にも光源氏は朝顔の斎院に文を贈り、尽きることのない禁断の恋を重ねていく。「祭の還さ」は名苑の風景を留める雲林院を通り、この紫野斎院までの路程である。さらに南下して一条大路で大宮大路本道となるのである。この大宮大路北延長路は洛外の北辺の有力な道筋となっている。本著の第一章「三」において考察を加えている。

さらに洛西にある嵯峨院も嵯峨天皇以来の名跡である。『源氏物語』の時代においてはすでに大覚寺となっている。ここでも往時の「名古曽の滝」周辺が発掘されている。詩文や和歌にも詠まれた嵯峨院跡である。『源氏物語』においても松風の巻に「大覚寺の南に当たりて、滝殿の心ばへ云々」と描写される。光源氏も皇権の空間を活かした御堂の造営を行っている。この地の饗宴で御神楽《みかぐら》「其駒《そのこま》」を奏上している。御神楽は天皇が皇祖神天照大神・歴代の天皇霊そして八百万《やおよろず》の神々をお慰めする、神聖な歌舞である。光源氏も皇権の地、嵯峨野において近衛の武官を率いてこの聖楽を奏上している。一人娘明石の姫君の入内を予祝するかのような、光源氏の営為を描写しているものと第一章の「五」において考察している。

本著では『源氏物語』の表出した風景を、平安時代という時間・空間に据えて稿を重ねている。そのような時空の中軸を支配しているのが、平安時代の律令体制の頂点に立つ皇権という言説である。光源氏の神聖な権力は三種の神器の「玉」を具備した、「玉光る男御子」の一代記ということになる。そうした稀有の才色に恵まれた貴公子が、物語でありながら理想化した歴史的時空に身を委ねている。その途上には厳しい貴種流離譚も展開している。宮中行事も皇権を支える重々しい祭政であり、雅びで華麗な文学上の風景を表出しているのである。

第一章　源氏物語の聖なる風景

一　光源氏の皇権とその風景

(一)　はじめに

光源氏物語における院・邸第・殿舎は基底に平安京の空間が活かされて、物語の風景が形成されている。殊に平安京やその周辺における発掘資料は、史実に加えて物語空間を理解する上で非常に有益である。漢詩文・和歌・物語・説話で高名な舞台となった、雲林院《うりんいん》・嵯峨院庭園名古曽《なこそ》の滝跡の発掘資料(1)も刊行された。本著においても論稿に活用している。雲林院跡は苑池に迫り出した水閣跡が出土し、歌学書において記載されている歌枕としての風景とも異質なデータが指摘されている(2)。また四町の広さを有する雲林院は大宮大路北延長路とどのような位置関係にあったのかについても、発掘によって新たな実態を導くことができる。これまでの大宮大路北延長路が直線的に伸びていたとは認めることができず、雲林院の東西中央部の南門が開き、また南門を西に折れ塀伝いに北上する道の位置付けであったと推定される。嵯峨院の名古曽の滝を中心にした庭園においても、一般的に理解している落差のある滝を想定できない地形であることを明らかにしている。[3]

さらに平安京内の発掘調査が行われ、京都市埋蔵文化財研究所等から報告書が公にされている。京都市考古資料館で入手できる「リーフレット京都」という発掘ニュースパンフレットも、早急な報告資料として利便である。これらは当研究所の創立記念として二〇周年（一九九六年）・二五周年（二〇〇一年）・三〇周年（二〇〇六年）に際して、『つちの中の京都』三冊にまとめられて、それらによって発掘活動の成果が通観できる。

本稿では平安京の心臓部に当たる大内裏・内裏の遺跡、そして中軸線としての大内裏の正門たる朱雀門からまっすぐ南に伸びる朱雀大路の周辺の政庁殿舎に視点を置いてみる。皇権祭政の中心空間として、『源氏物語』においても大極殿・紫宸殿・清涼殿・後宮・朱雀院・冷泉院・大学寮・鴻臚館などは重要な物語空間を形成している。殊に紙幅の関係で、大内裏・内裏の発掘資料を注視して考察を重ねてみたい。平安京と現在の京都市は殊に東西の位置関係でかなりの移動が認められる（図1）。

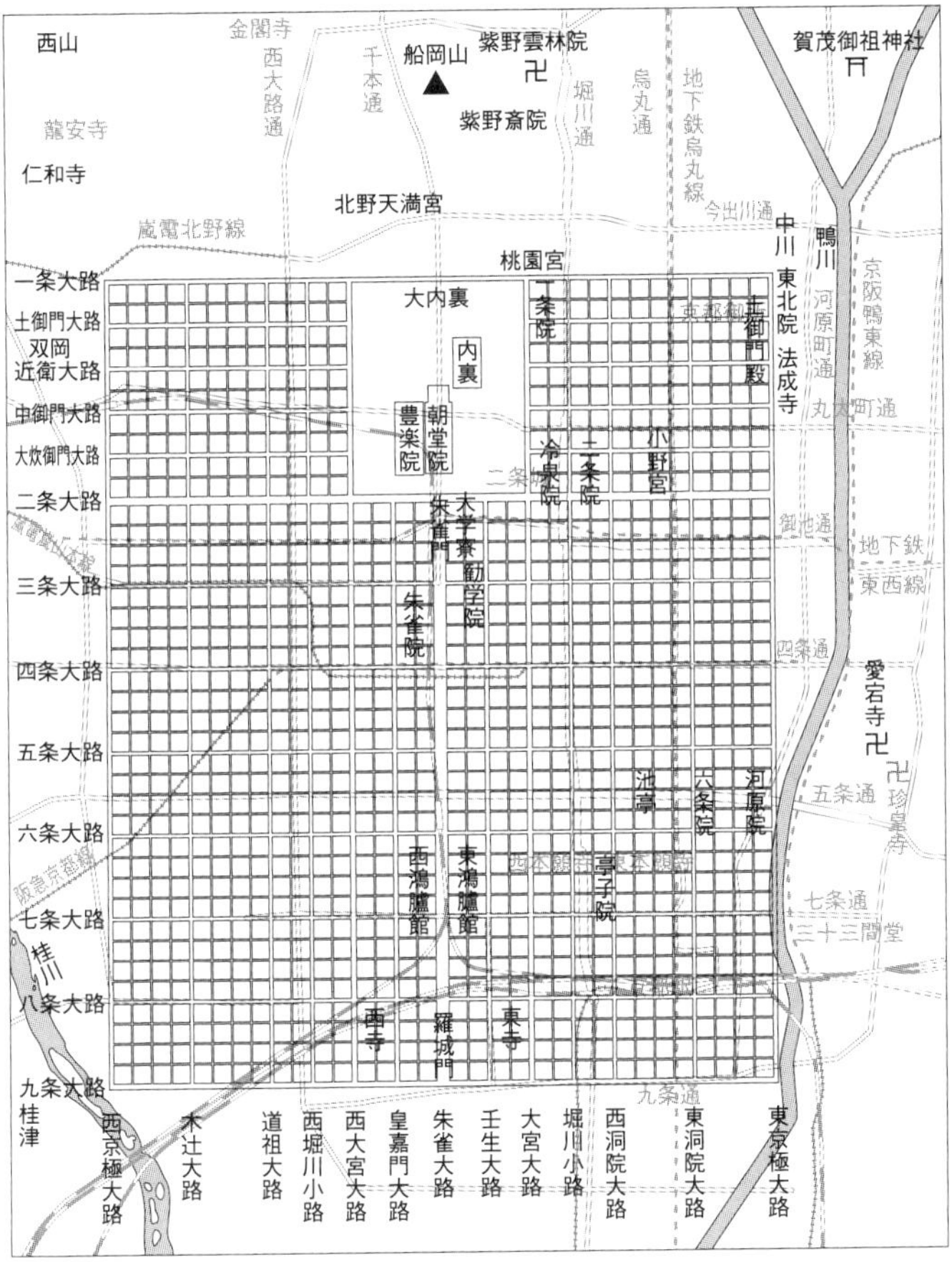

平安京と京都市

図1　平安京と京都市

㈡ 大内裏の時空と源氏物語

大内裏は東西を両大宮大路に、南北を一条大路から二条大路に囲まれた、東西約一キロメートル、南北約一・四キロメートルの縦に長い空間である。朝堂院・豊楽院《ぶらくいん》さらに二官八省の官衙が建ち並び、天皇の居住・祭政用空間である内裏の殿舎が整然と配置された宮域となっている（図2）。東西の中軸線上に位置している殿舎が、大内裏の正殿に当たる、朝堂院である。院内の中枢部は北側の一段と高い、龍尾壇（『年中行事絵巻』では「龍尾道」となっている）上に建っている大極殿である。平安京最大のこの殿舎は遷都時の延暦十三年（七九四）十月に完成していたわけではない。ようやく、延暦十五年の正月朔日になって、桓武天皇がこの大極殿で群臣の朝賀を受けている。平安京の造宮職《ぞうぐうしき》が廃止されたのは延暦二十四年（八〇五）のことで(4)、ここの時点ですら平安宮の造営は完成していなかった。急な山城国への遷都や、民衆の疲弊という事情などがあったことが、『日本後紀』においても窺い知ることができる。弘仁六年（八一五）朝堂院修理のために尾張・三河・美濃・越前等の諸国から役民が召し出され、大修理が行なわれている(5)。大内裏の殿舎や諸門も弘仁九年（八一八）に唐風な名称に改められ、嵯峨天皇・空海・橘逸勢《はやなり》といういわゆる三筆が諸門の額を書いたと伝承されている。平城上皇による平城京還都を越えて、嵯峨天皇が体制を回復した成果として、ようやく平安宮も整備されたのである。平安京発掘資料は基本的文献として『平安京提要』に集約されている。その後、京都市埋蔵文化財研究所・京都市考古資料館・京都市歴史資料館

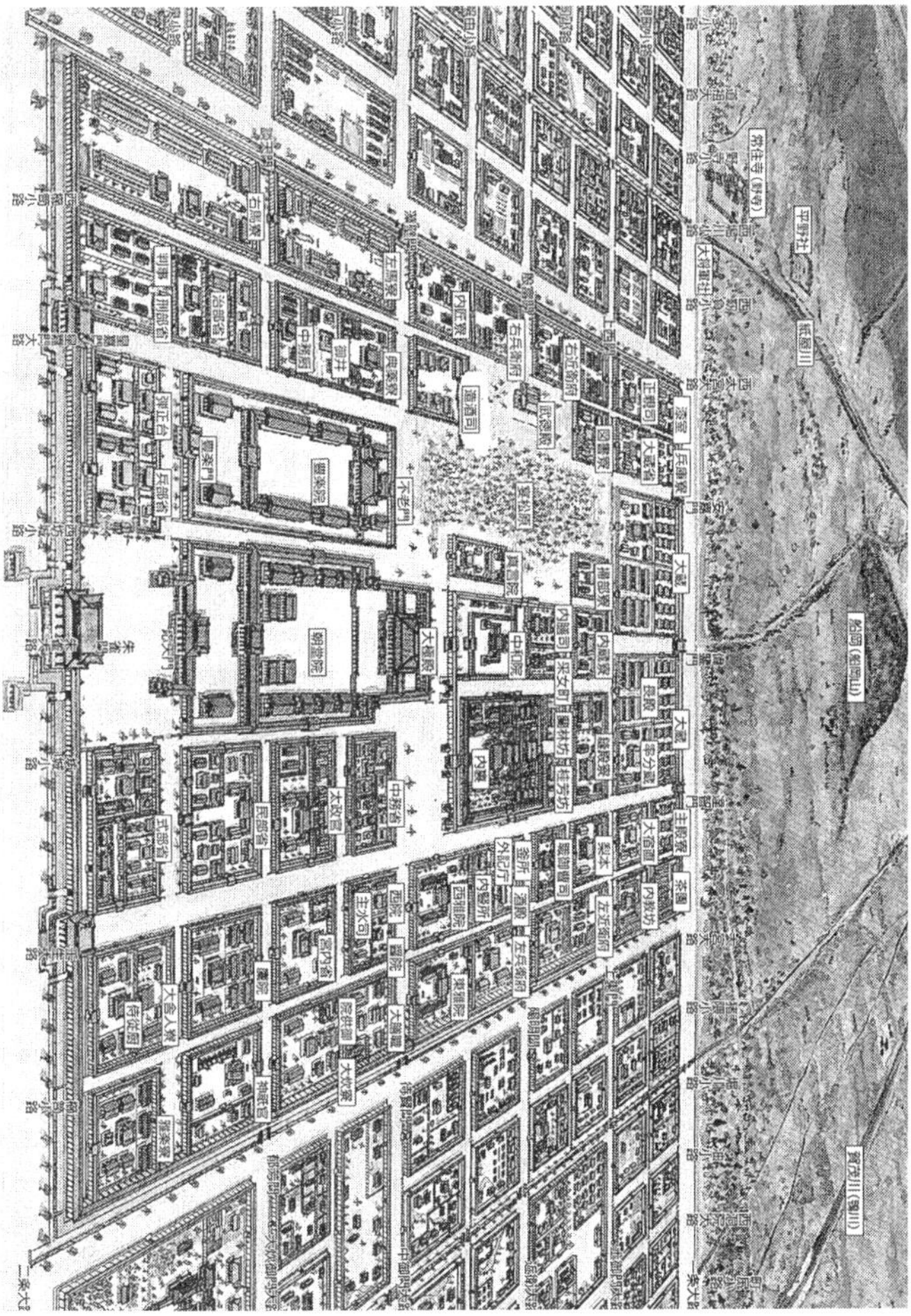

図2　平安宮復元図（梶川敏夫画）

図３　内野児童公園内
「大極殿遺阯」碑

図４　千本通丸太町東入る
「朝堂院説明板」

等の展示、発掘成果の報告によって、大内裏の建築実態がより明白となる。

現在上京区千本通丸太町上る西側に建っている、内野児童公園内の「大極殿遺阯」の大きな石碑（図3）も、大極殿の正しい位置ではないことが明確となった。現在位置で言えば、千本通丸太町の交差点付近が大極殿の位置であることが証明された。大内裏の正殿である大極殿は現在前掲の交差点、千本通丸太町西入る北側に建つ「平安宮朝堂院跡」碑、東入る南側に設置された「朝堂院説明板」（図4）に囲まれた空間の方に大極殿が聳え、龍尾壇が広がっていたと推定される。

千本通丸太町交差点のさらに北方、千本丸太町上る東側の地点にある大極殿北面回廊跡では壇《だん》上積《じょうつみ》基《き》壇《だん》が確認されている。凝灰岩の切石を使用している。大極殿基壇南縁の新発見もあり、南

図5　大極殿を模した平安神宮（蒼龍楼方向）

北の状況が解明されてきている。梶川敏夫はこの発掘成果[6]を活かして、数々の復元図を制作している。「甦る平安京」展の図録や『平安京図会　復元模型の巻』において、「大極殿復元図」をも制作している。従来考えられていたのは、入母屋《いりもや》造りか寄棟《よせむね》造りの単層の殿舎ということであった。しかし発掘資料によって重層の入母屋造りに復元している。京都市埋蔵文化財研究所における判断根拠として、発掘情況とともに、今日縮小して模した建造物である平安神宮（図5）の規模をも考慮しているものと思われる。大極殿は東大寺大仏殿約四十五メートルに続く高さを誇っていたと見なされ、平安神宮の神殿の高さは説明板の数字では五十四尺即ち十六メートル強である。[7]龍尾壇に当たる部分までの高さもあるし、現在の平安神宮神殿は二十メートル近いと推測される。とすれば、

図６　応天門を模した平安神宮神門

往時の大極殿は平安神宮の高さの二倍ほどの高さを有するわけで、大層な高さを誇っていた。その高さであれば、屋根も重層と考えた方が合理的である。

大内裏遺跡発掘における一大発見として、その正殿たる朝堂院の大極殿が解明されたことは前述の通りで、殿舎の基壇の凝灰岩を用いた切石が掘り出されている。最重要の宮中祭祀が執り行われている聖空間である。龍尾壇の南域には東側に昌福堂・含章堂・承光堂・明礼堂、西側に延休堂・含嘉堂・顕章堂・延禄堂、南側に暉章堂・修式堂・康楽堂・永寧堂といわれる朝堂十二堂が並んでいる。それらの南門が会昌門である。その前には貴族達の参集に際して使用する東西の朝集堂がある。さらに朝堂院全体の南の正門が応天門（図6）で、重層の建造物として梶川敏夫の制作画に

図7　大内裏朱雀門跡碑

図8　平安宮豊楽殿跡碑

描かれている。その南に大内裏全体の正門として朱雀門が聳え、朱雀大路に通じているのである（図7）。国宝『伴大納言絵詞』では、応天門の火災見物に都人が駆け抜けていく朱雀門周辺が描かれている。いわゆる貞観八年（八六六）閏三月十日の応天門の変を描いた絵巻である。

　この朝堂院は国家的重要儀式が催される施設であるが、西隣にそうした儀式に伴う饗宴を催す施設として豊楽院がある。この院の中心である豊楽殿が、昭和六十二年（一九八七）に発掘調査された(8)。平成六年（一九九四）建都千二百年記念行事として催された「甦る平安京」という企画展では、豊楽殿から出土した鬼瓦・鳳凰《ほうおう》のレリーフを有する鴟尾《しび》と鴟尾復元模型・緑釉軒先瓦《りょくゆうのきさき》等が展示されていて、平成十七年（二〇〇五）六月九日に国指定重要文化財に選定されている、という。

豊楽殿跡も平成二年（一九九〇）に国の史跡指定を受け、市有地として保存されている、ということである。それ故、この殿舎を参考にして、朝堂院そしてその正殿たる大極殿を探る重要な参考資料ともなっている。本稿でもその史跡の石碑を掲載している（図8）。平安宮豊楽殿跡出土品については、国の重要文化財指定を受けた年の京都市埋蔵文化財研究所で発行している「リーフレット京都」の二〇〇号において、写真掲載並びに解説を添えている。この資料は京都市埋蔵文化財研究所創立三十周年記念版として刊行された、『つちの中の京都 3』（ユニプラン）に収録されている。写真資料として京都アスニーで発行している『平安京図会 復元模型の巻』において、写真と解説が加えられている。大極殿と対をなす天皇制下の重要施設として、屋根・柱などにもふさわしい権威を示す趣向が取り入れられている。豊楽殿の北隣には清暑堂《せいしょどう》があり、即位儀式である大嘗会《だいじょうえ》に際して、御神楽《みかぐら》などを奉奏される聖域でもあった。天皇の高御座《たかみくら》なども備えられ、天皇の聖性・権威を発揮する晴れの場である。全体像として発掘空間が乏しい、大極殿の発掘情況を理解する上でも、参考資料を提供している重要史跡である。

『源氏物語』において、天皇制の権威・律令政治の頂点としての朝堂院の正殿たる大極殿を登場させているのは、絵合の巻である。冷泉帝の後宮において梅壺女御方と弘徽殿女御方との間で、絵合による寵愛競べが催されることになる。梅壺女御は六条御息所の一人娘で伊勢斎宮を務めて、光源氏の内大臣の養女として入内している。弘徽殿女御は現在光源氏に続く権力者である権中納言の后《きさき》がね（后となるべく大切に育てられた女君）である。表向き、二后の間での風流競べとは言いながら、一方では後見たる光源氏と権中納言の権力闘争の意味を含んでいる(9)。須磨・明石の両巻の絵日記や物語合に注目した研究が多い。本稿では、朱雀院が斎宮を務めた梅壺女御に贈った年中行事絵を注視してみる。

院にもかかること聞かせたまひて、梅壺に御絵ども奉らせたまへり。年の内の節会どものおもしろく興あるを、昔の上手どものとりどりに描けるに、延喜の御手づから事の心書かせたまへるに、またわが御世のことも描かせたまへる巻に、かの斎宮の下りたまひし日の大極殿の儀式、御心にしみて思しければ、描くべきやうくはしく仰せられて、公茂《きむもち》が仕うまつれるがいといみじきを奉らせたまへり。艶に透きたる沈《ぢん》の箱に、同じき心葉《こころば》のさまなどいといまめかし。御消息《せうそこ》はただ言葉にて、院の殿上にさぶらふ左近中将を御使にてあり。かの大極殿の御輿寄せたる所の神々しきに、

身こそかくしめのほかなれそのかみの心のうちを忘れしもせず

とのみあり。聞こえたまはざらむもいとかたじけなければ、苦しう思しながら、昔の御髪ざしの端をいささか折りて、

しめのうちは昔にあらぬ心地して神代のことも今ぞ恋しき

とて、縹《はなだ》の唐の紙につつみて参らせたまふ。御使の禄などいとなまめかし。

（新編日本古典文学全集版『源氏物語』を用いる。以下は省略）

朱雀院が梅壺女御の許にいろいろな絵を与えている。四季折々の節会の有様を昔の名人が最高の筆をふるい、醍醐天皇が御自身で詞書をお書きあそばした絵巻に加えて、朱雀帝の御代の宮中行事絵も制作していた。斎宮その人の下向に際しての、大極殿の儀式も含まれていた。朱雀帝が斎宮に与えた別れの御櫛を少し折って三十一文字を返している、というものである。皇祖神である天照大神に対し、帝の御杖代《みつえしろ》（天皇の代わりとなって神に仕える神聖な皇統の女性）として下向するに際して、大極殿に斎宮の御輿を寄せた有様を描いた、宮中行事絵も入っていたのである。

天皇親政の御代は祭政が皇権の聖性を担っている。朱雀帝の御代では前代の桐壺帝と比して、宮中行事が少ない。そんな中で即位に関わる賀茂祭御禊《ごけい》と伊勢斎宮への下向が注目される。賀茂祭は皇城地主神に対する帝の御杖代としての斎院御禊で、即位後最初の祭祀として重い意味を担っている。斎院には同じ弘徽殿大后腹の女三の宮を卜定《ぼくじょう》しており、朱雀帝・右大臣側の格別の配慮が窺える。斎宮には六条御息所腹の姫君である。その姫の伊勢下向は賢木の巻で、年齢としては十四歳のことである。皇族や高級貴族の姫君であれば、結婚適齢期のはずである。朱雀後宮へ入内しても良いはずの姫君が、皇祖神天照大神へ帝の御杖代として奉仕するという、聖なる役割を務めている。

しかしながら視角を変えれば、尊貴な姫君の貴種流離譚である。同じように神に仕える身として結婚や仏教も禁忌としながらも、斎院は都の内、斎宮は遠く伊勢へ下向して大層鄙びた世界に身を置かねばならないし、苛酷さでは比較にならない。朱雀帝から賜った別れの御櫛の重さも、いっそう偲ばれる。朱雀帝も院となって、和歌で「注連《しめ》の外《ほか》」と詠む身の上と転じていても、「そのかみの心のうちを」ということで、皇祖神にお仕えしていた斎宮としての神聖なお身の上であった昔を深く心奥に刻んでいる。対する斎宮女御の答歌も同様に、「神代のこと」即ち斎宮であった神聖な身の上を今となっても大切に心に留めているのである。その儀式絵は朱雀帝自らが指図あそばして、巨勢公茂《こせのきんもち》に描かせている、と語っている。公茂は『古今著聞集』巻第十一「巨勢公忠自画の屛風に必ず署名せし事」の説話では、「帥《そち》の大臣」即ち藤原伊周《これちか》と共に記されているので、一条朝の絵師と推定できる。画には大極殿に寄せる斎宮の御輿が、「神々しき」までに描かれていた。

前述のように大極殿は天皇制祭政の中心に当たる朝堂院（大内裏）の正殿であり、平安京最大の殿舎である。その建築様式を踏襲する平安神宮の社殿の二倍以上の、四十メートルを超える重層の巨大建築物であった、と推定されている。それが龍尾壇（道）という一段と高い、祭祀を催す聖場の上に建っている。龍尾壇の下方には親王皇族の座である延休堂や、大臣の侍する昌福堂、大納言・中納言・参議の侍する含章堂など、皇族・皇臣が居並ぶ十二堂が建ち並んでいる。物語の描写によれば、斎宮の御輿は龍尾壇に登り、さらに帝の高御座の置かれた大極殿に寄せたとある。皇族・斎宮は高官の目を集めながら一段と高い聖場において、帝から別れの御櫛を賜っているのである。後にこの場面が宮中行事絵巻として描かれ、典範として伝承されていることになる。賢木の巻において描かれる大極殿別れの御櫛の儀の段階では、「物見車多かる日なり」とは記されるものの、視点は斎宮の母六条御息所の方に重きがある。中間部に斎宮の周辺の描写が挟まれている。

斎宮十四にぞなりたまひける。いとうつくしうおはするさまを、うるはしうしたてたてまつりたまへるぞ、いとゆゆしきまで見えたまふを、帝御心動きて、別れの櫛奉りたまふほど、いとあはれにてしほたれさせたまひぬ。

出でたまふを待ちたてまつるとて、八省に立てつづけたる出車《いだしぐるま》どもの袖口、色あひも、目馴れぬさまに心にくきけしきなれば、殿上人どもも、私の別れ惜しむ多かり。

斎宮は十四歳であり、その身の上に思いを馳せれば、朱雀帝は我が身の御杖代として別れの御櫛を賜ることの複雑な心情に、万感迫るものがある。供奉《ぐぶ》する女房達の色あいも見事な趣向の出車は、「八省」院に並び立っている。八省院は物語唯一の言説である。嵯峨朝の弘仁年間、朝堂院の別称として八省院を用いるようになる。一般読者が光源氏と六条御息所との悲劇的別離を注視する詞章の中に、斎宮下向の大極殿別れの御櫛の儀が、改まった格調高い行間において語られている。この宮中行事が絵合の巻で格式ある絵（巻）として披露される。帝の御杖代として皇祖神にお仕えした重さは、斎宮女御に対する冷泉帝の寵愛を減ずるものでないのは当然である。

さらにこの別れの御櫛はその後の物語展開に関わってくる。若菜上の巻において朱雀院が鍾愛《しょうあい》して止まなかった第三皇女、女三の宮の裳着が行われる。斎宮女御も絵合において勝利を得て、中宮となっている。女三の宮はちょうど、秋好中宮が斎宮下向したくらいの年齢を迎えている。朱雀院出家後後見のことも考慮して、六条院光源氏への輿入れを決意するのである。冷泉帝・東宮をはじめとして稀に見る「いかめしき御いそぎ」となっていた。腰結《こしゆい》役は太政大臣である。秋好中宮からは衣裳・櫛の箱が届いている。

中宮よりも、御装束、櫛の箱心ことに調ぜさせたまひて、かの昔の御髪上《みぐしあげ》の具、ゆゑあるさまに改め加へて、さすがにもとの心ばへも失はず、それと見せて、その日の夕つ方奉れさせたまふ。宮（中宮のこと）の権亮《ごんのすけ》、院（朱雀院のこと）の殿上にもさぶらふを御使にて、姫宮（女三の宮のこと）御方に参らすべくのたまはせつれど、かかる言《こと》ぞ中にありける。

中宮　さしながら昔を今につたふれば玉の小櫛《をぐし》ぞ神さびにける

院御覧じつけて、あはれに思し出でらるることもありけり。あえものけしうはあらじと譲りきこえたまへるほど、げに面だたしき簪《かむざし》なれば、御返りも、昔のあはれをばさしおきて、

朱雀院さしつぎに見るものにもが万代《よろづよ》をつげの小櫛の神さぶるまで
とぞ祝ひきこえたまへる。

秋好中宮から女三の宮に贈られた「御髪上《みぐしあげ》の具」は単なる装身具としての櫛ではなく、大極殿における神聖な祭具としての別れの御櫛なのである。皇祖神にお仕えして、さらに冷泉後宮に入内して、絵合において宮中行事絵（巻）として寵愛競べにも勝利して立后に至るという人生。女君の生き方として頂点に辿り着くことのできたシンボルが、「神さび」た「玉の小櫛」である。中宮も女三の宮の裳着に際して、最高の贈り物を返している。別れの御櫛のもう一方の対象が朱雀院である。院の答歌においても、その「柘植《つげ》の小櫛」にあやかって、「万代」の幸運を待ち望んでいるわけである。あの斎宮下向に際しての大極殿での別れの御櫛の儀は、天皇政治において頂点に立つ大内裏の正殿における儀式として、物語展開に大いなる重さを示現しているもの、と思われる。

㈢　内裏の時空と源氏物語

内裏は平安宮である大内裏における、天皇の居住空間である。桓武天皇が平安京に遷都して居住することになるので、大内裏の中では最も早く完成している。それが天徳四年（九六〇）九月二十三日に焼亡して以来、何度も再建と焼亡を繰り返している。現在西陣などの住宅密集地域にあり、位置の確実な実証はなかなか進んではいない。しかし『平安博物館研究紀要』第三輯などに平安京内裏内郭回廊跡の調査報告(10)がなされている。上京区下立売通土屋町西入南側に「平安京内裏内郭回廊跡」の石碑が建っている。西縁の基壇跡約二十七メートルが発掘されている（図9）。また下立売通浄福寺西入南側に、「平安宮内裏承明門跡」の碑が建っている。地鎮遺構として祭具が発見されている。輪宝《りんぽう》や橛《けつ》などである。

「承明門雨落溝と地鎮遺構」は、『平安京提要』口絵9において掲載されている。承明門は紫宸殿の南庭《だんてい》への入口の正門である。紫宸殿は内裏の晴れの正殿である。村上朝の天徳四年（九六〇）九月二十三日の内裏焼亡を初めとして、円融朝でも貞元元年（九七六）、天元五年（九八二）に焼失している。『源氏物語』製作時の御代、一条朝でも永祚元年（九八三）八月十三日に殿舎が倒壊したり、正暦五年（九九四）二月一日には弘徽殿や藤壺が放火に遇っている。さらに長保元年（九九九）六月十四日、長保三年（一〇〇一）十一月十八日や、寛弘二年（一〇〇五）十一月十五日などに内裏が炎上している。殊に寛弘二年の罹災では

図9　内裏内郭回廊跡
（梶川敏夫提供資料）

神鏡が被災して、宮中には大いに動揺している。(11) ともかく十数回の罹災に遇いながらもこの紫宸殿を中心にした内裏は再建されている。天皇制律令政治の中心であった大内裏、その中の大極殿から内裏の紫宸殿に宮中行事の場が移ってきているのである。

現在の京都御所も紫宸殿に天皇即位のシンボルである高御座が据えられている。往時はその周囲に天皇の徳政を補佐する君臣をイメージしている、「賢聖《けんじょう》の障子」が設けられていたのである。紫宸殿前の空間南庭には左近の桜・右近の橘が植栽され、祭政が営まれる。その南庭の正門は承明門で、その南に内裏の正門である四足門《よつあしもん》様式の建礼門が偉容を誇っている。葵祭や時代祭の宮中進発の場所とされている。本章で注視している内裏発掘遺跡は、そうした紫宸殿の南庭正門、承明門の周辺を再現したことになるのである。正に皇権の心臓部がようやく地中から浮かび出たということになる。今日の京都の地名は経済性・政治力中心の呼び方が踏襲されているようで、王朝の空間まで溯上するようにはなっていない。その空間の中世期の名称、即ち応仁の乱における西軍の陣地を示す語である「西陣」が、地域の地名となっている。現代の京都の代表産業の名称である織物業を優先してのことであろう。王朝の遺跡調査の総本山の一所である京都市考古資料館の入口にも、堂々たる「西陣」の碑が建てられている。この場所は「今出川通大宮東入」の住所であれば、大内裏の東側を示す、「大宮大路」の説明板でも欲しいというのが筆者の思いである。大宮大路は葵祭の還《かえ》さの路程であり、『枕草子』で清少納言が胸をはずませた、紫野斎院そして雲林院・知足院そ

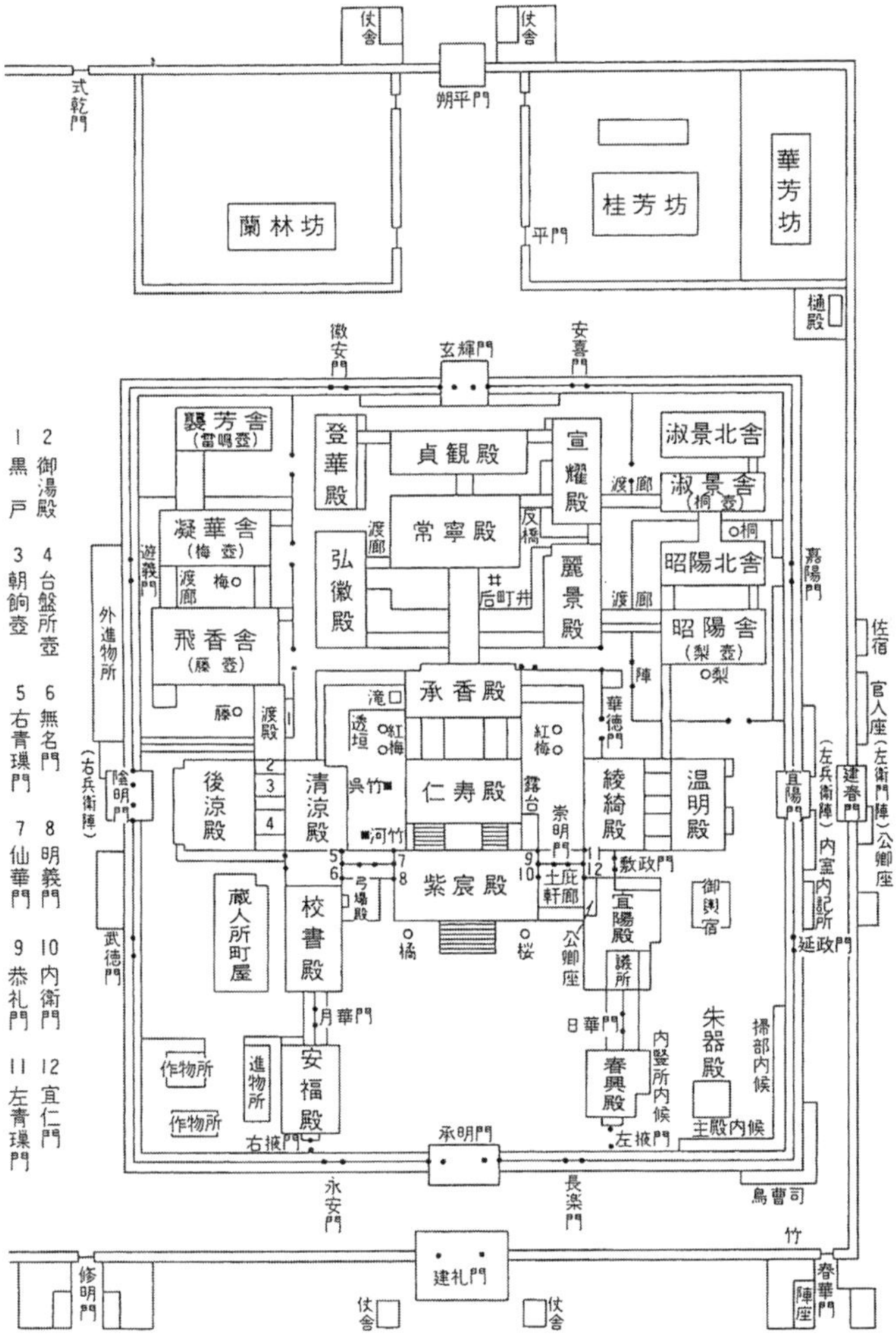

図10　内裏—天皇の常の殿舎—
（京都市埋蔵文化財研究所資料による）

図11　紫宸殿の高御座（正面）と御帳台（右）

図12　承明門で舞う万歳楽

図13　年中行事の障子から清涼殿昼の御座を望む

図14　清涼殿上の御局を望む

して賀茂別雷《かものわけいかづち》神社（通称上賀茂神社）に辿り着くという、皇権に関わる王朝期の路程であった[12]はずである。内裏図（図10）と、内裏の宮中行事の聖場であった正殿として高御座を据える紫宸殿（図11）、左近の桜と右近の橘を植栽とした南庭の正門である承明門（図12）、そして殿上の間や上の御局を備えた天皇の日常空間としての清涼殿（図13、14）を紹介してみる。

『源氏物語』において紫宸殿が見事に描かれる場面は、花宴の巻である。

二月の二十日あまり、南殿の桜の宴せさせたまふ。后、春宮の御局、左右にして参う上りたまふ。弘徽殿女御、中宮のかくておはするを、をりふしごとに安からず思せど、物見にはえ過ぐしたまはで参りたまふ。日いとよく晴れて、空のけしき、鳥の声も心地よげなるに、親王たち、上達部よりはじめて、その道のは、みな探韻賜はりて文作りたまふ。宰相中将、「春といふ文字賜はれり」とのたまふ声さへ、例の、人にことなり。次に頭中将、人の目移しもただならずおぼゆべかめれど、いとめやすくもてしづめて、声づかひなど、ものものしくすぐれたり。さての人々は、みな臆しがちにはなじろめる多かり。地下の人は、まして、帝、春宮の御才かしこくすぐれておはします、かかる方にやむごとなき人多くものしたまふころなるに、恥づかしく、はるばるとくもりなき庭に立ち出づるほど、はしたなくて、やすきことなれど苦しげなり。（下略）

春爛漫の紫宸殿の左近の桜を賞でる宴である。桐壺帝後宮の藤壺中宮や弘徽殿女御、そして親王・上達部《かんだちめ》もそろって参集している。まず詩文を詠む催しをしている。宰相中将たる光源氏や、頭中将なども立派に漢才を発揮している。正に聖代として、後代の範を垂れる桐壺帝の御代を飾る催しとなっている。その晴れの舞台が「はるばるとくもりなき」南庭なのである。発掘された承明門跡から望み見る南庭そして左近の桜・右近の橘を前にした、壮麗な紫宸殿の風景なのである。高御座の左右には左（東）に東宮後の朱雀帝、右（西）に藤壺中宮の座する御帳《みちょう》台《だい》が据えられていたのである。その前で光源氏は漢才を披露するとともに、大曲、春鶯囀《しゅんのうでん》を舞うのである。読者も関心の高い場面である。[13]『教訓抄』に記される立太子の日にこの曲を奏すれば、必ず鶯が飛んでくるという故事を重視して、『源氏物語』においても即位をひかえる東宮（後の朱雀帝）のための舞楽と理解する見解もある。しかしあくまでも花宴の巻は、聖帝桐壺帝の御代の総括となる物語である。それ故、史実における仁明朝の承和十二年（八四五）における百十余歳の老翁、尾張浜主《はまぬし》が大極殿前で和風長寿楽の曲を敷いて舞った春鶯囀の故事を、[14]紫宸殿に舞台を転じて描いていることに注視したい。大内裏の正殿である大極殿での舞を、一条朝では祭政の中心となる、内裏の正殿である紫宸殿に移し変えている。

また光源氏は宴後の月の美しさに魅かれて、後宮の藤壺を訪れようとしたが戸口は閉まっている。それで向かいの弘徽殿細殿に紛れ込んでしまう。弘徽殿の女御は清涼殿の上の御局にそのまま上がっていたため、女房達の気配も少ない。そこで「朧月夜に似るものぞなき」と口誦さんで近寄ってくる、高貴な姫君と契ってしまう。その姫君こそは兄東宮への入内を予定されている、弘徽殿の妹君、朧月夜である。この場面では清涼殿の上の御局、そして近い距離にあり向かい合っている後宮七殿五舎の代表的殿舎、飛香舎《ひぎょうしゃ》別名藤壺と弘徽殿が見事に物語の中に組み入れられているのである。

この後宮七殿の一つ、承香殿《しょうきょうでん》は玉鬘が尚侍《ないしのかみ》として参内する際に、その東面を局にしている。凝華舎《ぎょうかしゃ》、別名梅壺は斎宮女御、後の秋好中宮の局となっている。麗景殿《れいけいでん》は物語の上で殿舎としては描かれないが、花散里の姉君が麗景殿女御である。後宮五舎の一つ梨壺、即ち昭陽舎《しょうようしゃ》は東宮（後の冷泉帝）の居所となっている。その北隣の桐壺、即ち淑景舎《しげいしゃ》は源氏の母桐壺更衣の局であり、後に光源氏の居所にもなる。桐壺の巻において、

御局は桐壺なり。

と語られることで、往時の更衣の境遇が偲ばれるのである。桐壺は内裏の北東隅に位置しており、帝の日常の殿舎である清涼殿からは最も離れた局ということになる。その桐壺を局とする女君は更衣という低いランクの后位でありながら、最高の帝寵を受け、他の后たちの目障りとなってしまい、

女君達の嫉妬を受けることになる。そんな身の上を少しでも庇護するために、清涼殿の中に上の御局を与えるのである。内裏・後宮という空間で、「女御・更衣あまたさぶらひたまひける云々」という、物語設定がすこぶる手際良く展開されていく。そうした見事な紫式部の表現手法を注視したいのである。

末筆ながら、平安京の大内裏周辺発掘資料の提供に与ったことに対し、京都市文化財保護課の梶川敏夫の御厚情に御礼申し上げたい。

注

（1）京都文化博物館研究報告第15集『雲林院跡』と、『史跡　大覚寺御所跡　発掘調査報告』等が刊行されている。

（2）拙稿「雲林院と紫野斎院」『源氏物語の地理』（思文閣出版、一九九九年）所収において指摘している。一部、本章「三」に改題の上、大幅に改稿したものを掲載。

（3）拙稿「嵯峨御堂の『滝殿』—光源氏皇権への連関」（永井和子編『源氏物語へ源氏物語から』笠間書院）所収において指摘している。本章「二」に改題・補筆したものを掲載。

（4）造宮職の廃止は『日本後紀』延暦二十四年（八〇五）十二月十日条の記事に記されている。翌大同元年（八〇六）二月三日条において造宮職を木工頭に合併し、担当の史生も増員している。

（5）朝堂院修理のための役民は『日本後紀』によると、二万人に近い員数が集められている。大極殿は平安京最大の殿舎である。

（6）梶川敏夫は『平安京講話』（財・京都市生涯学習振興財団）所収「京都市の埋蔵文化財最前線」において、「平安宮大極殿北回廊跡発掘調査」のキャプションによる写真を提示している。隣には「豊楽殿復元図」の想定画を提示している。「平安宮復元図」は図2で使用した。論稿「平安京大内裏の遺構―考古学の調査成果から見た平安宮跡―」（『王朝文学と建築・庭園』竹林舎所収）がある。

（7）平安神宮の掲示では平安京の大極殿の約二分の一、千本通丸太町上る西の内野児童公園に建つ「大極殿遺阯」の説明板では約三分の二と記している。

（8）京都市生涯学習総合センター（京都アスニー）内には平安宮造酒司跡を保存している。さらに豊楽殿復元模型や、豊楽殿から出土した鳳凰文《ほうおうもん》の鴟尾《しび》を復元した模型を展示している。

（9）絵合の巻における絵合については、絵画論、物語論のみならず、光源氏の政治性を読みとっている論稿をあげてみる。清水好子論稿「絵合の巻の考察」（『源氏物語の文体と方法』東京大学出版会、一九八〇年）では、「斎宮下向の儀式」に際しての詠歌は院と斎宮女御の「私的な贈答」として、公的な絵合には提出していないと見なしているのは、疑問符が付く。その他拙稿「『源氏物語』須磨・明石の巻に照る月―構造と方法への展開―」（『源氏物語を軸とした王朝文学世界の研究』おうふう、一九八二年）、川名淳子論稿「男たちの物語絵享受」（『源氏研究』第4号翰林書房、一九九九年）等がある。

(10) その他梅川光隆論稿「平安宮内裏」(『平安京跡発掘調査概報』昭和六十年度版所収)、梅川論稿「平安宮内裏(2)」、丸川義広・鈴木久男論稿「平安宮内裏(1)」(『平安京跡発掘調査概報』昭和六二年度版所収)、梅川論稿「平安宮内裏跡(3)」(『昭和六二年度京都市埋蔵文化財調査概要』所収)、鈴木亘著『平安宮内裏の研究』(中央公論美術出版)、その他京都市埋蔵文化財研究所版『リーフレット京都』やそれらをまとめた『つちの中の京都』シリーズ等がある。

(11) 寛弘二年の神鏡被災については、拙稿「光源氏と皇権―聖宴における御神楽と東遊び―」(『國語と國文學』平成十六年七月号所収)において触れている。本章「五」に改題・補筆の上掲載している。

(12) 大宮大路北延長路については、拙稿「雲林院と紫野斎院」(『源氏物語の地理』思文閣出版所収)や「地理―雲林院・紫野斎院そして賀茂の御手洗を軸に―」(『源氏物語とその時代』おうふう、二〇〇六年所収)等において論述している。本章「三」に改題・補筆の上一部掲載している。

(13) 清水好子論稿「花の宴」(『源氏物語論』塙書房、一九六六年所収)、植田恭代論稿「南殿の花の宴という場をめぐって」(『日本文学』平成四年五月号所収)、堀淳一論稿「二つの春鶯囀」(『論叢源氏物語(二)』新典社、二〇〇〇年所収)などがある。

(14) 『続日本後紀』承和十二年一月八日条は大極殿龍尾壇で、二日後の十日には清涼殿東庭で舞っている。仁明天皇は道教・神仙思想に関心が高い。『続教訓抄』に記される浜主の詠歌は

老翁とて侘やは居らむ草も木も栄ゆる時に出て舞てむ

というもので、長寿と世の栄えを詠んだ内容となっている。

二　光源氏と嵯峨天皇の風景——嵯峨御堂の「滝殿」

㈠　はじめに

光源氏は須磨・明石流謫という最大の苦難を乗り越える。そこには聖帝桐壺院や住吉の神という超現実的な加護も介在して、皇城に復活してくる。松風の巻ではすでに密通という秘事を背負ったはずの、冷泉帝の御代となっている。澪標の巻において明示された宿曜の后がね、明石の姫君も平安京外の西郊ではあるとはいえ、源氏の通うことのできる空間に辿り着いた。いよいよ光源氏は権勢の途を歩み始める。

物語に設定された嵯峨野の空間については、都人にとっての西河・大堰川に近く明石の「海づら」を偲ばせもして、「松風」が源氏の形見の琴と響き合うような風趣の地として描かれている。また小倉山の紅葉を愛でることのできる和歌伝統の地としても注目することができよう。しかし本稿で注視したいのは、小倉山・嵐山・愛宕山などの山々や桂川と池水に恵まれた山紫水明の地に、平安時代以降嵯峨・淳和の兄弟帝そして宇多・醍醐の親子帝を中心にした皇権の空間が形成されていたということである。その具体的な造営空間が離宮嵯峨院、嵯峨皇子源融《とおる》の山荘棲霞観、太皇太后橘嘉智子《かちこ》の造営した檀林寺、醍醐皇子前中書王兼明《かねあきら》親王の山荘小倉宮などである。古注以来光源氏の造営する嵯峨の「御堂」は、源融の山荘跡と伝えられる棲霞寺が準拠と見なされている。また明石の君の母方の血筋が「中務の宮」を「御祖父」とすることが明らかにされる。この貴種こそ、中務の唐名で呼ばれる前掲の小倉宮の主、前中書王兼明親王(1)を偲ばせる言説である。明石一族については明石入道の血筋として父が大臣であることを明示するのみであったが、嵯峨野を物語空間とする松風の巻に至って、明石の尼君が皇統に連なることが付け加えられる。

　光源氏が権勢として后がね明石の姫君を育成する段階で、嵯峨天皇・淳和天皇そして宇多天皇・醍醐天皇とその皇子・皇女に関わる嵯峨野という聖空間が物語舞台となる。光源氏は「おほみ遊び(2)」というような饗宴を繰りひろげる。宮中に属する鵜飼や鷹狩を注視する主張もある(3)。この松風の巻では秋の嵯峨野の饗宴のクライマックスとして、「其駒《そのこま》」が奏上される。高名な近衛の舎人も供奉《ぐぶ》している。この武官は御神楽の人長《にんじょう》という重要な役を務めているはずである。御神楽は帝が皇祖神や歴代天皇霊、そして八百万《やおよろず》の神々へ奉奏する聖楽である。それを光源氏が執り行う意味は重い(4)。光源氏は冷泉帝の秘めたる父として、また后がねの一人娘明石の姫君の入内を目指す始発として、こうした聖楽を主宰する資格を明示している。この桂の院の饗宴では冷泉帝の使者に対して禄を与えたり、奉仕する官人に禄を賜るという行為に注目する指摘[5]もある。
さらに本稿では、光源氏が造営した嵯峨の御堂を注視したい。

造らせたまふ御堂は、大覚寺の南に当たりて、滝殿の心ばへなど劣らず、おもしろき寺なり。

ここに描写された「滝殿」は、嵯峨院跡大覚寺に残り歌枕にもなっている名跡「名古曽の滝」を眺望する殿舎、「滝殿」が営まれていた。弘仁の帝として平安朝の皇統の礎を構築した、嵯峨院の聖空間のシンボルとしての「滝殿」の趣向を踏襲しているのが、光源氏の造営した嵯峨の御堂である。
今日、名古曽の滝跡の石柱の建つ石組の地点から、発掘調査において解明された流水路が再現されている。さらに嵯峨院が造営された九世紀前半期の数少ない建物遺構の痕跡が推定されている。正に嵯峨院建物として、名古曽の滝跡流水路を望む西側、大沢池に近い位置にある推定建物遺構が、「滝殿」と称するにふさわしい建物と思われる。『史跡大覚寺御所跡発掘調査報告—大沢池北岸域復原整備事業に伴う調査[6]』という詳細な発掘報告書を参考にしつつ、その調査によって遣り水跡と推定される流水路もより忠実な位置・形状に変更され、復原が試みられている。こうした視点も加えて王朝空間を究明し、光源氏の構築した嵯峨の御堂の時空の基底を考察してみたい。

(二) 嵯峨院周辺の文学風景

嵯峨天皇は皇子の正良《まさら》親王が即位して、いわゆる仁明帝の治世となり、自らは嵯峨太上天皇位に達した時点から、より嵯峨院の整備が活発化している。その後崩御するまでの間太上天皇として居住している。その間の歴史資料としては『日本後紀』弘仁五年（八一四）閏七月二十七日条が初見と思われる。

遊二猟北野一。日晩御二嵯峨院一。賜二侍臣衣被一。

このように、北野で遊猟を楽しんだ後で、晩になって嵯峨院に行幸して衣被《きぬかづ》きを賜っている。冷然院の初見よりも早く、嵯峨帝がまだ在位中のことである。皇太弟大伴親王に皇位継承され、淳和帝として即位したのは弘仁十四年（八二三）四月のことである（『日本紀略』）。同年九月十二日条で、

太上天皇幸二嵯峨庄一

と記されている。『類聚國史』の「天皇行幸下」に収録される嵯峨行幸の事例には詩宴のことが記されている。

弘仁七年（八一六）二月二十七日　幸二嵯峨別館一、命二文人一賦レ詩、雅楽寮奏レ楽、賜二文人已上綿一有レ差、

同年（八一六）八月二十八日　幸二嵯峨（別館）一、命二文人一賦レ詩、奏レ楽、賜二侍臣並山城国掾已上衣被一、

弘仁八年（八一七）閏四月十六日　幸二嵯峨別館一、令二文人賦一レ詩、賜二五位已上衣被一、

これら弘仁年間の事例では、詩を賦す文人や雅楽寮《うたづかさ》の楽人も参集するという盛大な宴が催されていることが窺える。他にも弘仁七年六月二十六日や同八年七月十七日は大堰に行幸しているが、嵯峨院を使用しながら河畔での遊宴を繰り広げているのであろう。

この間の詩宴で詠まれた詩として、『類聚國史』所収弘仁七年二月二十七日に際しての詠と想定される詩が、『文華秀麗集』に入集されている。

春日《しゆんじつ》嵯峨山院、探《さぐ》りて「遅」の字を得たり、一首、御製

気序如今《いまし》春老いむとし、嵯峨山院暖光遅し
峯雲不覚《ゆくり》かに梁棟《りようとう》を侵し、渓水尋常《つね》に簾帷《れんゐ》に対《む》かふ
莓苔《ばいたい》踏破す年を経し髪、楊柳未だ懸けず月を伸ぶる眉

此《こ》の地《ところ》幽閑にして人事少《まれ》らなり、唯余《ただのこ》すは風動《そよ》ぎて暮猿悲しぶのみ

春日嵯峨院に侍り、採《と》りて「廻」の字を得たり、応製、一首、令製

嵯峨の院は埃塵《あいぢん》の外、乍《たちま》ちに到れば幽情の興偏《ひとへ》に催す
鳥の囀遙かに聞ゆ堦《きざはし》を縁《めぐ》る壑《たに》、花の香近くに得たり窓を抱く梅
攢松の嶺上風は雨と為り、絶澗の流中《りうちゆう》石は雷《いかづち》と作《な》る
地勢幽深にして光《ひ》暮れ易し、鑾輿《らんよ》且《しばら》く待て東に廻すこと莫《なか》れ

前詩は嵯峨天皇の御製であり、後詩は嵯峨天皇の勅によって皇太弟の皇太子大伴親王（後の淳和天皇）の制作した詩である。「春日」の内容ということで、弘仁七年二月二十七日条嵯峨院行幸が想定できよう。都から離れた「幽閑」の地、「埃塵の外」と形容される空間が描写されている。王朝の文人貴紳が愛好した神仙思想的空間を詠じている。さらなる詠詩は夏の嵯峨院の景観が描かれている。

嵯峨院の納涼、探りて「帰」の字を得たり、応製、一首、巨勢識人

君王熱を倦み茲《う》の地《こ》に来たまふ、茲の地清閑にして人事稀らなり
池水の際に涼しきを追ひて竹影に依《よ》り、岩の間に暑を避けては松帷《しようゐ》に隠る

千年の駮蘚《はくせんきざはし》　堦を覆ひて密《しげ》く、一片の晴雲嶺を亙《わた》りて帰る
山院幽深にして有る所無く、唯余《のこ》すは朝　暮《あしたゆふべ》に泉声飛ぶのみ

夏の詩宴ということになると、『類聚國史』弘仁八年閏四月十六日行幸に際しての詩詠と想定されよう。現在の大覚寺大沢池の景観ということになる。さらに最終連の「朝暮に泉声飛ぶのみ」と詠まれる名跡こそ、いわゆる名古曽の滝ということになろう。大沢池の源泉として、勢い良く流れ込んでいたのであろう。

嵯峨院は『続日本後紀』天長十年（八三三）四月二十一日条に、次の記載がある。この年は淳和天皇が譲位して、嵯峨皇子正良親王が受禅していた。いわゆる仁明天皇即位である。

嵯峨院者、先太上天皇光臨之地、茅宮聳レ構、分ニ東西之名区一（下略）

嵯峨太上天皇が好んで行幸する地で、茅葺で東西二つの区域から成っていたとする。前掲の記録では承和元年（八三四）八月三日と九日条に嵯峨太上天皇と太皇太后橘嘉智子が「嵯峨新院」に遷御の記載がある。この時点から嵯峨院が嵯峨上皇の後院的存在として重々しい時期を迎える。『続日本後紀』によると、上皇崩御の承和九年（八四二）までの初春には八年を除いた毎年、嵯峨皇子仁

明天皇の朝覲《ちょうきん》行幸をこの院で受けている。崩御は承和九年七月十五日のことである。『続日本後紀』同日条では「太上天皇崩㆓于嵯峨院㆒、春秋五十七」と記されている。続く遺詔には聖帝としての嵯峨上皇の見識を垣間見る内容が表白されている。

思㆘欲無位無号詣㆓山水㆒而逍遙。無事無為翫㆓琴書㆒以澹泊㆖

自らの山陵の位置についても「択㆓山北幽僻不毛之地㆒」ということで、嵯峨天皇山上陵が比定されている。その山上陵からは嵯峨院跡とみなされている大覚寺・大沢池を南に一望できる。遺詔に書き留められた「幽僻」の山上陵に推定される御廟山の山頂から望み見る大覚寺・大沢の池苑は、とりどりの草木の彩りの中で王朝を偲ぶ船遊び等も催され、四季の風趣を楽しませている（図1）。

しかしながらその最中の同月十七日、伴健岑《こわみね》や橘逸勢《はやなり》が謀反ということで逮捕されてしまう。いわゆる承和の変が起きる。嵯峨上皇の七七日を檀林寺で修した後（『続日本後紀』承和九年九月四日条）、同年十二月五日条では太皇太后橘嘉智子も冷然院に遷御していることを記す。その後は二人の皇女淳和太皇太后正子内親王に伝領されたと推定され、公の史書からの事跡は不明となってくる。淳和帝系は正子内親王腹皇子恒貞《つねさだ》親王が廃太子の憂き目に遇って出家している。正子内親王も「入道」しており（同十二月五日条）、嵯峨院は寺院化を辿っていくことになる。『菅家文草』巻第

図１　桜花に彩られる大覚寺と大沢池
（嵯峨天皇山上陵推定地御廟山から）

九に入集されている次の二願文に、嵯峨院から大覚寺に転ずる事情が触れられている。

奉《ジテ》二淳和院《ノ》大后《ノ》令旨《ヲ》一、請《フ》三嵯峨院《ヲ》為《サムト》二大覚寺《ト》一状

奉《ジテ》二淳和院《ノ》大后《ノ》令旨《ヲ》一、請《フ》三大覚寺《ニ》置《カムコトヲ》二僧俗別当並《ニ》度者《ヲ》一状

嵯峨天皇の「閑放之地」から仏像や仏典を備えて寺院化し大覚寺となり、「僧俗別当」を置いて綱紀を整えることなどを奏上している。寺院化された嵯峨院跡の大覚寺は当然離宮や後院としての重さは途絶える。再び表舞台に出るのは鎌倉時代になって後嵯峨・亀山・後宇多の三上皇が寺内に入り、嵯峨御所とも称されるようにもなってのことである。いわゆる亀山天皇からの皇統を大覚寺統

と呼ぶようになる。武家による政治体制下において、皇統を希求する象徴的空間として復活するのである。

周辺には嵯峨皇子の文人貴紳、左大臣源融の山荘棲霞観があり、『日本三代實録』元慶四年（八八〇）八月二十三日条には清和上皇が渡御したことを伝えている。嵯峨院と同様中国風な情感を漂わせていることは、「棲霞観」という名称からも窺える。むしろ仙境を匂わせる道教的志向を実感できよう。寛平七年（八九五）八月二十五日、融は七十四歳で薨去《こうきょ》する。一周忌に際して子息の参議源湛《たたう》と同源昇《のぼる》が遺志を継いで寺院とし、経典や阿弥陀仏を収めた際の願文(7)が『菅家文草』巻第十二に入集されている。

棲霞観者、嵯峨聖霊、久留ニ睿賞一、假仕《たとひ》暫為ニ風月優遊之家一、唯願終作《ラムコトヲト》ニ香華供養之地一、

こうした造営意図が窺え、「風月優遊之家」という言説も、嵯峨院における詩文に共通する風趣となっている。『本朝文粋』巻第十には源順《したごう》の詩文「初冬於ニ棲霞寺一同賦ニ霜葉満レ林紅一応ニ李部大王教一」が収録されている。「李部大王」とは醍醐皇子重明《しげあきら》親王のことである。神仙思想に連関する言説が表出されている。巻頭は次のような詞章から始まる。

棲霞寺者、本棲霞観也、昔丞相遊息、所レ遺者泉石之声、（下略）

「丞相」とは源融のことである。延喜の御代においても「泉石之声」が響いていたのである。これが滝の音である可能性もある。「掩《おほフ》二岩泉一」「尺波非二曝布之流一者也」などの表現は、落差の大きな、いわゆる滝ではない、勢いのある流水が設けられていたようである。

松風の巻における明石の君の移り住んだ大堰の山荘については、『紫明抄』以来の古注では醍醐皇子前中書王、即ち中務宮兼明親王の隠棲地を想定している。『本朝文粋』巻第一には「兎裘賦《ときゅうのふ》」「遠久良《おぐら》養生方《ようじょうのほう》」「憶二亀山一二首」が入集され、大堰隠棲の事情も加味して作文されている。巻第十三「祭《ル》二亀山神《ノ》一文《ヲ》」に次の詞章が表白され、興味深い。

兼明、年齢衰老《シテ》、漸《ク》欲《フ》二休閑《セント》一、爰《ここニ》尋《ネ》二先祖聖皇《ノ》嵯峨之墟一、請《フ》二地於棲霞観《ニ》一、占《ム》二此《ノ》霊山之麓《ヲ》一、（下略）

兼明親王が大堰の地を選んだ拠り所が語られている。「嵯峨之墟」は嵯峨院であり、嵯峨天皇を「聖皇」と讃えており、源融の「棲霞観」にも憧れて亀山の麓に山荘を営んでいる。前掲の『菅家文草』願文(7)において、棲霞観造営で目指した言説の中に「嵯峨聖霊」と表白されていることも含めて、嵯峨天皇への聖帝志向と共通している。『源氏物語』の松風・薄雲の両巻における嵯峨の時空においては、嵯峨天皇・嵯峨皇子源融・醍醐皇子兼明親王などの皇統に関わる重々しさを意識した貴族達が集う実態を推察できるように思われる。

㈢ 大覚寺発掘資料による風景

松風の巻において光源氏が嵯峨野に御堂を造営したことが語られる。「大覚寺」との位置関係、「滝殿」の存在などが注視されよう。源氏の嵯峨の御堂は嵯峨天皇の離宮嵯峨院を寺院化した大覚寺、その南に位置している。いわゆる嵯峨皇子源融の山荘棲霞観を寺院化した棲霞寺、現清涼寺を想定している。御堂の象徴として、「滝殿」は最も顕著な趣向となっている。しかしながら前章で提示した詩文における表現では、今日滝という語から懐くイメージとは異なるように思う。高い落差で白い飛沫を周囲に撒き散らすというような表現ではない。『文華秀麗集』に入集された前掲の巨勢識人の詩には「朝暮に泉声飛ぶ」の表現が見える。棲霞寺の景観においても前掲の『本朝文粋』巻第十入集の源順の詩文には「泉石之声」という表現がある。両例とも「泉」の語が用いられ、「滝」ということではない。ただ物語ではこの近くの殿舎として「滝殿」が存在していたことになっている。「滝殿」の語は『今昔物語集』巻第二十四「百済ノ川成ト飛騨ノ工ト挑《いど》ミタル語第五」の冒頭の中で使用されている。

今昔《ハ》、百済《ノ》川成《ト》云《フ》絵師有《ケリ》、世《ニ》並《ビ》無《キ》者《ニテ》有《ケル》。滝殿《ノ》石《モ》此《ノ》川成《ガ》立《タル》也《ケリ》、同《キ》御堂《ノ》壁《ノ》絵《モ》此《ノ》川成《ガ》書《タル》也。（下略）

この「滝殿」も「御堂」も嵯峨院その寺院化した大覚寺の殿舎である。日本古典文学大系『今昔物語集 四』の頭注によれば、『日本文徳天皇實録』の川成《かわなり》没時の記事に拠ったものと指摘されている。川成は仁寿三年（八五三）八月二十四日に没している。

大覚寺の滝を詠んだ高名な公任《きんとう》歌が『拾遺和歌集』『千載和歌集』『小倉百人一首』に入集されている。

滝の糸《(音)》は絶えて久しく成りぬれど名こそ流れて猶《なほ》聞えけれ（『拾遺集』）

『拾遺和歌集』巻第八入集歌の詞書は次の通りである。

大学《(覚)》寺に人人あまたまかりたりけるに、古き滝を詠み侍ける

嵯峨院の名跡であった滝は、大覚寺に変じて、公任が訪れた時点では既に滝は存在せず、伝承とし

て継承されているのみであった。『後拾遺和歌集』第十八入集歌の中に、赤染衛門が「大覚寺の滝殿」を訪れての詠歌がある。

大覚寺のたきどのをみてよみ侍ける
あせにけるいまだにかかりたきつせのはやくぞ人はみるべかりける

赤染衛門が目にした時期の滝殿の景観は滝ではなく「滝つ瀬」を見ている。公任や赤染衛門が期待した嵯峨天皇の離宮としての空間ではない。しかし西行になると赤染衛門歌の景観をも偲ぶことができない。『山家集』[8]には赤染衛門歌に誘われ、また離宮としての名跡を求めて、大覚寺を訪れての詠歌が入集されている。

大覚寺の滝殿の石ども、閑院に移されて跡もなくなりたりと聞きて、見まかりたりけるに、赤染が、今だにかゝり、とよみけん思ひ出られて、哀《あはれ》と覚えければよみける
1048 今だにもかゝりを言ひし滝つ瀬のその折までは昔成りけり

嵯峨野の、見し世にも変りてあらぬやうになりて、人去《い》なんとしたりけんを見て
1423 この里や嵯峨の御狩の跡ならむ野山も果《は》ては褪《あ》せ変りけり

大学（覚）寺の金岡が立てたる石を見て

1424 庭の岩に目立つる人もなからまし才《かど》あるさまに立てしおかねば

滝の辺《わたり》の木立あらぬことになりて、松ばかり並み立ちたりけるを見て

1425 流れ見し岸の木立も褪《あ》せ果て松のみこそは昔なるらめ

一四二三番歌では天皇の遊猟の地であった嵯峨野もすっかり荒廃している情況を詠んでいる。一〇四八番歌では赤染衛門が「滝つ瀬」と詠んだ流水も今となっては昔日のこと。さらに荒廃が進んでいる。滝の立石も消失している。詞書によれば閑院造営に使用されたことを伝えている。西澤美仁は『山家集』脚注で仁安二年（一一六七）十二月閑院新造に際しての石の移動かと推定している。それでも一四二四番歌では苑内の石組を注視していて、詞書では造作者を巨勢金岡《こせのかなおか》と記している。金岡も高名な宮廷絵師ではあるが、九世紀末期の仁和朝あたりで活躍しており、嵯峨院の石組を造作するにはさらに年代を溯上しなくてはならないから、西行は誤った理解をしている。いずれにしても西行は名工の造作として感慨に浸っている。一四二五番歌では滝の周囲の木立の変様に失望し、松だけが嵯峨院の「昔」を留めていると見なしている。

以上のような大覚寺苑内の嵯峨院遺構としての石組・遣り水の考古学上の考証を、『史跡大覚寺御所跡発掘調査報告―大沢池北岸域復原整備事業に伴う調査』によってさらに実証を深めていきた

い。大沢池北岸域とは『源氏物語』松風の巻における関わりで言えば、大覚寺の滝殿に当たる空間である。嵯峨天皇が営んだ離宮、嵯峨院の名跡となる遣り水・石組は、現在の名称で言えば名古曽の滝・大沢池内の菊が島や天神島といった空間である。大覚寺では一九八四年から一九九〇年までの七年間発掘調査を実施し、一九九七年報告が公にされた。その考古学上の成果を参考にさせて戴く。報告書の「大覚寺現況地形図と調査区位置図」（図2）でその様相を辿ってみたい。

主たる地域は嵯峨院池苑の遣り水跡を発掘することにより、北端部の滝跡いわゆる名古曽の滝と伝承することになる部分から池内の菊が島、そしてその西に位置する天神島に当たる地域での変遷が解明される。名古曽の滝という名称については平安時代に使用されている文献はない。滝の固有名詞はまだ見当たらない。公任もその詞書で「古き滝を詠み侍ける」としか記していないが、その『拾遺和歌集』入集歌「名こそ流れて」の言説から、後人が歌枕を意識して名付けた美称として固有名詞となったものである。

名古曽の滝に想定されている滝石組三石はかなり変形した配置となっているという。また築山も上部八〇～一〇〇cmが近世期の盛り土で、築山の大部分の造成も、落水を左右に分ける水分石と推定される巨大な景石の配置時期も室町時代の造成と検証されている。やはり発掘調査報告で掲示されている大沢池北岸の「遺構全体図」（図3）が個々の地点を探り求めている。図2の大覚寺現況地形と調査区に、図3の発掘情況を合わせて検証してみる。

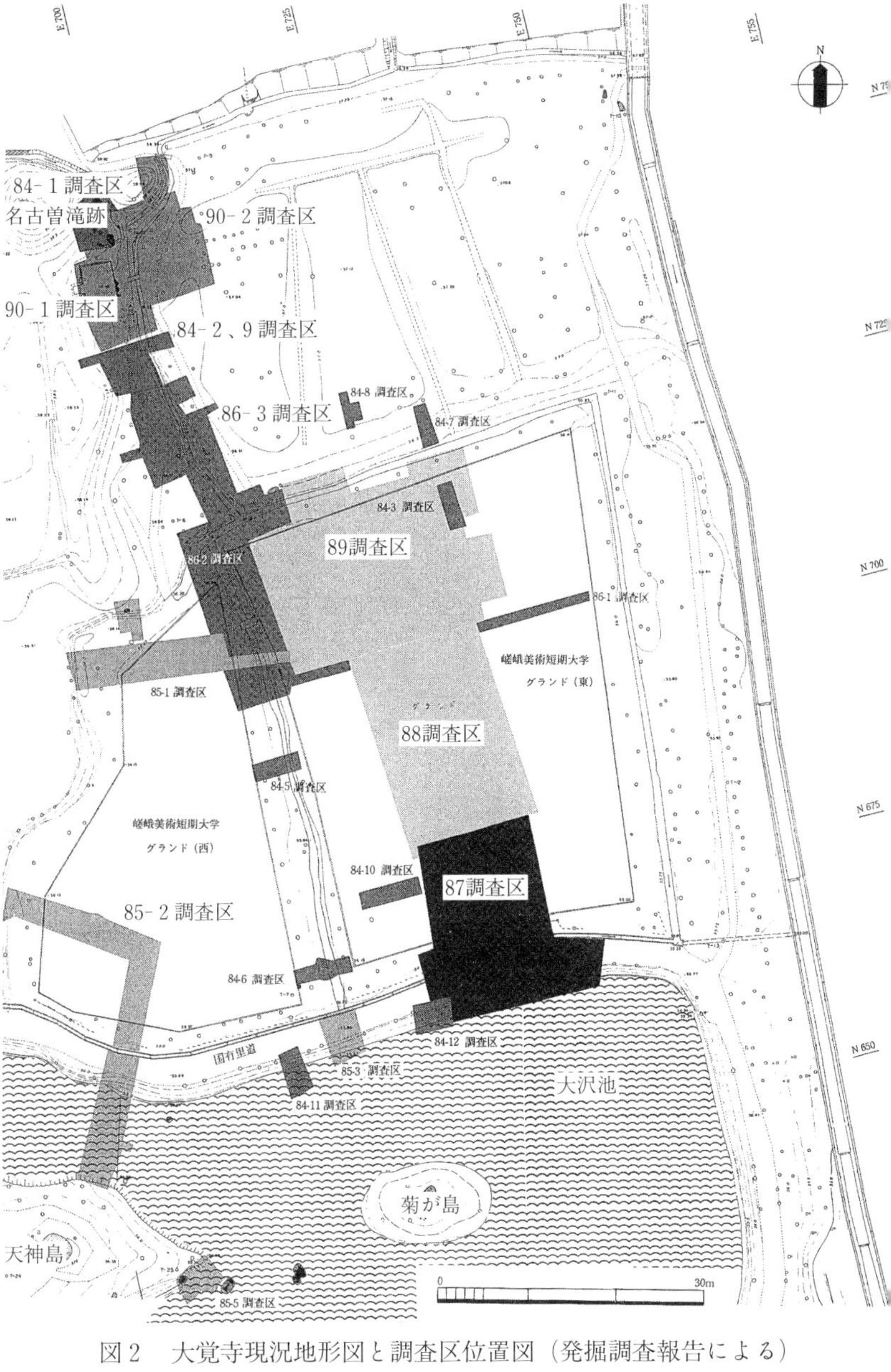

図２　大覚寺現況地形図と調査区位置図（発掘調査報告による）
以下の図で注目される記号は少し大きめに記す

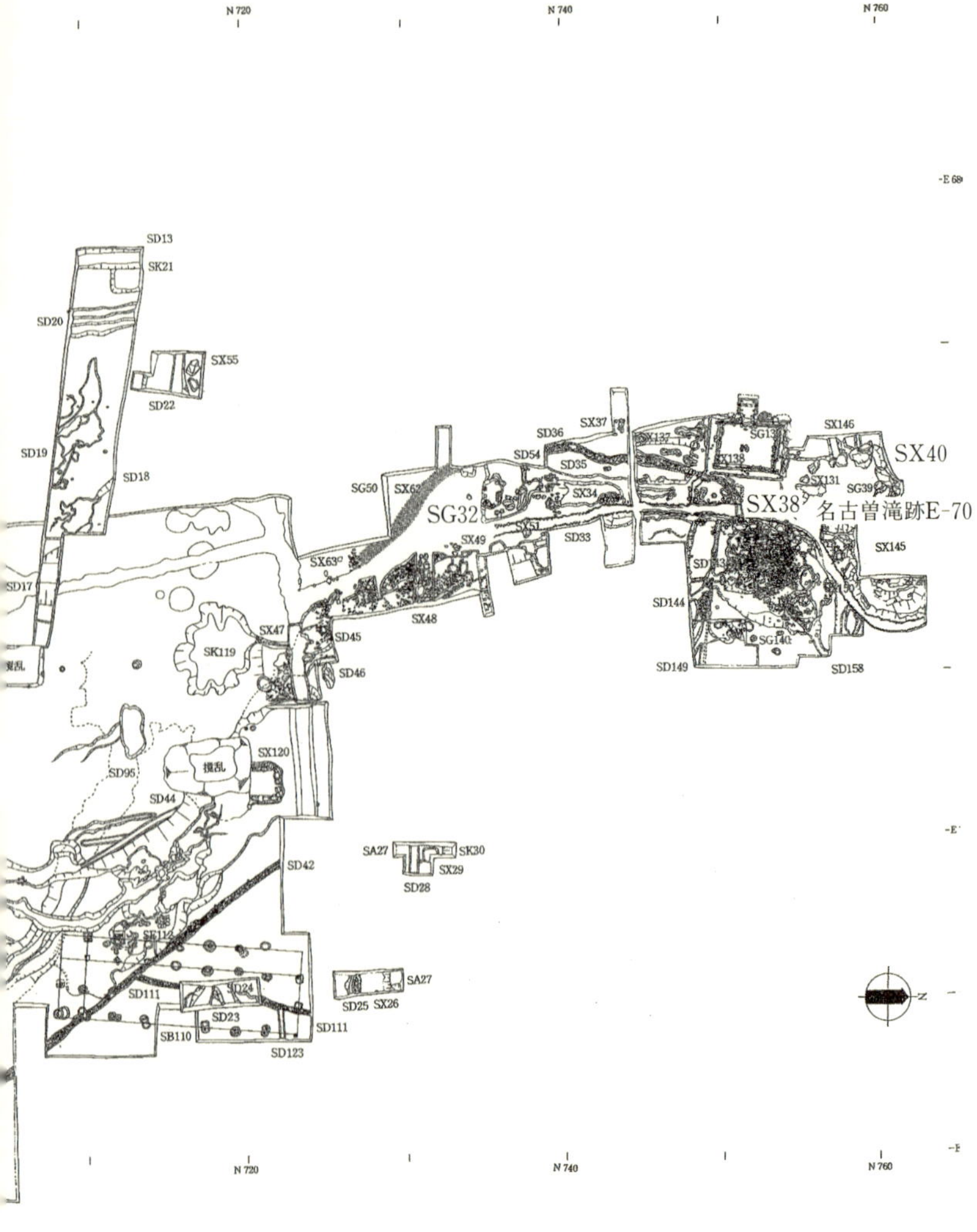

図3－1　遺構全体図名古曽の滝跡側

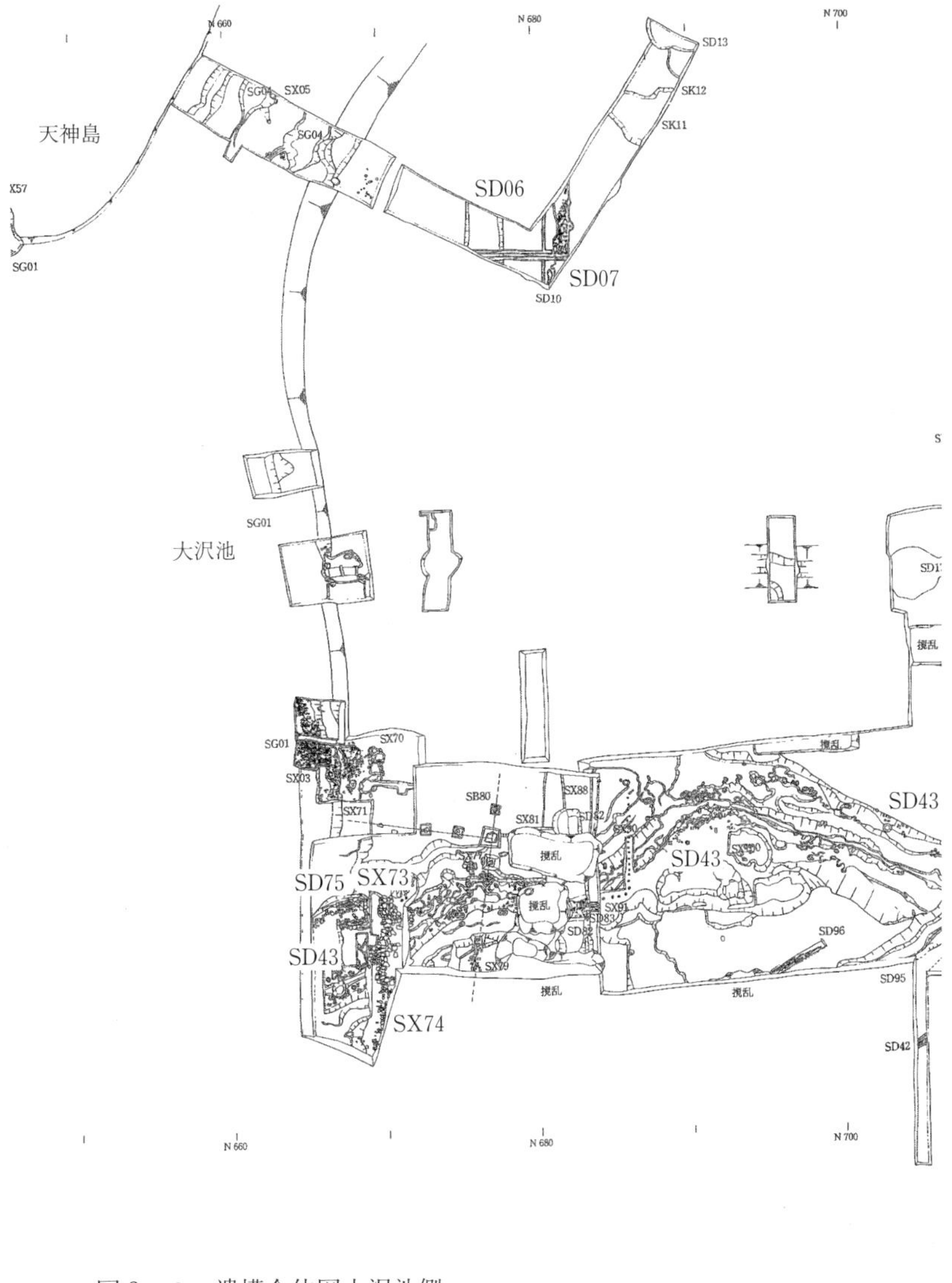

図３－２　遺構全体図大沢池側

この図3において、いわゆる名古曽の滝跡に当たるのは84―1調査区のSX38 SX40の付近であり、巨大な景石はSX38の地点である。さらに一九八五年発掘調査区（図2）は85―2部分で、二条の素掘溝SD06やSD07の地点の下層整地土は嵯峨院時代の造成、上層整地土は大覚寺の時点における造成と比定している。滝を望み、池に流れ込む遣り水を一望できる殿舎が建てられていたようである。この殿舎跡に池状体積土が検出しなかったことから、現在の大沢池北岸汀線が北東方向に拡大しているということはなく、平安時代における大沢池北岸汀線の位置も今日とあまり違いがないことになる。嵯峨天皇が詩宴を催し、後に大覚寺にも継承され、三十一文字の歌枕として名を馳せた「滝殿」とも想定できる殿舎ということになる。天神島築成土の下層土とこの北岸の整地土は一致し、平安時代は双方地続きの可能性が高いということになる。現在の天神島の形状は近世以降に北岸と分離する開削工事による結果と推定している。

一九八六年度調査区ではSG32に注目する。遣り水の中流域にあり、苑池の形状で景石や小礫で整備されていて、嵯峨院時代の作庭と推定している。その上層に十五世紀の土器片を多量に含む茶褐色粘質土が覆っていることを検証している。

この年度は蛇行流路SD43を検出し、一九八七年度から一九八九年度まで本格的に調査が続行する。この蛇行流路が大沢池に注ぐ付近で変化している。玉石組水路SD75は嵯峨院の遣り水と想定する。その堆積物から緑釉《りょくゆう》陶器片が多く出土して九世紀の出土品を想定している。これが埋まっ

図4　嵯峨院跡　滝殿の遣り水と石組
（大沢池への流水付近　SD43・SD75・SX73・SX74）

た段階で、景石SX73と玉石敷遺構SX74が帯状に造作され、この時期を嵯峨院後期から大覚寺にかけてのことと推定している。SD43最上層部からは平安時代前期の墨書土器十数点が出土し、「供御」の墨書を留める。木簡二十一点の中には「薬用所」「御厩請飯」など嵯峨院に関連する記載が注目される。

一九九〇年度調査では名古曽の滝跡と伝承される区域を発掘している。水分石などと思われた巨大景石SX38は室町時代の遺物を含む盛土内に据えられている。滝跡の東側も鎌倉から室町時代の土器片を多量に含んでいるという。築山下層には暗渠《あんきょ》を設けて水を導き、滝跡周辺も浅い池となっていたり、中世以降の大規模な手が入っていると検証している。西行の『山家集』一〇四八番歌の詞書で、

大覚寺の滝殿の石ども、閑院に移されて跡もなくなりたりと聞きて云々

と書き留めている。仁安二年（一一六七）十二月の閑院新造に連関することであれば、現在の石組即ち名古曽の滝跡は発掘調査報告に符号することになる。また、天神島も嵯峨院当初は出島状の地形を有していたことも前掲している。

嵯峨院当初の滝・遣り水跡としては、調査結果を踏まえて、大沢池への注ぎ口部分の遣り水、石組の形態を再現している。遺構全体図大沢池側（図3―2）における SD43 SD75 SX73 SX74 に当たる部分の景観を図4の写真として提示してみる。

㈣　むすびに

松風の巻では明石の女君が上京し嵯峨大堰に居を構える。光源氏はいよいよ、ただ一人の后がね明石の姫君の養育を目指す体制にあった。光源氏は嵯峨の御堂造営を口実にしている。御堂は大覚寺を意識して、「滝殿」を備えていた。大覚寺は嵯峨の聖皇の離宮、嵯峨院を寺院に転じている。嵯峨の聖帝が主宰する詩宴や、公任ら文人貴紳達の歌詠の名所である。「滝殿」はそうした聖域のシンボルである。源氏が造営している御堂も嵯峨皇子源融の山荘を寺院化した棲霞寺に因む設定となっている。棲霞寺は『菅家文草』などでも「泉」という表現はあるものの、「滝殿」が存在して

いたという根拠はない。史実を超越してまで「滝殿」を重んじていることは、光源氏に「嵯峨の聖皇」と、表現される皇統の重々しさとの連関を付与していることにもなろう。明石の女君の住まいも、醍醐皇子中務宮兼明親王の山荘との連関を偲ばせている。源氏が改修しているという「桂の院」も檀林寺を想定したりしている。[9] 檀林寺も嵯峨天皇と由縁の深い寺院で、皇室の御願寺《ごがんじ》の先駆とも位置づけられる名跡である。桂の院の饗宴では宮中の御厨《みくりや》でもある桂川の地で、その官に所属するであろう「鵜飼」をも召している。また帝王の遊びでもある（小）鷹狩によって得たに違いない「小鳥」も膳の饗に見え、「大御酒」が振る舞われている。嵯峨天皇を偲ばせる詩作も行われている。「行幸待ちきこえたまふ心ばへ」という、語り手の心情も語られている。その仕上げは近衛府武官の名人達による「其駒」が奏上される。この聖楽こそ御神楽の神上がりの曲である。帝が皇祖神や歴代の天皇霊そして八百万の神々をお慰めする、聖なる秘曲なのである。

　大覚寺の「滝殿」にならって造作した嵯峨の御堂のそれは、光源氏に対して嵯峨の聖皇にならう聖性を付与している。『河海抄』の古注においても、

　　東北院の渡殿の遣り水にかけてよみ侍ける
　かけみれはうきわか涙おちそひてかことかましき滝の音かな　　紫式部
　　作者已以遺水詠滝歟

のような例を出して、遣り水を滝と見なす例を指摘している。史実としては公任も赤染衛門もそして西行も滝は見ていない。ただその名声を偲び歌に詠んでいる。『史跡大覚寺御所跡発掘調査報告』においても、「名古曽の滝」跡はいわゆる今日言うところの滝という実態を確認できずに、遣り水としての流路を推定している。大沢池北岸の池への注ぎ口に近い遣り水は石組を含めて、嵯峨院時の形態を復原（図4）している。光源氏が目指している嵯峨の御堂造営にかける支柱となった嵯峨院が現出している。往時は天神島も出島の形態であったことが解明された。『今昔物語集』で百済川成が造作したと伝える滝殿や苑池の景観も、より明確になった。文学研究においても、文献資料のみならず、考古学上の成果も待たれているのである。

注

（1）高田祐彦論稿「光源氏の復活―松風巻からの視点―」（『國語と國文學』昭和六十四年二月号）において、明石の尼君と兼明親王との関わり、光源氏と源融・重明親王との関わりを指摘し、史上の〈源氏〉と嵯峨野との緊密な関係を主張する。

（2）武田誠子論稿「松風巻行幸要請についての一考察」（『物語文学論究』第8号。昭和五十八年十二月）において、この言説を注視する。ただし河内系本文では「御遊び」となっている。

（3）今井上論稿「源氏物語『松風巻』論―光源氏の栄華の起点として―」（『日本文学』二〇〇三年九月号所収）において、臣下の立場を脱却した光源氏の資格を指摘している。

（4）拙稿「源氏物語研究の展開―祭祀の庭から」（『源氏物語宮廷行事の展開』おうふう所収）や、「光源氏と皇権―聖宴における御神楽と東遊び―」（『國語と國文學』平成十六年七月号所収）に、光源氏の聖性と御神楽の連関を指摘している。なお、後の拙稿は改題の上補筆して本章「五」に掲載している。

（5）金秀美論稿「明石君と桂の院―重層的な物語空間の解読をめざして―」（『国文学研究』平成十八年三月刊所収）では明石の君の役割と桂の院の基底について考察している。

（6）『史跡大覚寺御所跡発掘調査報告―大沢池北岸域復原整備事業に伴う調査―』は二一二頁の調査報告と五十六頁の図面・写真から構成されている。平安初期の代表的庭園遺構として、名古曽の滝跡と大沢池に至る流水路を発掘・検証している。

（7）『菅家文草』巻第十二「為二両源相公（湛・昇）一先考大臣（源融）周忌法会願文。寛平八年八月十六日。」による。

（8）『山家集』本文は、和歌文学大系版『山家集／聞書集／残集』（西澤美仁他著、明治書院）を使用する。

（9）加納重文論稿では「源氏物語の地理II」（『源氏物語の地理』思文閣出版所収）で、桂の院を檀林寺と想定している。

三　光源氏を支える聖空間——雲林院・紫野斎院、そして賀茂の御手洗《みたらし》

㈠　はじめに

賢木の巻において源氏大将は秋の雲林院《うりんいん》に参籠する。六条御息所と嵯峨野の野宮で最後の逢瀬を惜しみ、伊勢への下向を見送る。十月になって桐壺院は病状を悪化させ崩御してしまう。御七七日を終えて藤壺中宮は三条宮へお渡りになった。源氏邸は除目《じもく》に際しても、もの寂しい有様であった。すでに前巻で正妻葵の上は生霊に憑かれて急逝していた。源氏は強引に藤壺の寝所に忍び込み、中宮は心労で倒れ出家を決意する。源氏は最も頼りとすべき貴種と次々に断絶してしまい、自らも出家を秘めつつ、亡き母桐壺更衣の兄弟の律師が籠る雲林院に詣でたのである。源氏の生涯における最大の苦難を癒す場としての、この雲林院(1)はどのような空間であったのか。

さらに物語の舞台は、

吹きかふ風も近きほどにて、斎院にも聞こえたまひけり。

というように表現される、紫野斎院(2)の空間に移る。斎院には桐壺院崩御により弘徽殿大后腹女三の宮が退き、新たに朝顔の君が立っていた。朝顔の斎院は高尚な教養とともに仏教への帰依を有した女君である。他の女君達が男女関係から生じた苦悩の果てに出家という究極の人生を選択しているのとは異なる。源氏の熱心な求愛をも拒んで、「御行ひ」（朝顔の巻）を試みる朝顔の君の生き方の基底には、紫野斎院に近接する雲林院という仏教空間との連関をも提起してみたい。

例えば、『源氏物語』の成立時の一条天皇の御代において、五朝にわたる斎院として文化サロンまで形成していた村上天皇皇女大斎院選子《せんし》(3)の存在を意識すれば、朝顔の斎院に与えられた人物像も納得できるものがあろう。朝顔の君の高い教養資質は六条院の栄華の構築に貢献している(4)。斎院という神の庭ではタブーとされる仏教との関わりも、選子内親王の周辺に垣間見ることができる。『源氏物語』における雲林院や紫野斎院の空間を読むために、史実における実態を検証してみたい。

㈡　雲林院の空間

雲林院の史的展開については注1で提示した論稿に引かれつつ、新たに検討を加えていきたい。『類聚國史』や『日本紀略』には淳和天皇の離宮時代の実態が記録されている。本稿ではまず前書の「天皇行幸下」「天皇遊猟」の記録から雲林院の空間を明らめてみる。天長六年（八二九）・同七年（八三〇）・同八年（八三一）の記録においては、例えば七年四月十一日条の場合、

御二紫野院釣台一　観二遊魚一

とあるように「紫野院」という名称であったことが窺える。それが天長九年（八三二）になると、四月十一日条において次の記事がある。

鑾駕幸二紫野院一、御二釣台一、院司献レ物、命二陪従文人一賦レ詩、御製亦成、賜レ禄有レ差、新択二院名一、以為二雲林亭一

ここでは離宮の名称が「雲林亭」となっている。この記事は『花鳥餘情』巻七「雲林院にまうで給へり」の注釈でも掲げられている。さらに同年九月二十六日条では次の記事になっている。

幸二雲林院一、賜二侍従已上禄一有レ差

ここに至って「雲林院」の名称が使用されている。

また『河海抄』巻第五の注釈で、その後の雲林院の事情について記されている。

> 雲林院は淳和の離宮也　仁明天皇に処分し奉給　次常康親王伝領　本堂は彼親王堂也云々

淳和天皇から仁明天皇に伝領され、『日本紀略』承和十一年（八四四）八月十三日条に仁明天皇の雲林院行幸の記録があり、その中には「覧二池塘一、宴二群臣一」という有様が記されている。仁明天皇はさらに雲林院を第七皇子常康《つねやす》親王に譲っている。『日本三代實録』元慶八年（八八四）九月十日条には次のような記事が記し留められている。

> 権僧正法印大和尚位遍照奏言、雲林院者、故無品常康親王之旧居也、親王出家為二沙門一、貞観十一年二月十六日、以二此院一付二属遍照一曰、深草天皇（仁明）、賜レ此居レ之、天皇登遐、常康落髪、昊天罔レ極、徳猶難レ報、思下欲永為二精舎一、令上学二天台之教一、伏思、元慶寺永置二年分度僧三人一、伝二天台之法一、行二試度之道一、請以為二元慶寺別院一、成二親王之心願一矣、但院中雑事、択二遍照門徒之中堪レ幹レ事者一、令二其勾当一、勅依レ請聴レ之、

常康親王は雲林院に住まい、『日本文徳天皇實録』によると父仁明天皇崩御後追慕し、仁寿元年（八五一）二月二十三日に出家している。『日本三代實録』仁和二年（八八六）四月三日条に、貞観十一年（八六九）二月十六日雲林院を遍照の付属として天台の教えを学ばしめんとしている。前掲の記事によると遍照は親王の心願を実現するために、花山元慶寺の別院とすることを請うて勅許を得ているのがこの元慶八年九月十日のことである。

さらに『日本三代實録』仁和二年（八八六）四月三日条においては、三月二十一日を仁明天皇忌《き》日《じつ》として四巻の金光明経を転じ、九十日という夏の間妙法蓮華経を講ずる勅許を得ている。その後雲林院には寛平八年（八九六）正月六日に宇多天皇が行幸している（『日本紀略』）。この雲林院が最も寺院としての形態を整えてくるのが、村上天皇の御代天暦年間のこととされる。杉山信三論稿⑤では次のような事跡を示している。

天暦七年（九五三）二月十六日、村上天皇御願の小多宝塔八基中の仏像が、この院に造りはじめられたといい、『扶桑略記』天徳四年（九六〇）二月二十四日に御願塔の心柱をたてたといい、応和三年（九六三）三月十九日に多宝塔をたてて、五仏像を安置したということがある。

天暦年間の雲林院については、『河海抄』においても実性僧都が別当に補されたことや、天暦七年

（九五三）正月八日に大般若経が修されたことを記されている。さらに前掲の指摘のように村上天皇の帰依も加わり充実した寺容となった。この応和三年（九六三）の多宝塔供養に際しては、『本朝文粋』(6)巻第十三に大江維時《これとき》の願文が収められている。「松筠有心之地　香花不朽之場」に「堂舎鐘楼」が建つ「荘厳」な「道場」であったという。その清浄な地に新たな「多宝塔一基」と「五仏像」等が安置されたのである。それ故村上天皇崩御後には御国忌《こっき》(7)等の法会がこの雲林院で営まれている。『山城名勝志』巻第十一では「雲林院」の項において、室町期の飛鳥井家の諸説を集成した注釈書『古今栄雅抄』を引用し、天暦期の盛んな寺容を次のように紹介している。

　雲林院は紫野に有、天暦の御時の御願寺、塔など立られけり、依《テ》レ勅《ニ》植《ユ》ニ呉竹《ヲ》一、東西七拾三丈南北七拾三丈也、舟岡山の東からすきかはなの近所うちいといふ所なり

村上天皇の御代天暦期においては御願寺《ごがんじ》として、前述のように大江維時の願文にもあるように多宝塔が建てられ、呉竹なども植えられていたという。その広さは、平安京の地割りの基本単位の一町は四十丈四方であるから、四町に近い広大さを有していたことになろう。「からすきかはな」即ち「犂が鼻」の地については『京都市の地名』（平凡社）によると延暦寺三門跡の一「梶井宮跡」の地、即ち『山城名勝志』を引いて、船岡山東端としている。『応仁記』を引いて花盛りの雲林院に隣接

していることを偲ばせている。雲林院の景観についての表現をみると、『古今和歌集』においては桜を詠む歌が多い。『八雲御抄』において紅葉の名所ともされ、賢木の巻の設定と同じ秋の風情を詠んだ歌として、雲林院と所縁の深い僧正遍照の作歌が『古今和歌集』に入集されている。

雲林院の木のかげにたたずみてよみける　僧正遍照

わび人のわきてたちよる木のもとはたのむかげなく紅葉散りけり（巻第五・秋歌下）

目崎徳衛論稿(8)では「たのむかげなく」について常康親王の薨去《こうきょ》後に遍照が詠んでいると解しており、この雲林院の親王周辺には「一群の『わび人』の交り」が存在していたことを指摘している。ただこの歌には雲林院の景観が具体的に表出されていない。むしろ詩文の方にそれが出ており、雲林院に対する意識も現れているように思う。

最も代表的な例として宇多天皇の寛平八年（八九六）閏正月六日雲林院行幸に際しての詩文(9)が、『紀長谷雄漢詩文集』や『菅家文草』に入集されている。天長年間の淳和天皇の行幸に思いを馳せて、『菅家文草』「扈《こ》二従《じゅう》雲林院一、不レ勝《た》二感歎一、聊叙《いささかのぶ》レ所レ観」の序では「聖主」に「侍臣五六輩」が供奉《ぐぶ》し、「院主一両僧」が「恭敬」をもって迎えている。『紀長谷雄漢詩文集』によると、皇太子以下の王卿《おうけい》に加えて、文人の菅原道真・紀長谷雄《はせお》や僧侶の弘延・素性《そせい》なども付き従っている。不詳語句が多いのであるが、全体の判明可能な詩を掲げてみる。

行幸後憶雲林院勝趣　呈吏部紀侍郎　中納言菅原朝臣

従来勝境属風情　専夜相思夢不成
把酒更論深浅戸　看花只倦往還程
青苔地有心中色　瀑布泉遺耳下声
唯（猶）恨春遊無御製　僧房紙墨旧塵生

この道真の詩における「瀑布泉」は御製においては「泉以布」と表現されるが、雲林院の池水に落ちる滝の様で、一条の布のように流れ落ちており、聖なる山懐の滝を彷彿とさせる。また「青苔地に満ち、竹林の風」が渡るという、山水美にあふれた景勝の地として描かれている。御製に和した長谷雄の詩では「雲林禅院白雲の中」ということで、神仙思想の聖地をさえ思わせる。『菅家文草』の前掲の詩では、

明王暗與佛相知　垂跡仙遊且布施

ということで、「明王」の宇多天皇はもともと仏体とみなし、雲林院で「仙遊」していると設定する。雲林院の老松は仏の「繖蓋《さんがい》」であり、蘇呂類は「瑠璃」の美しさにたとえられている。その景観はやはり仙境の地で清遊する貴顕の姿が思い起こされる。殊に雲林院西院は「雲林院西洞」として表現される。例えば大江以言《もちとき》「冬日遊雲林院西洞玩紅葉詩序」(『本朝文粋』巻第十)では「天下之名区」と詠まれ、源道済《みちただ》「冬日於雲林院西洞同賦境静少人事詩序」(『本朝麗藻』下)では「天下奇地」と評され、藤原明衡《あきひら》「雲林院西洞遇雨」(『本朝無題詩』巻第二)でも「重巘《じゅうけん》の頭《ほとり》」というような重なりあった山々の付近として、また「春日遊雲林院西洞」(同前本巻第十)では「塵埃を隔つ」という清澄な景勝地として賞賛されている空間が、雲林院西院であった。

(三)『源氏物語』と雲林院

賢木の巻において光源氏が参籠する雲林院は、前章における変遷過程に位置づけるなら離宮としてではなく寺院となった後の空間と言えよう。ただ菩提講の寺として多くの老若男女が参詣する世俗的な空間とは見えない。聖代とされた天暦の御代の帝、村上天皇の御願寺であったころの寺格の高さが漂っている。光源氏は前巻葵の巻で正妻葵の上を失い、賢木の巻に至り六条御息所と別れ、最大の後援者である父桐壺院も崩御し、憧憬を懐いて止まない藤壺中宮への強引な接近も拒絶に遇ってしまう。こうした究極の逆境に際して救済を求めて、光源氏の辿り着いた空間がこの雲林院である。

大将の君は、宮をいと恋しう思ひきこえたまへど、あさましき御心のほどを、時々は思ひ知るさまにも見せたてまつらむと念じつつ過ぐしたまふに、人わろくつれづれに思さるれば、秋の野も見たまひがてら、雲林院に詣でたまへり。故母御息所の御兄弟の律師の籠りたまへる坊にて、法文など読み、行ひせむと思して、二三日おはするに、あはれなること多かり。

紅葉やうやう色づきわたりて、秋の野のいとなまめきたるなど見たまひて、古里も忘れぬべく思さる。法師ばらの才あるかぎり召し出でて論議せさせて聞こしめさせたまふ。所からに、いとど世の中の常なさを思しあかしても、なほ「うき人しもぞ」と思し出でらるるおし明け方の月影に、法師ばらの閼伽たてまつるとて、からからと鳴らしつつ、菊の花、濃き薄き紅葉など折り散らしたるもはかなけれど、この方の営みは、この世もつれづれならず、後の世はた頼もしげなり。さもあぢきなき身をもて悩むかな、など思しつづけたまふ。律師のいと尊き声にて、「念仏衆生摂取不捨」と、うちのべて行ひたまへるがいとうらやましければ、なぞやと思しなるに、まづ姫君の心にかかりて、思ひ出でられたまふぞ、いとわろき心なるや。

東宮の冷泉帝は光源氏の秘めたる御子であり、桐壺院の亡き世となっては弘徽殿大后や右大臣側の攻勢に相対して廃太子の憂き目を見る可能性すらあることを考慮すれば、源氏の気懸かりは募るばかりであった。しかし藤壺中宮の厳しい拒絶に遇って、源氏は東宮の許へ参上することを諦めざるを得ない。こうした窮状下で過去には離宮でもあった雲林院への参籠が設定される。その寺院にはその深刻な苦悩を癒す存在として、母桐壺更衣の兄弟である律師という肉親を登場させる。

秋の雲林院の景観は「菊の花」「紅葉」の彩りをまじえた美しさは「古里も忘れぬべく思さる」とあるような、都の華やかさ以上の風情を醸し出していた。この物語空間の基底に、前項において論じた雲林院の時空を踏まえて、読み進めてみたい。最大の危機を迎えた光源氏は、その空間である宮廷から排斥されんばかりの憂き目にある。そうした窮状下で源氏が選択した雲林院は歴史上理想化された帝や貴紳が逸話を留め、詩文において仙洞とまで形容された聖地であり、後には寺院として多大な信仰を集めていた。後冷泉帝の御代を代表する詩人で博学の士であった藤原明衡が、『源氏物語』の成立年代より少し下った長元三年（一〇三〇）九月十三日以降に作った詩「秋日遊二雲林院一」が『本朝無題詩』(10)に入集されている。

材譾《あさク》性慵《ものうク》　詞俗流
列二名風客一屢観遊
昨陪二天闕《てんけつ》黄花露一

去十二日適応二勅喚一陪二花菊宴一。故云。

今入雲林錦葉秋
閑詠自令二嵐韻助一
帰蹄更被二月光留一
梵宮形勝移二仙洞一
誰謂蓬瀛《ほうえい》無レ処レ求

明衡は風客（文人のこと）として昨日天闕（宮中のこと）の菊花の宴に列した。『日本紀略』長元三年九月十二日条に賦詩・歌管の御遊が催されたことが記されている。賢木の巻と同様に錦秋の雲林院を訪れている。末尾の二連はやはり雲林院を神仙の境に見立てている。即ち雲林院の「形勝」は仙境のように素晴らしいし、伝説上の三神山の蓬萊・瀛洲《えいしゅう》に並ぶ聖地として讃えられている。前章の詩篇まで含めた雲林院の文芸空間を踏まえてみると、前掲のように光源氏が「古里も忘れぬべく思さる」という感懐に至った基底を理解できるように思う。

仁明天皇から伝領を受けたのが第七皇子常康親王であったが、前項で引用した『日本三代實録』元慶八年（八八四）九月十日条によると、親王は出家後雲林院を遍照に付属させる。遍照は「天台之教」を学ぶ精舎とすることを目指す。根本智治論稿[11]では賢木の巻の表現について遍照と常康親王の和歌の影響や、親王と光源氏との連関、「桐壺院追慕の意味」を指摘する。遍照との関わりについては新編日本古典文学全集版の頭注においても、「秋の野のいとなまめきたる」の詞章が『古今和歌集』巻第十九・雑躰・誹諧歌に入集された遍照の詠歌

秋の野になまめきたてるをみなへしあなかしがまし花もひと時

からの引用であることを指摘されている。さらに本項に引用した賢木の巻における光源氏の雲林院参籠に際しての描写で、律師が唱える「念仏衆生摂取不捨」は『観無量寿経』の法文である。この部分の前文が

（前略）一一光明、遍照十方世界、

ということで、「遍照」という語句が浮かびあがる。僧正遍照に雲林院の律師自身を重ね合わせることもできよう。遍照は俗名良峰宗貞《よしみねのむねさだ》。仁明天皇の寵臣として嘉祥二年（八四九）蔵人頭《くろうどのとう》に進むが、翌三年三月二十一日天皇崩御により、同年二十八日自らも出家している。雲林院を伝領した常康親王も前述のように仁明天皇皇子であった。『日本文徳天皇實録』仁寿元年（八五一）二月二十

三日条に

　　無品常康親王落髪為レ僧云々

と記されている。母が紀名虎《きのなとら》女種子で、他の親王達のように文徳天皇や光孝天皇として即位する立場には至らなかったが、仁明天皇の鍾愛《しょうあい》は受けており、「追二慕先皇一」の念からの出家であったという。親王は貞観十一年（八六九）二月十六日雲林院を遍照に預けている。この間の事情を『日本三代實録』仁和二年（八八六）四月三日条[12]の記事が明らかにしている。遍照は親王の念願を汲みとって、仁明天皇の国忌を毎年三月二十一日に執り行うことの勅許を得ている。四十年に近い歳月を費やしての成就であった。注1で掲げた柴田論稿では『日本三代實録』の記事に「若非二勅許一、恐有二断絶一」と記されていることで、国忌決定の異例さを指摘している。即ち国忌があまりに増えたため、桓武期に太政官の奏上によって整理されたという。こうした制約を越えて、すでに四十年近く前に崩御した天皇の国忌が加えられたのは極めて稀な事例で、柴田論稿では「常康親王と遍照の素願」が幸いしたものと推測している。やはりこの時点での「勅許」が得られなければ、仁明天皇の国忌は「断絶」していたにちがいない。それだけに常康親王と遍照の存在は重要である。殊に常康親王はすでに貞観十一年（八六九）五月十四日に薨去しているとすれば、さらに十七年を経てこの宿願を維持し達成し得たのは、遍照の存在ということになる。史実における先皇たる仁明天皇―追善する皇子たる常康親王―追善に関わる僧たる遍照、これらに対応する賢木の巻の構図は桐壺帝―光源氏―律師ということになる。

史上の雲林院では仁明天皇のために毎年三月二十一日には四巻の金光明経を転読し、九十日一夏の間妙法蓮華経を講じている。すでに天皇鍾愛の皇子常康親王は亡き人となり、寵臣でもあった遍照が先皇の恩に報じている。賢木の巻における源氏雲林院参籠の契機としては、藤壺中宮への果たし得ぬ思いに対する懊悩、藤壺出家後に取り残される東宮の後見としての苦悩などに依るものと解されている。しかしこの巻で桐壺院が崩御している。史実に沿う葬送儀礼としては、朱雀帝による盛大な国忌が催されねばならないはずであった。父院を見舞う朱雀帝に対して

東宮の御事を、かへすがへす聞こえさせたまひて、次には大将の御事

ということで「あはれなる御遺言」を伝えている。その後に続く作者自身のことばとして、「女のまねぶべきことにしあらねば、この片はしだにかたはらいたし」ということで、女が口出しすべきことではないとするが、このことはいっそう事の重大性を臭わせることとなる。帝も、

さらに違へきこえさすまじきよしを、かへすがへす聞こえさせたまふ

ということで、院の御遺言への遵守を誓っている。ところが弘徽殿大后は最期を見届けていない。ましてや外祖父右大臣の態度への不安を綴っている。

祖父大臣《おほぢおとど》、いと急にさがなくおはして、その御ままになりなん世を、いかならむと、上達部・殿上人みな思ひ嘆く。

貴族達の間では新帝が若いだけに外戚右大臣の専横ぶりを早くも予想して、治世への不安を隠してはいない。御四十九日の仏事が終わると集っていた女御・御息所たちも「散り散り」に退出し、藤壺は弘徽殿大后の気性を知っているので、今後の厳しい人生を案じ、三条宮に退出することを決心する。故桐壺院の葬送儀礼の最後が国忌としての一周忌である。

中宮は、院の御はてのことにうちつづき、御八講のいそぎをさまざまに心づかひせさせたまひけり。霜月の朔日ごろ、御国忌なるに雪いたう降りたり。

藤壺が宮中から退出した日も激しい雪の日であったが、この御国忌の日も大雪に見舞われている。しかもこの儀礼に新帝の朱雀帝や、権勢となった右大臣の人々の姿は描かれていない。描写されているのは藤壺が主催する法華八講で、源氏大将や藤壺の兄兵部卿宮、御八講の最終日になって「故院の皇子たち」が登場する。その日は藤壺が山の座主を召して御髪をおろした日でもあった。公事としての描写はない。須磨の浦における故桐壺院の顕現と悟しを受けて、光源氏は帰京後早速、故院のための追善御八講の準備を整え始め、澪標の巻頭で仏事を催す。前述のように故院の国忌が十一月一日ごろに催されているが、その時期に近い「神無月」に設定している。光源氏は政権復帰の初政務として国忌に相当する意識下で故父院に対する仏事を営んでいる。またこの仏事の主催は光源氏の権勢という立場を証明する営為ともなっている[13]。

『花鳥餘情』においては『寛平御記』寛平元年九月甲辰（二十四日）先皇光孝天皇を夢に見て、法華八講を営んだ事例を掲げている。光孝天皇は前述のように仁和二年に遍照から奏上された仁明天皇の国忌を勅許した帝でもある。宇多天皇も前項で触れたように、道真や遍照の子素性らを従え雲林院で聖遊を試みている。物語において桐壺院の崩御が果たした位置付けについては、室伏信助論稿[14]では次のように論述する。

桐壺院の崩御を最初のやまとする源氏方の衰運が、こうして着々と現実的な裏づけをもって記される過程は、それ自体としてまことに見事という外はない。その意味で、桐壺院の崩御は物語の背後にひそむ政治の世界を、あますところなくあばき出した象徴的事件といわなければならないだろう。

こうした桐壺院に対する追善は藤壺中宮を中心に営まれる仏事のみならず、前述のように光源氏の雲林院参籠においても窺うことができる。さらに物語上の雲林院には帝寵の后、桐壺更衣の兄弟が律師として修行を深めていた。前掲のように仁明天皇の国忌を願い出て、『金光明経』転読と安居講を行うことの勅許を得た遍照のような立場で、桐壺更衣急逝後の往生を祈願する役割を担っていたのであろう。殊に更衣は父故大納言の遺言を実現した玉の輿に乗ってはいたが、後宮での不幸を一身に背負う境遇となってしまい、この女人を極楽往生させるためには並々ならぬ勤行が必要であったと推察される。また聖帝でありながら朱雀帝外戚との緊張関係を強いられ、後継の帝の主催する国忌の描写にもなっていない故桐壺院の供養を引き受ける役割をも合わせ持つ、重要な資格を担う聖僧として、この律師を位置付けることができよう。さらに光源氏の流謫中においても雲林院では、光源氏をして、

後の世はた頼もしげなり。（賢木）

と安堵させるような「律師のいと尊き声」による誦経が響き、勤行が続いていたはずである。『日本三代實録』光孝天皇仁和二年四月三日条によれば、常康親王が遍照に雲林院を託し具体的に望んだ内容は、

永為㆓精舎㆒、欲㆘伝㆓天台之教㆒、報㆗先皇之恩㆖

ということであった。光源氏は雲林院参籠の仕上げとして天台六十巻の教えを学んでいる。歴史的に仁明天皇の恩に報いるために寺院化された雲林院において、源氏も先皇たる故桐壺院への報恩を祈念していたはずである。

　光源氏は須磨で住吉の神への加護を願った後、今度は「御念誦」を試みると、亡き御父、故桐壺院が顕現し源氏を導き、一方で「内裏に奏すべきこと」があるということで姿を消す。都では朱雀帝が眼病を患い、太政大臣（かつての右大臣）は薨去し、大后まで日増しに体調を悪化させる。とうとう光源氏帰還の宣旨が下る。その頃源氏は明石入道の仏道勤行の場であった「いかめしき」法華三昧堂において、「後の世に願いはべる所のありさま」という極楽での往生を祈念して、勤行に励んでいる。その空間は「紅葉やうやう色づきわたりて云々」というような美を極めた仙境と仏道三昧の世界が融合したような雲林院に対して、さらに明石の岡辺の宿の「ここにゐて思ひのこすこ

とはあらじ」というような聖地に仕立てあげている。

三昧堂近くて、鐘の声松風に響きあひてもの悲しう、巌に生ひたる松の根ざしも心ばへあるさまなり。前栽どもに虫の声を尽くしたり。ここかしこのありさまなど御覧ず。むすめ住ませたる方は心ことに磨きて、月入れたる真木の戸口けしきことにおし開けたり。(明石)

右の描写は雲林院参籠のそれと同様に秋の情景であり、次のような対応で捉えることが可能である。雲林院の僧堂と明石入道の法華三昧堂。閼伽《あか》を入れる杯の触れ合う音と鐘の音の松風に響き合っている音。菊や紅葉と松や虫の集《すだ》く前栽。明け方の月影と真木の戸口越しの十三夜の月。これらの後に賢木の巻では源氏は紫の上と贈答歌を交わし、紫野斎院の朝顔にも情をかける。明石の巻ではもちろん源氏と明石の君との出逢いとなる。明石入道の館は前掲のように美を尽くした極楽をも偲ばせる理想的空間としている。

光源氏不在の都では雲林院の律師が、その源氏が流謫する明石では法華三昧堂を建立した明石入道が、そして源氏自らも一族の救済・繁栄・極楽往生などを祈念して勤行を重ねているはずである。思い起こせば雲林院の律師は故桐壺更衣の兄弟で、明石入道も父大臣が更衣の父大納言と兄弟という血縁にあり、祈念する内容も接点を有していることになる。そうした流れの一つの到達点が、澪標の巻において光源氏が主催した故桐壺院追善の法華八講ということである。

㈣　雲林院から紫野斎院へ

光源氏は二条院に残した紫の上と贈答歌を書き交わした後、同年斎院に卜定されたばかりの朝顔の斎院との唐突な交際が描かれている。雲林院籠りは藤壺に対する苦悩、東宮の後見の問題、そして故桐壺院への追善等の内容との連関によるものと位置付けられよう。その最終段階で源氏は朝顔の斎院へ三十一文字を贈る。

吹きかふ風も近きほどにて、斎院にも聞こえたまひけり。中将の君に「かく旅の空になむもの思ひにあくがれにけるを、思し知るにもあらじかし」など恨みたまひて、御前には、
「かけまくはかしこけれどもそのかみの秋思ほゆる木綿襷《ゆふだすき》かな
昔を今にと思ひたまふるもかひなく、とり返されむもののやうに」と、馴れ馴れしげに、唐の浅緑の紙に、榊に木綿つけなど、神々しうしなして参らせたまふ。

雲林院から紫野斎院までは非常に近いとしている。この朝顔の登場に関しては斎院に関する制度を曲げてまでの唐突さが指摘されている。朝顔が新斎院に卜定されたのはこの年の春のことで、『江《ご》

家次第《うしだい》』によると初斎院は宮城内に便所《びんしょ》を卜定し三年間の斎戒を終えてから、紫野斎院に遷ることになっている。しかしながら物語では宮廷行事をその展開に適合するように改変することがあり、作者の無知によるというわけではない。作者が作品の中でより効果的に活かそうとする。朝顔の居所を初斎院の宮中の便所とするより、雲林院に近い紫野斎院とした方が物語の展開に適合する。光源氏の色好みや政治的危機に連関する苦悩を救済するために雲林院に参籠した折に、さらに皇城地主神である賀茂の神に仕える斎院に文を贈るということは〝犯し〟という一方で、その神の〝加護を願う〟という前提であれば批難の理由は無くなる。後に須磨流謫を前にした折も賀茂御祖《かものみおや》神社（通称下鴨神社）に向かい、和歌を詠じ糺《ただす》の森への加護を祈念している。

　また朝顔の斎院の登場が唐突であるとは言いながら、この巻の故桐壺院の服喪で弘徽殿腹皇女が斎院を退下した後に朝顔の姫君が立った際は、その前に紫の上に関する描写があり、雲林院参籠においても光源氏が出家できない第一の理由として紫の上の存在を思いやり贈答歌を交わした後、紫野斎院の朝顔を思い起こしている。紫の上と朝顔の姫君の間には連関性が読みとれ[15]、それは双方の女君とも賀茂の神に関わる聖性を保持することにあると思われる。

　こうした物語上の展開を成立させている空間について、究明しなくてはならない問題を残している。雲林院の位置については『山城名勝志』では「大徳寺巽《たつみ》」即ち大徳寺の東南部をその旧跡としている。『今昔物語集』巻第二十八「円融院御子日参曽祢吉忠語第三」において円融院が船岡山で子《ね》の日の遊びを催している。この行幸の路程に雲林院が出てくる(16)。堀川院から二条を西に向かい、大宮大路を北上している。さらに雲林院南大門で馬に乗り、船岡山の北の小松が群生している場所までやってくる。雲林院の南大門から西行すれば船岡山へ行き着くということであれば、前掲の通り雲林院は大徳寺の東南部に当たることでよい。漢詩文では雲林院西洞とか西院という表現があり、いくつかの建造物から存在していたようである。さらに雲林院を本寺として子院・私堂が増えていった。『山城名勝志』巻第十三所引の資料によれば、雲林院の中に修造された念仏寺は寛和年間(九八五~九八六)のことと伝えられ、毎月朔日に菩提講を営み信仰を集めていた。『御堂関白記』寛弘七年(一〇一〇)閏二月一日条には藤原道長が雲林院慈雲堂に詣でたことを記している。『小右記』長和二年(一〇一三)八月二十二日条では藤原実資《さねすけ》が雲林院付近の寺々に詣でていることを記している。『枕草子』「見物《みもの》は」の章段では賀茂祭の還《かえ》さを描いている。祭の翌日上賀茂神社から紫野斎院に帰る行粧《ぎょうしょう》の有様である。雲林院の他に知足院の名が出てくる。雲林院と知足院そして紫野斎院が問題となる。知足院は『西宮記』巻十七「野行幸」の所引資料の中に記されている。

延喜十八年十月十九日、幸北野、……犬養八人候安福殿前……乗輿到知足院南、……到船岡下輿就軽幄座……

(故実叢書版本文を使用)

船岡への鷹狩の行幸である。犬飼が侍る安福殿は内裏紫宸殿の南庭《だんてい》の西南で、月華門の南に当たる。そこから宮中を出発し、輿に乗り知足院の南を経由して船岡に行幸している。知足院は延喜十八年（九一八）以前に創建されていることになる。杉山信三論稿が掲げる雲林院の山内にある私堂・供養塔・墓などは次の通りである。

雲林院慈雲堂（『御堂関白記』）
大弐寺・貞光寺（『小右記』）
雲林院吉茂堂（『水左記』）
雲林院小堂に多宝塔供養（『中右記』）
雲林院乾角に檜皮葺堂を建て、丈六金色阿弥陀像を安置（『江都督納言願文集』）
雲林院掌侍堂の敷地内に中宮篤子内親王の殯堂《ひんどう》を建立（『中右記』）
藤原貞秀が後世のために塔婆を建立（『後拾遺往生伝』）
権大納言藤原宗忠喪礼のために雲林院に詣でる（『中右記』）

この事例の他前掲の西洞（西院）、菩提講で賑わった念仏寺もある。

一方知足院山内にあるとされる建造物は次の通りである。知足院不動堂[17]・能寂院小堂・信範移建の堂・俊房堂・丈六堂・阿弥陀堂・豊後堂・大湯屋・本堂・西堂・塔・一乗堂・千手堂・但馬堂・南大門などである。

杉山論稿では『兵範記』の筆者、平信範《のぶのり》の妻が嘉応二年（一一七〇）五月十日に逝去した折、その仏事の記事から雲林院・知足院の関係を次のように結論づけている。

七七日の忌日には、雲林院、知足院、能寂院と誦経を修めているのは、この順序で本寺・子院の関係にあることを示していると考えていいだろう。

即ち雲林院—知足院—能寂院という順序で本寺と子院・塔頭の上下関係を有していたことになる。さらに同氏は西林寺をも知足院の子院と見ている。それは摂政藤原基実《もとざね》が仁安元年（一一六六）七月二十六日逝去した折の『兵範記』の記事からである。(18) もちろん西林寺は雲林院の子院でもある。仁治三年（一二四二）十二月二十八日前関白藤原家実《いえざね》の葬送が行われたのも西林寺であった。『平戸記』同日条（史料大成版）によって、必要部分を紹介してみた。

（前略）今日入道殿御喪事有沙汰云々……可被移御喪於雲林院西林寺云々……西林寺堂内有空閑之地、……件竹原中被構山作所、於彼所荼毗事

葬儀の寺として「於雲林院西林寺」と記されている。西林寺は雲林院の子院であるし、記述からみ

ると雲林院の山内に西林寺があったと推定される。

雲林院と知足院の位置については、杉山論稿で『兵範記』久寿二年（一一五五）八月二日条の近衛上皇崩御の葬儀に際しての記事において、関白藤原忠通《ただみち》と思われる人物の行動に注目している。その人物が上皇の御骨を知足院不動堂に安置する際、知足院で藁靴をはき、雲林院四足門前小河でそれを脱いで手足を洗った後近衛殿に帰っていることから、知足院より雲林院の方が南、即ち洛中に近い位置にあると推論している。その場合知足院を今日の常徳寺あたりとする。常徳寺の地名は北区紫竹東栗栖町で山号を知足山と号し、寺伝でも知足院の旧地と伝えている。『山城名跡巡行志』第三では次のように記している。

在二紫竹村一ニ、元ハ知足院ノ古址、延喜年中ニ建、荒廃後立二法華堂一ヲ、号二知足山常徳寺一ト

この場合賀茂祭の還さのルートは上賀茂神社から大宮大路北延長路に入り南下し、知足院・雲林院の順で斎院に近づくことになる。

一方知足院を雲林院よりも南、一条北辺と見なす説もある。前掲の『西宮記』巻十七「野行幸」所引資料によると、「知足院南」を通り船岡山に辿り着いている。この場合は知足院が船岡山より北に位置しては都合が悪く、この山より東側以南に位置しているはずである。川勝政太郎(19)見解では、

「船岡より南」即ち一条大路北辺説を主張している。『兵範記』記載の保元元年（一一五六）七月十二日条の上皇と頼長の追捕のため「知足院寺中房舎、一条北辺」が捜索されたことや、『山槐記』の記載する治承四年（一一八〇）三月二十三日条の百塔詣の道順が「次向雲林院、知足《ママ》、向一条堀川辺」となっていることなどを論拠としている。

さらにもう一説として、雲林院という広い寺域内に様々の子院・堂舎が建てられているという見解もある。前述の柴田実論稿[20]では次のような推論を試みている。

> なお多くの吟味を要するが、雲林院のような広い院内に、時代とともに種々の新しい仏殿堂舎が建てられ、それぞれの願主によって様々の法会が催う《ママ》されることは一般的にいって十分ありうることで、『西宮記』に見える知足院はともかく、『平戸記』仁治三年十二月二十八日前関白藤原家実の葬を行った雲林院西林寺堂内などというのも院内にあったもののようである。この関係はあたかも後の禅宗寺院、例えば大徳寺の山内（寺域）にその本坊とは別に多くのいわゆる塔頭・子院の設けられるのに、ある程度似たものといってよいであろう。

こうした有様をもの語る地図として『閑院内裏京城図[21]』や『中古京城図[22]』などがある。大型の古絵図で、景観が示す年代は土御門院正治元年（一一九九）から伏見院正応元年（一二八八）まであり、京城を古文書等の記載から再現している。前図では雲林院不動堂を中心に西堂の文字も認められ、塀に画されて念仏寺・知足院・西林寺が隣接している。後図には雲林院周辺の地名に関わる史書古文書の記事が一覧できるようになっている。次項で紫野斎院位置推定資料として改めて掲示してみたい。両図とも雲林院が大宮大路北延長路に当たる通りの東に描かれているのが難点ではある。

『今昔物語集』巻第二十八第三などを重視すれば、雲林院の方が南となろうが、『西宮記』巻十七「野行幸」や『山槐記』『兵範記』の記事を採用すれば、知足院の方が南ということになる。前者の場合、知足院跡と伝承される北区紫竹東栗栖町の常徳寺では少々北に寄り過ぎている感は否めず、川勝論稿で推定するように（注1参照）

例えば船岡東南の知足院が後世衰微していたのを日蓮宗寺院として常徳寺の名で再興したものが、その後紫竹の現地に移転したといったことがあったのかも知れない。

ということの可能性もある。本稿としては知足院を雲林院の南に位置するとし、大宮大路北延長路を北から雲林院・知足院そして一条北辺に至るものと推定したい。

さてその上で紫野斎院の位置はとなると、知足院と一条北辺の間ということになる。前掲の川勝論稿では、知足院を船岡山の南辺とし、北は鞍馬口通、東は大宮通を限り、南面に「南大門」を、北面に「北門」を、西面に「西門」を開き、不動堂の東西にそれぞれ「東堂」「西堂」なる僧房があったものと推定している。「知足院位置参考図」でその位置を大宮通の西側としている。この知足院は前述の『枕草子』「見物は」の章段において、賀茂祭の還さの路程に位置していたことが窺える。『日本紀略』天暦三年（九四九）四月二十九日条では、

上皇御二知足院一、覧二斎王還レ院

と記され、朱雀上皇も知足院で物見をしている。中御門右大臣藤原宗忠《むねただ》の『中右記』においても嘉承二年（一一〇七）四月十八日条・元永元年（一一一八）四月二十二日条・大治四年（一一二九）四月二十六日条等において、白河上皇も知足院南大門あたりで牛車を立てて祭の還さを見物している。殊に大治四年の場合が詳しい記述となっている。

天晴、斎王還本院給、先従新院被奉夏扇、使兵衛佐公行給禄、女装束、（中略）次立御車於知足院殿大門前、有御見物、殿下御車、内大臣以下騎馬直衣、殿上人衣冠、

白河上皇の物見に内大臣・殿上人も供奉している。このように知足院南大門の前は賀茂祭の還さを見物する格好の場所となっていた。知足院南大門前の東西の道は、下鴨神社を東に鹿苑寺（金閣寺）方向を西に結ぶ。今日言うところの鞍馬口通りを想定したい。川勝論稿でも古道と推定する道である。

右の『中右記』の記事にもあるように、上賀茂神社から紫野斎院に戻る際には知足院前を通り、紫野斎院は鞍馬口通を越えた南に位置し、一条大路までの間ということになる。『山城名勝志』巻第十一では紫野斎院を

大宮一条以北

と記している。

(五) 紫野斎院の空間

『八雲御抄』では有栖《ありす》川を斎院御所としている。『袖中抄《しゅうちゅう》』(23)において次のような注記がある。

チハヤブルイツキノミヤノアリスガハマツトトモニゾカゲハスムベキ

顕昭云　アリスガハハ斎院ノオハシマス本院ノカタハラニハベル小河ナリ　今ノ歌ハ本院ニテ松枝映水ト云事ヲ京極大殿ノヨミ給ヘルナリ

「千早振いつきの宮の有栖川」の和歌は『千載和歌集』巻第十に収められ、その詞書は、

二条太皇太后宮、賀茂のいつきと申しける時、本院にて松枝映水といへる心をよみ侍りける

京極前太政大臣

ということである。二条太皇太后宮令子内親王が紫野斎院に住まっていたのは寛治四年（一〇九〇）から承徳三年（一〇九九）のことであった。

さらに『袖中抄』では

音に聞くいつきの宮のありす河ただ船岡のわたりなりけり

を掲げる。『夫木和歌抄』巻第二十四所収の一一二〇〇の和歌である。詞書は、

家集、北野行幸に本院の辺にてよむ　躬恒

ということである。躬恒歌としてはさらに

いさ知らずみつねはここに有栖川君が行幸にけふこそはみれ

の和歌を掲げている。現存『躬恒集』においては

ありす河にてとはせ給しかば

という詞書がついている。

もう一例掲げている。

又古（土）御門前斎院かくれ給て後、堀川（院）・前斎院あひつぎてすみ給けるに参て、むかしを思出でて、中院入道右大臣

有栖川おなじ流れとおもへかも昔のかげのみえばこそあらめ（ママ）

これは『新古今和歌集』巻第八所収八二七の和歌である。

禎子内親王かくれ侍りてのち、悰子内親王かはりゐ侍りぬと聞きて、まかりてみければ、なにごともかはらぬやうに侍りけるも、いとどむかし思ひ出でられて、女房に申し侍りける　中院右大臣

有栖川おなじ流れはかはらねどみしや昔のかげぞ忘れぬ

土御門斎院は白河天皇女禎子内親王、悰子内親王は堀河天皇皇女で、中院右大臣は久我雅定で血縁を有する貴種である。以上の諸例によって紫野斎院と有栖川との結び付きを指摘することができる。ただ『山州名跡志』等においては、有栖川という呼名を有する川が紫野の他に嵯峨や賀茂にもあったとする。斎院の象徴となっていた有栖川は紫野のそれである。『狭衣物語』巻第三では

御前に流れたるは、有栖川となむいふ云々

ということで、斎院の前を流れる小川を有栖川としている。前掲した『袖中抄』の注記によれば、「有栖川ハ斎院ノオハシマス本院ノ傍ラニ侍ル小河」ということになる。『宇治拾遺物語』五七「石

橋ノ下ノ蛇《くちなは》ノ事」には、次のような記述がある。

　雲林院の菩提講に、大宮をのぼりに参りけるほどに、斎院の辺ちかくなりて、石橋ありける。

東大宮通を北上した大宮大路北延長路を斎院近くになった地点に石橋があったという。これが有栖川にかかる橋と推測される。また斎院は大宮大路北延長路に面していると思われる。内大臣藤原忠《ただ》親《ちか》の日記『山槐記』の現存本に欠落しているものの、『山城名勝志』巻第十一に収められた次のような記事がある。

　仁安二年（一一六七）四月九日、参二本院一ニ、用二毛車一、入二東門一ニ大宮面、平門也

この内容から判断すると、大宮大路北延長路に面して、斎院の東門が開いているということである。斎院の位置は大宮大路北延長路の西側に存在していることになる。また同日記永暦二年（一一六一）四月十六日条の式子内親王初斎院の記事では、紫野斎院の位置を、

　所謂一条以北本院也

としている。また『山城名勝志』の有栖川の位置としては

土人云、在二洛北大宮西一、源出レ自二舟岡東麓一、経二安居院北小路一、至二戻橋辺一、合二堀川一、

と記す。また『山州名跡志』に記される同川の記事は次の通りである。

此辺の伝説に、舟丘の東南、大宮ノ西条《すじノ》人家の間に、舟丘の卯辰の方より流るる細流を云ふ也、水源は今宮鳥居の東を自リレ北流ルレ南ニ、其処にては若狭川と号す、其下は大徳寺門前を流れて来るなり、（下略）

船岡山の東南を流れ、上流を若狭川と称していた。安居院北小路を貫流し、大宮大路北延長路にかかる石橋が『宇治拾遺物語』「石橋下蛇事」に記載されるものであろう。その下流は一条戻橋付近で堀川に合流しているという。斎院は大宮大路北延長路を横切る前述の安居院北小路の北に位置していることになる。安居院《あぐいん》は叡山竹林院の京内の里坊で、現在地で言えば上京区大宮通の東で寺之内通を交差する付近に位置している。『源氏一品経』の作者澄憲《ちょうけん》は藤原通憲《みちのり》（信西）を父とし、平安末から鎌倉初期にかけて、法会の導師、説法唱導の名人としてこの安居院に住んでいた。『源氏

表白』の聖覚はその子に当たる。

この安居院北小路を「廬山寺《ろざんじ》通」と想定するのが、角田文衞論稿である(24)。論稿ではさらに紫野斎院の推定地として、現在の櫟谷七《いちいだになな》野《の》社《しゃ》と見立てる。「野社《のしゃ》」を紫野斎院の社とし、七座は斎院の守護神七柱—大殿《おおとの》神・地主《じぬし》神・御門《おかど》神・御井《おい》神・庭火《にわび》神・忌火《いび》神・御竈《おかまど》神を指すと推定する。今日七野社の祭神は祀られていない。地誌類も七神が異なる。『山州名跡志』では伊勢・春日・石清水・稲荷・賀茂・松尾・平野の七神を勧請したとする。『山城名勝志』では梶井宮家の伝説として次のように記す。

梶井宮舟岡に御坐す時、御所辺近く、日吉七社を勧請し給へり、今の七ノ社是也と云々

梶井宮は比叡山東塔南谷から建長二年（一二五〇）に船岡山の東端に移ってきた。その際天台の守護神日吉七社を勧請したということであれば、理に適うように思われる。前述の安居院も叡山関係の里坊であった。

紫野斎院の位置は大宮大路北延長路の西に面し、安居院北小路（後の廬山寺通）の北に存在しているとすれば、有栖川の傍らという点も考慮して、現在の七野社より南東側と想定されよう。前項で紹介した『閑院内裏京城図』や『中古京城図』（図1）には十二〜十三世紀における、平安京の

名残りを留めた景観が描かれ、殿舎・邸宅・社寺・山川・橋・樹木等が図示されて本論で触れた名称が出てくる。船岡山の東南の景観が注目されよう。雲林院・知足院・西林寺の南に接する空間には、これまでの論述で触れた対象が認められる。即ち紫野斎院と想定される空間である。「有栖《ありす》川《がわ》・點野《しめの》」の周辺には「廬山寺」「北小路」「舟橋」「若狭川」、それに角田論稿の重視する「七ノ社」が書き出されている。北から「雲林院」「知足院」「有栖川・點野」は並んでいるが、「七ノ社」はこの南北の線上から西側へ離れた位置にある。本稿としては傍に有栖川が流れ神聖な祓所を意味する「點野」を有する空間、即ち大宮大路北延長路の西側で廬山寺通に北面する空間を紫野斎院と推定したい。賀茂の斎院の行粧《ぎょうしょう》が賀茂別雷神社から紫野斎院への帰路、即ち祭の還さを見物する位置、『枕草子』であればほととぎすの鳴く音を賞でながら「見物《みもの》」をする名所、雲林院・知足院が途次にあって、紫野斎院へ辿り着くのである。

『源氏物語』が成立した時期の賀茂の斎院は、村上天皇皇女として五代五十七年の永きに亙ってその任にあった選子内親王である。大斎院とも称され文化サロンの後援者としての名声も留めている。『今昔物語集』巻第十九「村上天皇御子大斎院出家語第十七」に選子周辺の逸話を収めている。

（前略）後ノ一条ノ院ノ天皇ノ御代ノ末ノ程ニ、心有ケル殿上人四五人許、西ノ雲林院ノ不断ノ念仏ハ九月ノ中ノ十日ノ程ノ事ナレバ、其ノ念仏ノ終ノ夜、月ノ艶《えもいは》ズ明ナリケルニ、念仏ヲ

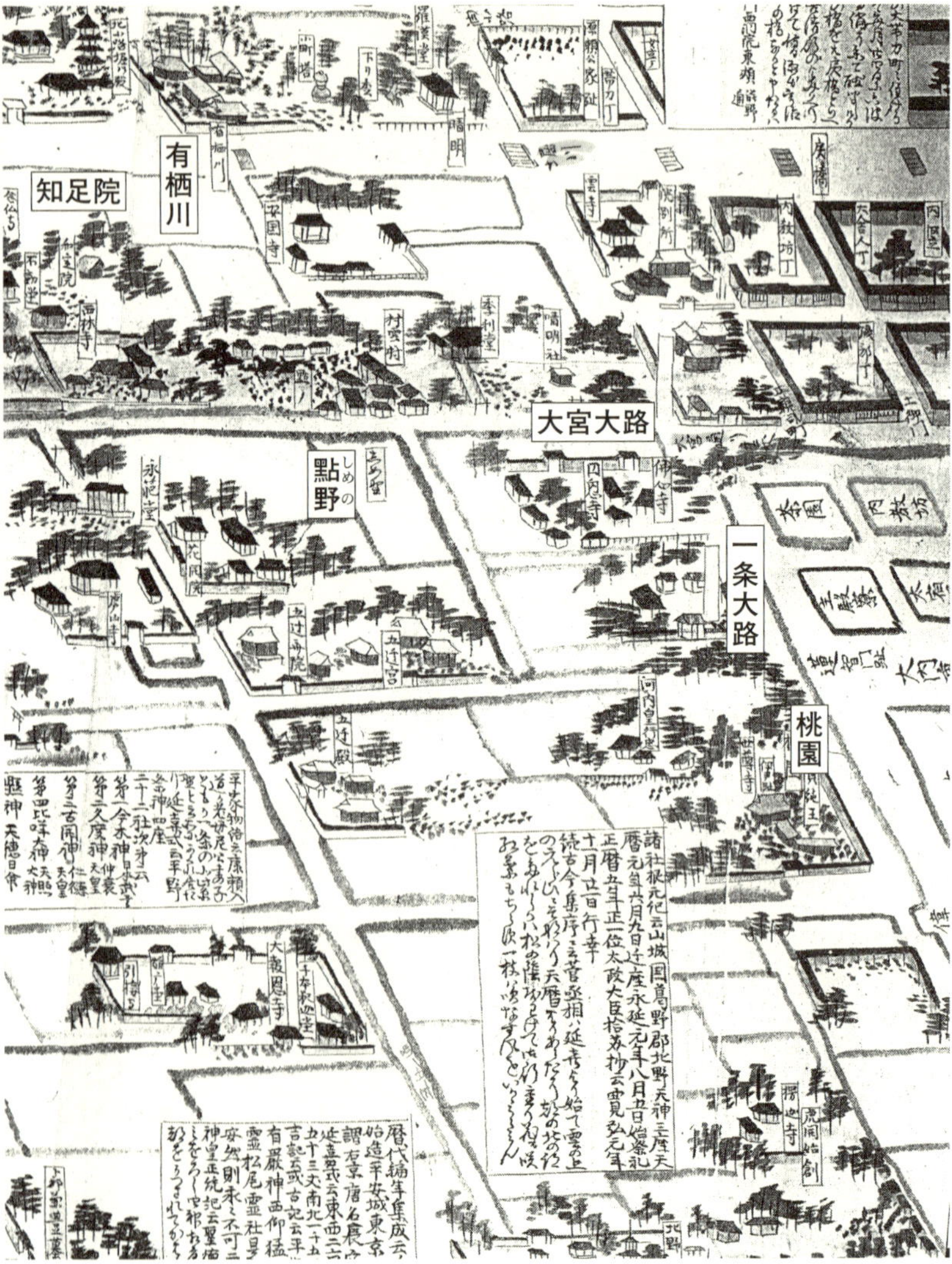

図１　中古京城図（大塚隆蔵）

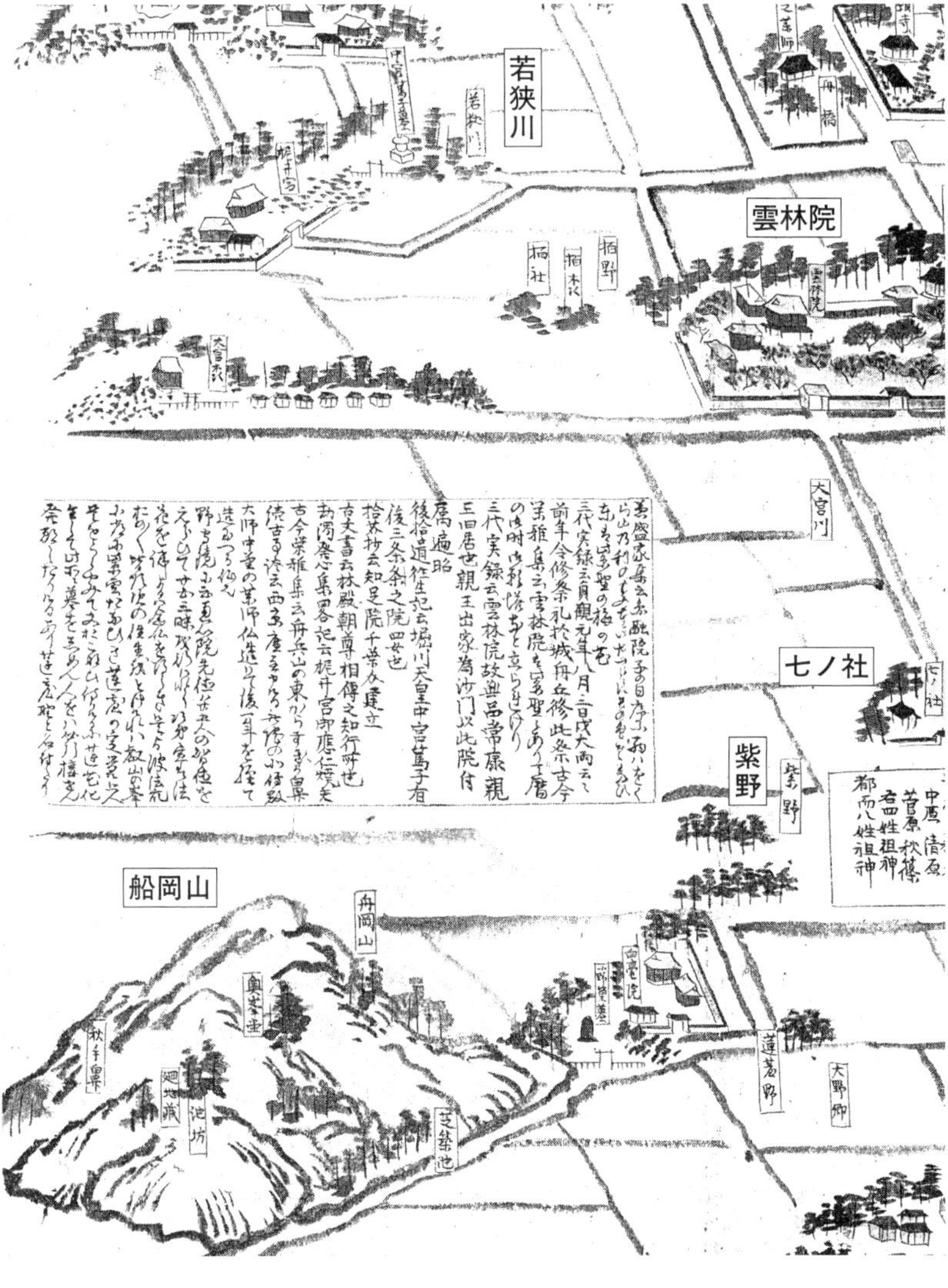
若狭川
雲林院
七ノ社
紫野
船岡山
大宮川
舟岡山

礼《をがま》ムガ為ニ、此ノ殿上人共雲林院ニ行テ、丑ノ時許ニ返ケルニ、斎院ノ東ノ門ノ細目ニ開タリケレバ、「近来ノ殿上人蔵人ハ、斎院ノ内ヲ墓々シクモ不見《み》ネバ、此《かか》ル次《ついで》ニ、院ノ内窃《ひそか》ニ見ム」ト云テ、入ヌ。夜深更《ふけ》ヌレバ、人影モ不為《せ》ズ。東ノ屏ノ戸ヨリ入テ、東ノ対ノ北面ノ檐《のき》ニ蜜《ひそか》ニ居テ見レバ、御前ノ前栽心ニ任セテ高ク生ヒ繁タリ（下略）

「西の雲林院」は『中右記』承徳二年（一〇九八）五月一日条雲林院菩提講に詣でた折の記事における、講会《こうえ》の催された御堂の雲林院西洞に当たる建物と想定されよう。『本朝文粋』巻第十、大江以言「冬日遊雲林院西洞玩紅葉詩序」等の詩賦に詠ぜられた風趣の地で、西院や西堂などとも称せられた地であろう。『栄花物語』巻第二十五「みねの月」には三条天皇皇后娍子の亡骸をこの西院に移したことが記されている。『左経記』康和四年（一一〇二）四月四日条には賀茂祭を前にした折に「賀茂の四至の内」で凶事の葬儀が執行されたことを批難している記事がある。大斎院とまで称された選子内親王も後一条天皇の御代の長元八年（一〇三五）に七十二才で薨去しているから、この説話の時期は選子内親王の晩年に当たる。従って平安中期の王朝に華やいだサロンを形成した面影もだいぶ後退している。そんな過去の栄光を偲んで風流心のある殿上人がこっそり紫野斎院に忍び込んでいる。信仰を集めた例の雲林院の菩提講詣からの帰路のことであった。細目に開いていた「東ノ門」こそ、大宮大路北延長路に面していた斎院の門であろう。雲林院と紫野斎院は近い位置にあり、「船岡下ろしの風」が吹き込んでくるような空間でもあった。斎院の象徴にもなっている「有栖川」そして「點野」空間がある。その斎院の中には東の戸口から入ると東の対の屋の風景が描かれ、寝殿の東北隅には訪問者が女房に逢う場所もあり、『住吉物語』の絵を描いた衝立障子《ついたてしょうじ》が立っていたようである。殿上人たちは月の明るさに乗じて二人の女房と語り合い、斎院自身とも箏や琵琶の合奏を楽しんで、明け方になって内裏に戻ったという。宮中にまで喧伝された大斎院選子サロンの過去の華やかさを偲ぶ説話となっている。

さらに同書巻第二十四「藤原惟規《のぶのり》読和歌被免語第五十七」には斎院の女房の許に通った藤原惟規が斎院警固の侍に怪しまれたものの、和歌の才によって大斎院を感動させた話を伝える。この惟規は紫式部の兄弟で斎院長官源為理《ためまさ》女の中将の君と恋愛関係にあったらしく、『紫式部日記』にこの女房の文を話題にしている記事が入っている。

歌のをかしからむは、わが院よりほかに、誰か見知りたまふ人のあらむ。世にをかしき人の生ひいでば、わが院こそ御覧じ知るべけれ。

と、大斎院が歌才に卓越していたことを自負している。紫女自身は斎院サロンばかりが勝れているわけではないと反論しながらも、紫野斎院の風雅な空間を評価しないわけにはいかない。

つねに（斎院に）入りたちて見る人もなし、をかしき夕月夜、ゆゑある有明、花のたより、ほととぎすのたづねどころにまゐりたれば、院はいと御心のゆゑおはして、所のさまはいと世はなれ、かんさびたり。またまぎるることもなし。

斎院は平安京の地主神、(25)賀茂の神に供奉する聖女が住まう聖空間である。常人が軽々に来訪できる場所ではない。紫式部も、斎院が後宮とは異質の神聖さを有することを注視している。さらに大斎院選子内親王が愛好する花鳥風月に恵まれた美的空間を賞賛している。大斎院は一条天皇の御代において藤原摂関家との関わりも窺える。『源氏物語』の中で朝顔の斎院の人物像にも大斎院選子内親王の存在を意識することができよう。

(六) 雲林院跡発掘資料からの風景

文学作品の故地を訪ねるということも、やはり現在における景観状況による確認ということになるので、古典の成立時空との時間的間隔が問題となる。本稿ではその差異をできるだけ縮小するための研究方法を提起している。源氏物語の空間表現に内在する問題を、千年を越えた平安朝空間の発掘成果、そして古絵図資料を参考にして周辺学を活用した新たな視点で究明しているわけである。物語の成立時の地理空間を近年の発掘資料とともに文献にとどまることなく、実際に実観実証する

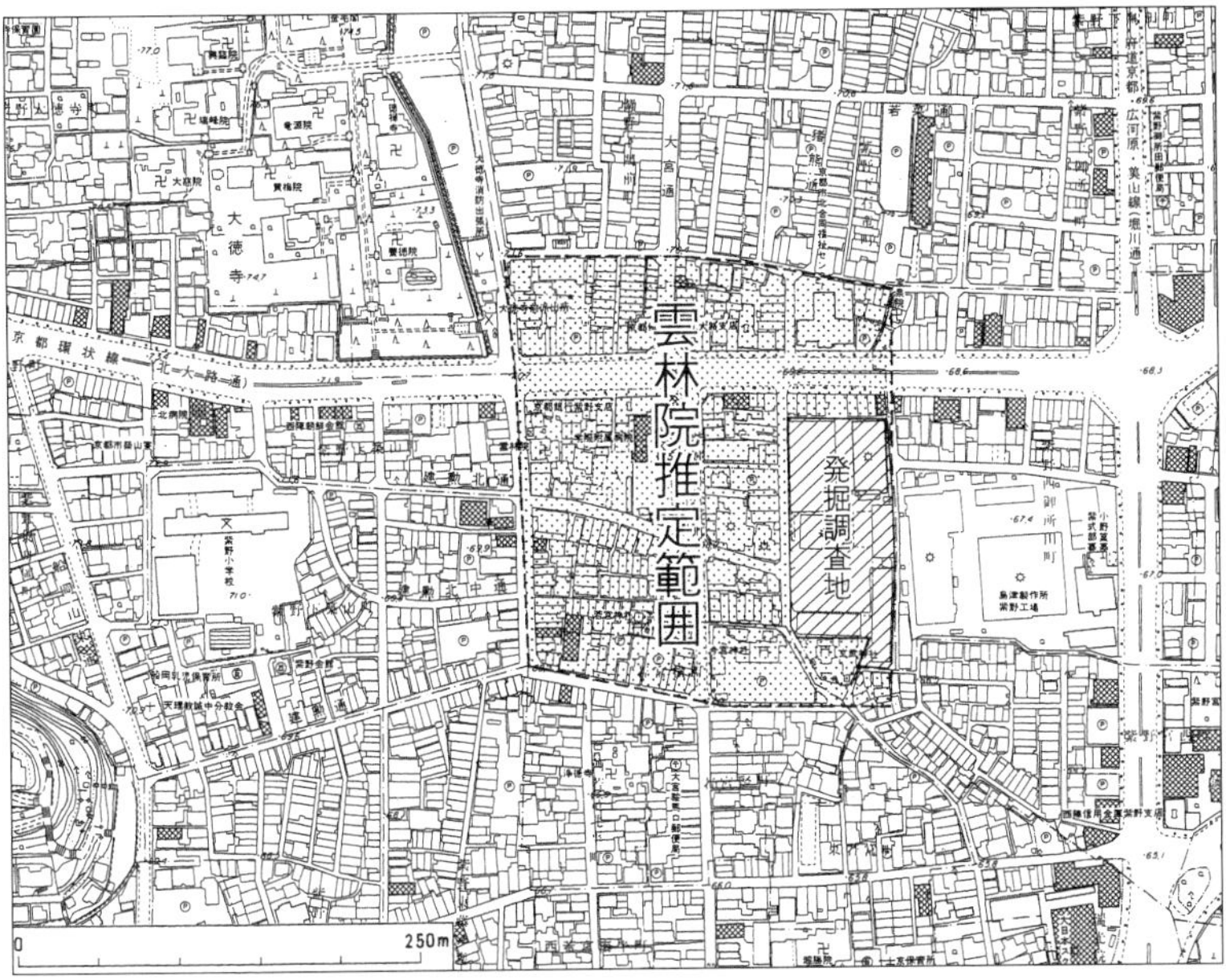

図２　発掘調査地及び雲林院推定範囲周辺
（調査研究報告『雲林院跡』による）

手法を有効とみなしている。

『雲林院跡』(26) と題する発掘調査研究報告書が京都文化博物館から上梓された。本項は発掘調査資料を参考にさせて戴き、実地検証を重ねて、さらに文献資料を加えて考察を進めている。物語では賢木の巻において光源氏が参籠する、美しい秋の雲林院が描かれている。

発掘地域は北大路通に北面する大型マンション建設用地の東側の地で、南は今宮神社や玄武神社、東は島津製作所・紫野工場に隣接している（図２）。平安京の大内裏の東辺を走る大宮大路北延長路にほぼ重なる。今日の大宮通の東に位置している。この路筋は物語では朝顔の姫君も居住している紫野斎院も存在しているはずである。雲林院の東側に当たる空間が今回の発掘地域で、池に入り込んだ泉殿のような二棟の掘立柱建造物跡が発掘されている。特異な形態の建造物という。まず柱間寸法が極端に幅広く、四隅のみ柱配列となっている。中心部分が方形状の空間となっている。図3が示すように苑池周辺に井戸があり、南北二棟の掘立柱建造物の跡が認められる。泉殿か釣殿のような場であったのであろうか、㈡で前掲した『類聚國史』の記事によれば釣殿になる。発掘土器の年代を根拠にして、南建物は八四〇〜八七〇年、北建物は九〇〇〜九三〇年の二時期に推定されるという。雲林院（亭）の苑池は史実にも記し留められている。平安京の大内裏東の大宮大路北延長路上に位置するこの離宮は比較的近いこともあって、行幸・遊猟が行われている。

この離宮は「釣台」が高名であったことが窺え、池の中を泳ぐ魚を観賞していた。正に発掘された池に迫り出た掘立柱建造物の存在が想起される。南建物がこうした釣殿に当たる対象に似合わしい。殊に床の中心部が空いて、池中が見える独特な建築様式は、池の中の「観二遊魚一」にふさわしいものでもある。この点の指摘は報告書においてもなされている[27]。淳和天皇在位期間の弘仁十四年（八二三）から天長十年（八三三）に創建された紫野院の一角の釣台が発掘した南建物と推測している。北建物については仁明天皇の御代となって常康親王に賜り、親王出家後僧正遍照に属する時代から村上天皇の御代くらいまでの存在と推定している。図3における井戸跡を活用しての遣り水の存在は不明である。

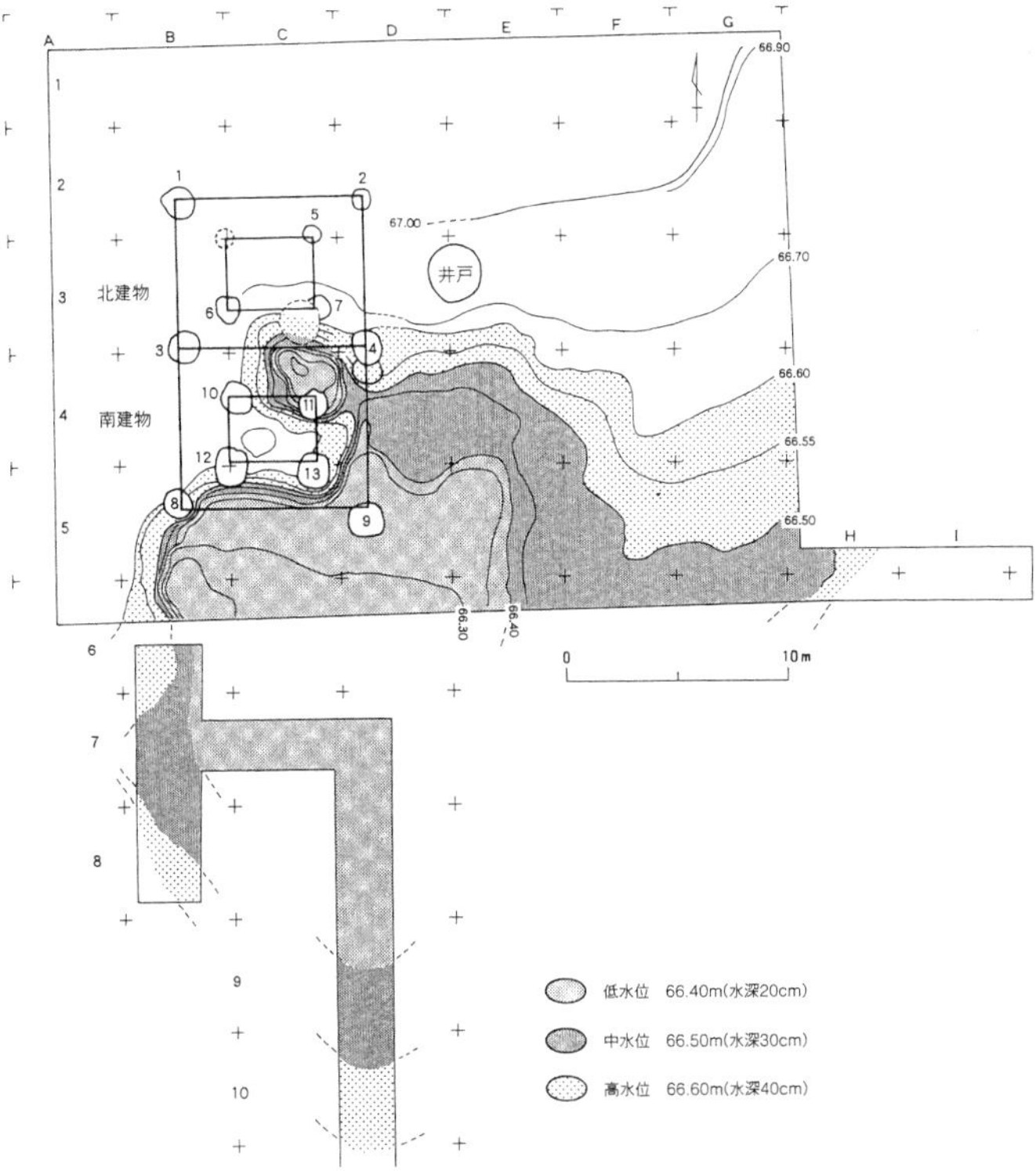

図３　掘立柱建造物と池水域（調査研究報告『雲林院跡』による）

また報告書では環境考古学分析によって植物花粉を分析している。針葉樹の外に落葉樹の花粉が摘出されている。シイ属・ブナ属・ケヤキなどのニレ属・コナラ属・カエデ属が摘出されている。こうした樹木が秋の紅葉の景観を形成していたのだろうか。雲林院は『八雲御抄』において紅葉の名所ともされている。

『源氏物語』においてもそうした秋の雲林院が舞台となっている。『古今和歌集』においては雲林院と桜の取り合わせで詠まれてもいる。しかし発掘資料の分析によると、バラ科の花粉はあるもののそれほど多いということもなく、樹木か草花かも明白ではないとする。発掘された区域と異なる、例えば「西洞」とか記される西側の区域に桜の植栽が豊かであったのであろうか。新たな発掘調査も待たれる。

㈦　雲林院南大門と大宮大路北延長路

もう一点は雲林院に至る路筋・路程のことである。大宮大路の北辺延長路を大宮末路として、紫野斎院の位置を推定する論稿が角田文衞によって提示された(28)。本稿も㈢「『源氏物語』と雲林院」、㈣「雲林院から紫野斎院へ」、㈤「紫野斎院の空間」で考察を加えている。調査報告『雲林院跡』では加納重文が大宮末路として、考証を試みている。大宮大路北延長路は堀川小路北延長路と明瞭に区別されねばならないが、現段階において明確な究明はあまり進んでいない。以下これらの路筋は「北辺」「北方」の表現ではなく、例えば大宮大路北延長路のようにして用いる。図2によって注視すべきことは、大宮大路北延長路が雲林院推定範囲の中心部に辿り着くことになるということである。南門を注目する論文はない。これまでは西門であって路筋の東に雲林院が存在していたとする。加納論稿の「雲林院位置図」でもそのような想定となっている。今回の雲林院東辺区域の発掘によって、それまでの西側を走る大宮大路北延長路に向いた西門はあまり合理的ではない。大宮大路北延長路を西に折れねばならなくなるのである。大宮大路北延長路の行き着く先には賀茂《かも》別雷《わけいかづち》神社が鎮座している。斎王が賀茂祭の還さで紫野斎院に戻る路筋である。大宮大路北延長路を直線的にとらえた場合、賀茂別雷神社は東寄りに位置するわけで、西に折れると、上賀茂神社から離れてしまうことになる。むしろ東側を走る堀川小路北延長路が存在すればその路筋に向かったほうがよい。発掘調査を担当した京都文化博物館主任学芸員鈴木忠司の示教によると、今回の発掘地の東は堀川の岩盤で、道路が走るには不適当な地形ということであった。今日ですらその地を検分すると、東境はかなりの落差が確認できる。言わば崖の地形を成している。『枕草子』や歴史資料に記されたように、牛車を立てたり輿に乗ったりする路幅がとれないように思われる。『山城名勝志』巻十一における「雲林院」の項では、室町期の飛鳥井家諸説をまとめた『古今栄雅抄』の本文を引用し、天暦期の寺容を紹介している。

東西七拾三丈、南北七拾三丈

と書き留めてある。一町は四十丈四方であるから、雲林院はほぼ二町四方の面積を有していることになる。大宮大路北延長路はその中軸に位置している。それ故南北の門を通り抜ける路筋も想定できる。賀茂の神に対する帝の御杖代《みつえしろ》として、皇統の血筋を有する斎院は上賀茂神社から紫野に還る直線的最短ルートを使用できるはずである。『今昔物語集』巻第二十八「円融院御子日参曽祢吉忠語第三」において円融院が船岡山で子の日の遊びを催している。この行幸の路程に雲林院が出てくる。堀川院から二条を西に向かい、大宮大路を北上している。さらに「雲林院南大門」で馬に乗り、船岡山の北の小松が群生している場所までやってくる。「雲林院の南大門」から西行すれば船岡山へ行き着くことになろう。『小右記』によると、寛和元年（九八五）二月十三日のことである。この説話に従えば大宮大路北延長路は「雲林院南大門」に辿り着く。雲林院はほぼ東西域の中軸に「南大門」が開いている。そのまま大宮大路北延長路は北上していることになる。本稿ではこの「雲林院南大門」に注目している。もう一説として、この門前で西に折れ、雲林院西洞の塀に沿うての道筋を想定する。

　雲林院は今度発掘された、釣殿などもある池苑が東側にあり、西側の空間には「西洞」とも称される、詩文にも詠み込まれた景勝の空間が存在したのではあるまいかと想定される。例えば大江以言「冬日遊雲林院西洞玩紅葉詩序」（『本朝文粋』巻第十）、源道済「冬日於雲林院西洞同賦境静少人事詩序」（『本朝麗藻』下）、藤原明衡「雲林院西洞遇雨」（『本朝無題詩』巻第二）・「春日遊雲林院西洞」（『本朝無題詩』巻第十）の詩題が確認できよう。雲林院は大内裏から見た場合、朱雀大路延長線上の東側に位置しているはずである。それゆえ「西洞」の「西」は平安京の方向ではなく、雲林院の西区域を示す表現と思われる。東区域は発掘から明らかになったように池苑の景観を有し、東端の崖という地形からして堀川に流れ落ちる状況が想定される。一方西区域は詩文で詠まれた「西洞」の美景、春花や紅葉を有した、歌学書で指摘される景観と想定している。そんな「天下之名区」と讃えられる景観を賞でて行幸も営まれ、発掘した出土品の中には舶来品の白磁（図4）も混じっている。雅宴の華麗さを示してもいよう。

大宮大路北延長路は雲林院南大門に行き着き、その門を利用する道筋があろう。さらに南大門前を西に折れて、雲林院の「西洞」即ち西区域伝いに北上する道筋もあろう。その道筋には西門もあり、その門前を通り北上して上賀茂神社に辿り着くこともできる、と本稿では想定しているのである。

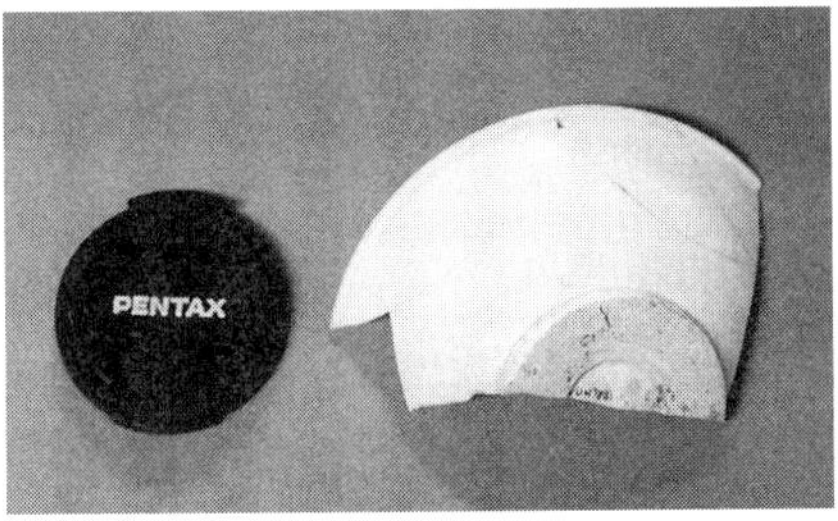

図4　出土した舶来品の白磁片
（京都文化博物館所蔵）

(八) 賀茂の御手洗に関わる聖空間

(i) 賀茂御祖神社域の発掘整備

賀茂の神は平安京地主神として、天皇は御杖代として皇女または女王を奉仕させている。紫野斎院に住まうことから、そうした聖女を賀茂斎院と称している。紫野斎院は本稿(五)で触れた大宮大路北延長路の西側に存在している。その斎院が聖性の原点である御禊《ごけい》を修する聖空間が賀茂の御手洗《みたらし》川である。物語では朝顔斎院の聖性・朱雀帝即位時の弘徽殿腹皇女の存在が注目される。

賀茂御祖神社では世界遺産指定も受けて、精力的に平安時代往時の空間を再現する活動を進行している。糺《ただす》の森の神域では、古絵図も参考にしながら、発掘調査が進行している。

下鴨社頭斎院御所の整備―大炊殿《おおいどの》建造

瀬見の小川の平安朝流路の発掘・整備

神宮寺跡周辺の整備

これらの平安時代における社頭の景観を想定させる有力資料となる古絵図があり、最古のそれは賀茂御祖神社社家の鴨脚《いちょう》家に蔵され現在京都国立博物館所蔵となっている、いわゆる京博本鴨社古絵図である。(29) 室町期の書写と推定されている。江戸時代に写された絵図は宮内庁書陵部に所蔵され、昭和六十年(一九八五)の鴨社古絵図展で目にした図(図5)は明治年間に模写したものである。

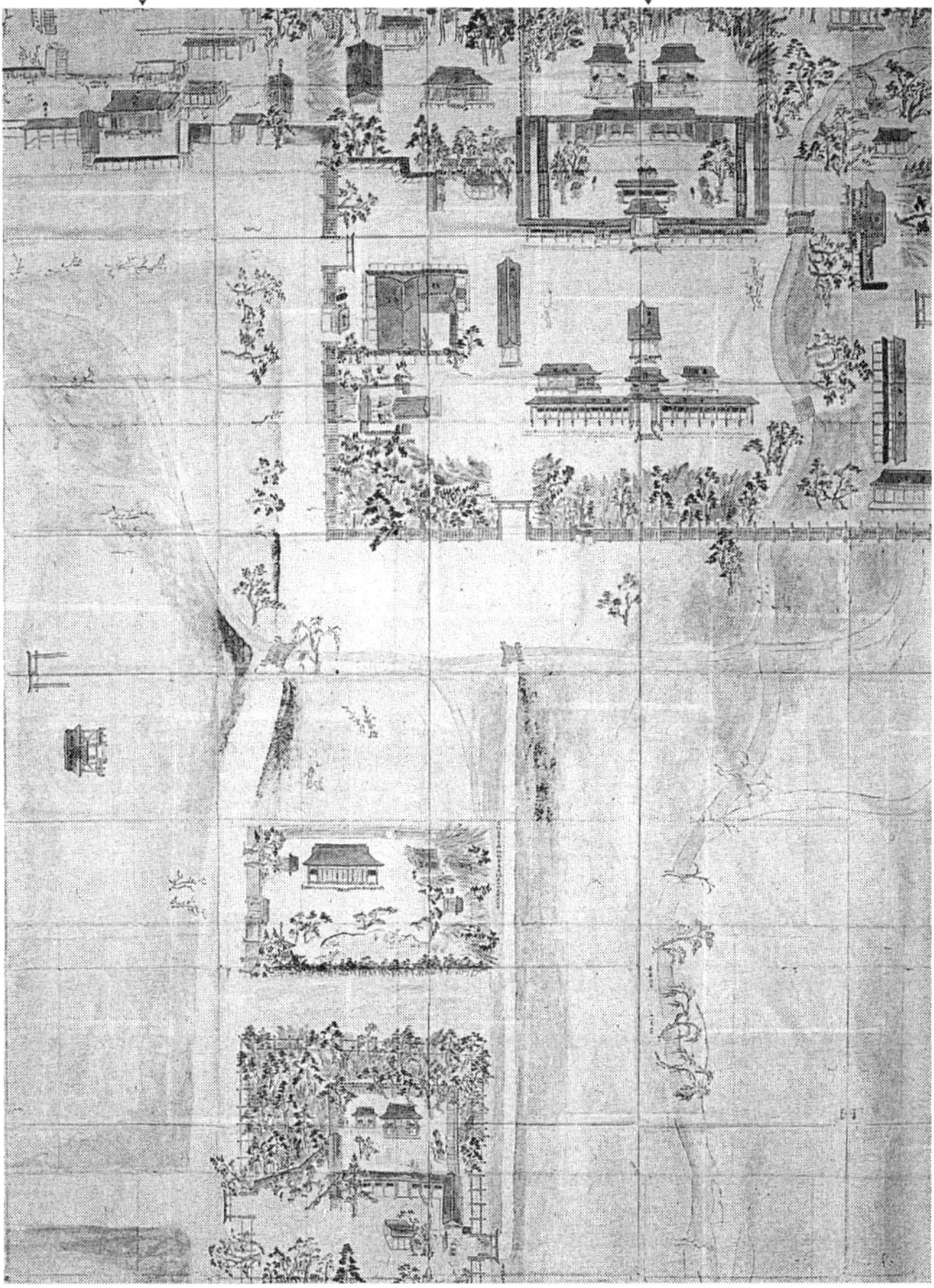

図５　鴨社古絵図（鴨社古絵図展図録）

右上部に本殿が描かれ、賀茂玉依媛《たまよりひめ》を祀る東本殿と賀茂建角身命《たけつのみのみこと》を祀る西本殿が並ぶ。左上部に描かれているのが賀茂斎院御所である。応仁文明の乱の兵火で焼失したとされる。賀茂祭時に斎院が使用する御所である。南側は築地塀で区切られている。斎院御所発掘地域は現在大炊殿・葵の庭・御車舎が復元・整備されている。

(ii) 賀茂御祖神社の御手洗

瀬見の小川は参道の西側を南流している。すでに発掘され、上流部の復元も成ると、王朝の水流が復活することとなる。以前は糺の森の川は参道の東を流れる泉川が目立ち、研究者でさえ、賀茂の御手洗川を泉川と誤解する向きもある。賀茂の神婚説話の源になる聖流でもある。『釈日本紀』所収の「山城国風土記逸文」の一部を掲げる。

（前略）次曰玉依日売、玉依日売於二石川瀬見小川一、川遊為時、丹塗矢自二川上一流下、乃取挿二置床辺一、遂孕生二男子一、至二成レ人時一、外祖父建角身命造二八尋屋一、竪二八戸扉一、醸二八腹酒一、而神集集而、七日七夜楽遊、然与レ子語言、汝父将レ思人令レ飲二此酒一、即挙二酒坏一、向レ天為レ祭、分二穿屋甍一、而升二於天一、乃因二外祖父之名一、号二賀茂別雷命一、（下略）

（『國史大系』版による）

賀茂両神社に祀られている神々の関係、生誕の説話を語っている。賀茂玉依媛が流れてきた丹塗矢を取ることにより処女懐胎する、聖なる川が石川瀬見の小川ということである。この説話を伝える小川の平安時代の流路が、発掘され復元されている。賀茂建角身命と娘賀茂玉依媛はそれぞれ賀茂御祖神社の西本殿と東本殿の祭神として祀られている。玉依媛の御子神たる賀茂別雷命は、上賀茂に鎮座する賀茂別雷神社に鎮座している。

この瀬見の小川の西に賀茂斎院が御禊をする際における建造物として、神館御所があったと推定される。『鴨社古絵図』には建物と鳥居が描かれている。この神域の発掘も待たれる。また瀬見の小川の上流に位置する東西の流路が奈良の小川である。現在の奈良殿橋のさらに南側に下った位置で東西の流路が発掘され復元工事が行われた[30]（図6）。平成十二年は西側、十三年は東側の流路について整備工事が行われている。

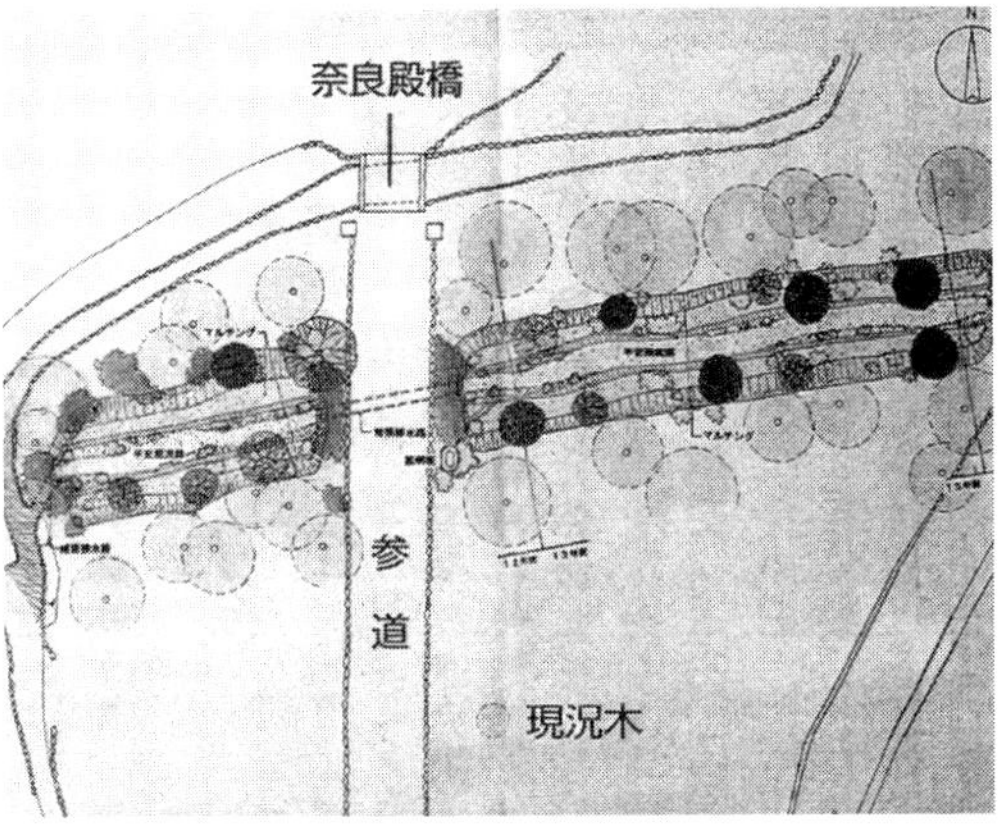

図6　下鴨社頭平安期流路設備計画平面図

京都市埋蔵文化財研究所の鈴木久男の報告によれば、小川の幅は約四メートル、深さは四〇〜七〇センチメートルほどとのことで、西端で前掲の瀬見の小川に流れ込む。堆積した土はきれいで、信仰上における役割に相応しい清浄な流れであったと推定している。また石組や祭祀跡があり、『御生神事行粧絵巻』や『元禄十五年四月十九日、御蔭山御生神事切芝之図』『御蔭祭行列』絵巻等を提示して、賀茂神事との関わりを指摘している。賀茂の御手洗川の清浄さは『古今和歌集』の古歌に

恋せじと御手洗川にせし禊神はうけずもなりにけらしも　（読み人知らず）

と詠まれている。御蔭《みかげ》祭は賀茂御祖神社の祭神降臨の神事で、比叡山の一山御蔭山で神を迎えて、糺の森に神幸する祭祀である。

(iii)　紫の上の賀茂詣のこと

藤裏葉の巻において、紫の上は賀茂の御生《みあ》れに参詣する。

かくて、六条院の御いそぎは、二十余日のほどなりけり。対の上、御阿礼に詣でたまふとて、

例の御方々いざなひきこえたまへど、なかなかさしもひきつづきて、心やましきを思して、誰も誰もとまりたまひて、ことごとしきほどにもあらず、事そぎたるしもけはひことなり。

祭の日の暁に詣でたまひて、還さには、物御覧ずべき御桟敷におはします。御方々の女房、おのおの車ひきつづきて、御前、所しめたるほどいかめしう、かれはそれと、遠目よりおどろおどろしき御勢ひなり。

賀茂の御生れの参詣は、「六条院の御いそぎ」故、ということが理解できる。即ち光源氏の御子三人の中の唯一人の女君、明石の姫君の入内を前にしての参詣である。光源氏は平安時代中期の政治体制の権力構造の頂点に立つ、摂政関白という権勢に辿り着くことになる。そのような事情故に、平安京地主神として都の最高の神の降臨の日に、姫君入内の御礼参りという重要な役割を担っての ことである。それも六条院の他の女君達ではなく、紫の上のみが詣でているのである。さらに賀茂祭や祭の還さの物見に詣でている。明石の姫君の養母としての役割に留まらず、賀茂の神の降臨する聖地である北山から物語に登場し、葵の巻において賀茂祭における光源氏との同車ということで貴族社会に御披露目をした、紫の上の賀茂信仰圏との連関も考慮されてよかろう。日本古典文学大系版の注釈では山岸徳平が賀茂御祖神社の祭神降臨を論じている(31)。

紫上は、この御生の祭を見物に、午の日の午後、下鴨に行ったのである

紫の上の御生れ詣を通して語られた平安朝の糺の森を実観する上で、今日復元している御手洗川の景観の整備が肝要である。光源氏が須磨流謫を前にして、ただこの社にのみ自らの加護を祈念している。

賀茂の下の御社をかれと見わたすほど、ふと思ひ出でられて、下りて御馬の口を取る。

ひき連れて葵かざししそのかみを思へばつらし賀茂のみづがき

と言ふを、げにいかに思ふらむ、人よりけに華やかなりしものを、と思すも心苦し。君も御馬より下りたまひて、御社の方拝みたまふ。神に罷《まかり》申ししたまふ。

うき世をば今ぞ別るるとどまらむ名をばただすの神にまかせて

「賀茂の下の御社」はこの賀茂御祖神社である。この糺の森に鎮座する神に最大の信頼を寄せ、最悪の逆境の直中で源氏自身の無実を訴えている。平安京地主神としてのこの祭神が王朝祭政下における一大権威として、光源氏の人生を支えている構図を読みとることができる。そうした重さの基底となる空間が発掘調査の成果として整備・復元されることは、文学研究の上でも非常に貴重なこ

とである。

(iv) 賀茂斎院の聖性

さらに発掘成果が待たれる対象も、『鴨社古絵図』を管見してみると、重要空間が現況と異なっている。現在下鴨社における斎王代御禊は、本殿の東側に位置する御手洗の池で催される。池の東には瀬織津比売命《せおりつひめのみこと》を祭神とする御手洗社が祀られている。井戸の上にあることもあって、井上社《いのうえ》とも称されている。この聖なる池で上賀茂社と隔年で、五月四日（近年はこの日に定着）に儀式が執行されている。平安時代の下鴨社頭を記し留めていると見なされている、前掲の『鴨社古絵図』によって検してみると、御手洗社や池の空間が異なる。古絵図における斎院御禊の聖地は糺の森の西方、御手洗川の奈良の小川・瀬見の小川周辺の西に位置する、鳥居の立つ「解除御所」とか「斎院神館」跡を使用したようである。この聖空間は今後の発掘成果を期待したい。

葵の巻において、悲劇的ながら高名な場面となった六条御息所と葵の上の車争いは、朱雀帝の御代となって初めてとなる祭祀であった。同腹の女三の宮を斎院に立てて、「とりわきたる宣旨」によって光源氏が供奉しているのである。葵祭を前にした、「御禊の日」の事件であった。新帝の格別の宣旨によって供奉している源氏の大将を待ち焦がれる人々が、一条大路を埋め尽くしていた。新斎院の弘徽殿女御腹女三の宮は兄朱雀帝の新たな御代を寿ぐ御杖代として、賀茂御祖神社の解除

御所での初めての御禊を務めていたはずである。若菜下の巻において、柏木が女三の宮と関係をもってしまった密通事件も

四月十余日ばかりのことなり。御禊、明日とて云々

と語られている。斎院御禊に際し、宮の周辺が斎院への手伝いや、物見準備に追われている隙に発生するのである。

当然のことながら朝顔の君は斎院としての聖性が加味されてくる。藤壺中宮崩御後、殊に明石の姫君入内準備における朝顔の君の存在は目を見張るものがある。御禊として最も重々しいのは大嘗会における帝の御禊であり、女君としてはこの斎院御禊が至高の聖性を有していることになる。

注

(1)「雲林院と知足院」(杉山信三著作『藤原氏の氏寺とその院家』所収論文)は雲林院の歴史・位置などを究明し、柴田実論稿「雲林院の菩提講」(『古代文化』26巻3号)ではその信仰の実態を論じている。川勝政太郎論稿「紫野知足院考」(上)(下)(『史迹と美術』210・211号所収)でも知

足院の位置との関わりで触れている。

（2）角田文衞論稿「紫野斎院の所在地」（『王朝文化の諸相』角田文衞著作集4所収）にその位置を究明する。また川勝政太郎の注1記載論文も参考になる。

（3）松井健児論稿「朝顔の斎院」（『物語を織りなす人々』源氏物語講座2）では朝顔の君と大斎院選子内親王とを連関させている。

（4）河添房江論稿「梅枝巻の光源氏」（『季刊文学』第1巻第3号所収）において、源氏と朝顔の関係について新たな進展というより、六条院の芸術空間を「純化し、再生する」という読み方をしている。

（5）注1に前掲した杉山信三論稿で指摘されている。

（6）國史大系版『本朝文粋』所収「村上天皇供養雲林院御塔願文」

村上天皇供三養雲林院御塔一願文　江納言維時

夫雲林院者。松筠有レ心之地。香花不レ朽之場也。草創之功。雖レ在二宿昔一。興隆之思。猶切二当今一。此院堂舎鐘楼。皆悉具足。其所レ無者。塔婆而已。風聞。造塔善根。流三傳貝葉一。豈唯果報之殊勝乎。兼復道場之荘厳也。仍心中発願之後。新結三構多宝塔一基一。安三置五仏像一。飾レ金之鐸。待二暁風一而常鳴。承レ露之盤。非二秋日一以永映。便開二支提之会一。三身帰レ心。正驚二羅漢之僧一。百口応レ請。内典云。若人作レ楽。供三養三宝一。所レ得功徳。無量無辺。不可思議。是故別命二伶倫一。整三理音楽一。兼令三舞人尽二其妙曲一。嗟呼。落花飄颻之光。寧如レ翻レ袖。垂柳婆娑之態。難レ及レ転レ腰。抑亦往年。択二此地之閑敞一。修二法華三昧一。半行半坐。累レ日累レ年。今令レ移二旧造普賢菩薩像一。旧書妙法蓮華経於宝塔之中一。至レ行二三昧一。於レ此致レ勤。駕二六牙之白象一。證明無レ愆。護二一乗之法輪一。観念不レ変。法会勝利。普将二廻施一。天神地祇之不レ同。共向二恵日一。聖霊宛霊之相異。尽住二法雲一。華夷銷レ塵。尽感二四海之静謐一。朝野巻レ霧。皆戴二三光之精明一。抑願。玉台之中。弥添二玉徳一。金殿之上。又照二金輪一。黄河澄レ波。再計二五百之歳一。紅桃結レ子。三期二一千之秋一。乃至鵝王威力。遠任二遍法界之風声一。雁塔功能。遥分二利衆生之月影一。敬白。

応和三年三月十九日

（7）村上天皇の崩御は康保四年（九六七）五月二十五日である。『日本紀略』によると安和元年（九六八）五月二十日に「先皇周忌御斎会」、天元三年（九八〇）五月二十五日に「村上国忌」の記事を収めている。

（8）目崎徳衛論稿「僧侶および歌人としての遍照」（自著『平安文化史論』桜楓社所収）による。

（9）本文は『紀長谷雄漢詩文集並びに漢字索引』（三木雅博編、和泉書院）と『菅家文草』（日本古典文学大系、岩波書店）を使用する。

（10）本文は本間洋一注釈『本朝無題詩全注釈一』（新典社）巻第二を使用する。

（11）根本論稿「光源氏の雲林院籠り」（『中古文学』第44号所収）。

（12）『日本三代實録』仁和二年四月三日条記事。

三日壬子。敕令下二雲林院一。毎年三月廿一日仁明天皇忌日。転二四巻金光明経一。安居一夏之間。講中妙法蓮華経上。先レ是。僧正遍照奏言。雲林院。是仁明天皇之第七皇子常康親王旧居也。初親王出家之後。去貞観十一年二月十六日。親王付二属於遍照一云。仁明天皇仙化之後。賜以二此院一。常康剔二除頭髪一。帰二依仏理一。修練功浅。未レ報二万一一。故捨二此院一。永為二精舎一。欲下伝二天台之教一報中先皇之恩上。若委非二其人一。道則不レ行。付得二其人一。業将二弥盛一。今副二田園資財一。永以付属者。伏尋二親王素意一。深二於報恩一。志在二天台一。望請為二元慶寺別院一。但院中雑事。択二遍照門徒中堪レ事者一。永令二勾当一。田園有レ数。支用不レ乏。望毎年三月廿一日先皇忌日。演二四巻金光明経一。安居九旬之間。講二妙法蓮華経一。若非二勅許一。恐有二断絶一。至レ是許レ之。

(13) 甲斐稔論稿「『源氏物語』と法華八講」（『風俗』第21巻第3号所収）や、新編日本古典文学全集版『源氏物語』澪標の巻の頭注はこうした視点に立っている。

(14) 「源氏物語の構造と表現―「賢木」巻をめぐって―」（自著『王朝物語史の研究』角川書店）による。

(15) 「紫上と朝顔斎院―賀茂神に関わる聖女として―」「朝顔の周辺と斎院御禊のこと」等（拙著『源氏物語　宮廷行事の展開』所収論文）において、賀茂の神を通しての紫の上と朝顔の斎院との人物像の関わりを指摘している。紫の上に関しては若紫の巻における賀茂の神降臨の聖地北山からの初登場、葵の巻における賀茂祭当日の同車による物見が宮廷社会へのデビューになっていること、藤裏葉の巻における賀茂の御生《みあ》れ詣などが注視されてよかろう。

(16) 『今昔物語集』巻第二十八「円融院御子日参曽祢吉忠語第三」新日本古典文学大系版本文を使用する。

今昔、円融院ノ天皇、位去セ給テ後、御子ノ日ノ逍遥ノ為ニ、船岳ト云フ所ニ出サセ給ケルニ、堀川ノ院ヨリ出サセ給テ、二条ヨリ西ヘ大宮マデ、大宮ヨリ上ニ御マシケルニ、物見車所無ク立重タリ。上達部・殿上人ノ仕レル装束、書ムニモ可書尽クモ非ズ。

院ハ、雲林院ノ南ノ大門ノ前ニシテ御馬ニ奉テ、紫野ニ御マシ着タレバ、船岳ノ北面ニ、小松所々ニ群生タル中ニ、遣水ヲ遣リ、石ヲ立、砂ヲ敷テ、唐錦ノ平張ヲ立テ、簾ヲ懸、板敷ヲ敷キ、高欄ヲゾシテ、其ノ微妙キ事無限シ（下略）

(17) 川勝政太郎論稿「紫野知足院考」（『史迹と美術』210・211号所収）による。

(18) 杉山論稿では次のように指摘している。
「例えば『兵範記』仁安元年九月一日の五七日に当る条には、法事は西林寺で行われたが御誦経を行う他の六寺（省略）と共に雲林院が挙げられ、九月八日の六七日には七寺ともかわるが、この場合雲林院に代っては知足院があがっている。」

(19) 注1・注2で掲げた川勝論稿による。

(20) 注1で掲げた柴田論稿による。

(21) 京都大学附属図書館蔵。

(22) 大塚隆蔵。一〇〇×一六九センチメートルの古絵図。

(23) 本文は橋本不美男・後藤祥子共著『袖中抄の校本と研究』笠間書院を用いる。

(24) 角田論稿「紫野斎院の所在地」（『王朝文化の諸相』角田文衞著作集4所収）による。

(25) 拙著『源氏物語を軸とした王朝文学世界』（桜楓社）所収巻末資料、賀茂御祖神社社家鴨脚家所蔵『御祭記』に記録された賀茂の神の託宣たる「返祝詞」に、この平安京遷都後の賀茂の神の役割が書き留められている。第一章「四」に翻刻のみ、第二章「三」に部分的な写真版を提示している。

(26)『雲林院跡　京都市北区紫野雲林院町』(京都府京都文化博物館、平成十四年三月)において、鈴木忠司編集による発掘報告と研究篇を兼備した内容となっている。

(27)『雲林院跡』の第3節「園池の構造・景観と変遷」の「淳和天皇と紫野院」において次のように指摘している。

当調査区で検出した園池は、雲林院に先立ち、淳和天皇の在位期間弘仁14年(八二三)から天長10年(八三三)の間に創建された紫野院の一角に相当すると考えることが許されるであろう。掘立柱建物の建築様式から見ても、池畔の立地という点から見ても、(中略)南建物が紫野院の時代の釣台を中心とする一角であると推測できよう。

(28)注24と同論稿。大宮末路を考証している。本稿では大宮大路北延長路と名付けている。

(29)この古絵図については鴨社古絵図展の図録で難波田徹が「京博本(旧鴨脚家蔵)賀茂御祖神社絵図について」で解説を加えている。

(30)財団法人紀の森顕彰会『会報』第32号・第33・34合併号等で糺の森奈良の小川発掘調査報告が掲載されている。

(31)山岸徳平は日本古典文学大系『源氏物語三』補注二四六に下鴨神社・上賀茂神社両社の御生れを解説して、藤裏葉の巻における紫の上の御生れ参詣を下鴨社と論じている。

四　光源氏の皇権と信仰——平安京勅祭の社、賀茂と石清水

㈠　平安皇朝における祭祀・神事

天皇制における律令制度を目指した法典として施行細則に当たる格式《きゃくしき》が弘仁・貞観《じょうがん》・延喜の御代で整備される。殊に今日その内容まで明確に伝えられているのが、『延喜式』である。(1) 延喜五年（九〇五）醍醐天皇の勅により藤原時平を長とし、その薨去《こうきょ》後は弟忠平に引き継がれて多年の期間を経て成立し施行されている。永く貴族社会の規範となる。巻頭十巻は「神祇」から成っている。そこに記される神社は式内社として、後世にもその社格を継承することになる。律令格の細則に当たるわけであるが、神祇関係部分は分量的にもほとんど三分の一近くに及ぶ。祭祀内容に関しても重要な神事と見なされ、今日に至るまで踏襲され、国指定の無形文化財に選定されているものもある。王朝における祭政の重さと、伝統文化としての高さを如実にもの語っている。

八代集の嚆矢《こうし》として文学史上における巨星たる『古今和歌集』の仮名序でも、文芸伝統の象徴的言説が綴られる中で、「平安時代の律令思想」[2]に基づいていることを指摘されている。いわゆる和歌の起源について語る部分である。

この歌、天地《あめつち》の開闢《ひらけ》初まりける時より、出来《いでき》にけり。天浮橋《あめのうきはし》の下《した》にて、女神、男神《をかみ》と成り給へる事を、言へる歌なり。しかあれども、世に伝はる事は、ひさかたの天《あめ》にしては、下照姫《したてるひめ》に初まり、下照姫とは、天稚御子《あめわかのみこ》の妻なり。兄《せうと》の神の形《かたち》、岡、谷に映《うつ》りて、輝くを詠めるえびす歌なるべし。これらは、文字の数も定まらず、歌の様《やう》にも有らぬ事ども也。あらかねの地《つち》にしては、素戔烏尊《すさのをのみこと》よりぞ、起《おこ》りける。ちはやぶる神世には、歌の文字も定《さだ》まらず、素直《すなほ》にして、事の心分き難かりけらし。人の世と成りて、素戔烏尊よりぞ、三十文字あまり一《ひと》文字は、詠みける。素戔烏尊は、天照大神の兄也。女と住み給はむとて、出雲の国に、宮造りし給ふ時に、その所に、八色の雲の立つを見て、詠み給へるなり。八雲立つ出雲八重垣妻籠めに八重垣造るその八重垣を。かくてぞ、花を賞で、鳥を羨み、霞を哀れび、露を悲しぶ心、言葉多く、さまざまに成りにける。

和歌の起源を天と地が分かれ、神々が誕生して、和歌がおこると説く。伊邪那岐命《いざなぎのみこと》、伊邪那美命《いざなみのみこと》による国生みに際してのかけ合いの歌を起源とし、天上では下照姫《したてるひめ》の歌、地上では素戔烏尊《すさのおのみこと》（須佐ノ男命）の歌を始まりとする。そして須佐ノ男命の歌、

八雲立つ出雲八重垣妻籠めに八重垣造るその八重垣を

の三十一文字が、和歌《やまとうた》の先駆けとして位置付けられている。櫛稲田姫命《くしなだひめのみこと》と結ばれて詠んだ慶びの和歌である。記紀神話を活かした和歌の成立論になっている。律令制の指標となった『延喜式』の編纂が始発した年に撰進された勅撰集『古今和歌集』の序においても、神祇に基づいた思考を確認できる。

律令体制を志向する平安朝政治としての祭政の、いわゆる儀式書が整備される。嵯峨天皇の御代を弘仁の治として追慕したり、また清和天皇の御代を貞観の治、醍醐天皇の御代を延喜の治と称賛したりするのも、実態として格別に国情が繁栄したわけではない。その御代を冠した儀式書、即ち『弘仁儀式』十巻、『貞観儀式』十巻、『延喜儀式』十巻の編纂等、天皇の勅による律令の整備が行われた御代であったことに起因する、と思われる。

さらに文人貴紳達が自家の格式を示現するかのように、宮中の諸儀式・祭祀に関する有職故実を示し、例えば藤原実頼《さねより》・師輔《もろすけ》の兄弟は小野宮流・九条流という有職の家を名乗ることになる。醍醐皇子西宮左大臣源高明《たかあきら》（九一四〜九八二）は『西宮記』(3)を著し、私撰として価値を下げることなく後代の規範として名を留めることになる。一条朝において三舟の才の貴顕として、その博識ぶりを歴史物語や説話文学にまで語られる藤原公任《きんとう》（九六六〜一〇四一）は『北山抄』をまとめている。

また平安朝後期には後三条・白河・堀河の三帝の師として高名を留める、学者貴族大江匡房《まさふさ》（一〇四一～一一一一）の作となる『江家次第《ごうしだい》』が完成する。前二書を考慮しながら、宮中祭祀のその後の変容をも加えた全二十一巻から成る有職故実書である。また清涼殿弘廂《ひろびさし》の東南隅の殿上の間に通ずる位置には、『年中行事障子』という衝立が設けられている。『年中行事秘抄』によると、この障子の原型は光孝天皇の仁和元年（八八五）三月二十五日に藤原基経《もとつね》が献上したものとされる。時代に応じた変化はあるものの、月次の宮中年中行事が障子の表裏に列挙されている。平安時代の典型的祭祀が行成《ごうぜい》などの名筆によって記され、貴族達の侍る殿上の間の前に配置されていることでも、貴族生活の規範となっていたことが窺える。『栄花物語』巻第十二「玉の村菊」において、後一条天皇の大嘗会《だいじょうえ》が後世の語り種になるような出来事として語られる中で、年中行事の障子に書き添えられたことを伝えている。宮中行事はこのようにして前例として文人貴族の脳裏に刻まれていく。結局は外戚道長の見事な後見《うしろみ》を語ることになる。この障子は、平安朝最晩年期の作と推定されている『信貴山縁起絵巻』においても、清涼殿で勅使が報告している場面に描かれている。

一条朝の権勢藤原道長の周辺も祭祀・神事との連関が認められる。寛弘二年（一〇〇五）十一月の温明殿《うんめいでん》の出火から神鏡が罹災して、宮中において大事件となる。[4] この一件は内侍所《ないしどころ》御神楽の成立にも関わっていると想定される。[5] 陽明文庫には伝道長筆の国宝『神楽和琴秘譜』が所蔵されている。道長筆ではないが、その周辺で書写されたものと考えている。『江家次第』巻第十一所収「内侍所御神楽事」ではその成立事情を記し留めている。

　寛弘焼亡始焼給、雖レ陰円規不レ闕、諸道進二勘文一、被レ立二伊勢公卿使一行成、宸筆宣命始二於
　此一、（下略）

御神鏡は伊勢神宮の祭神、天照大神に代わる神器として内侍所に祀られている(6)。それ故内侍所焼亡による神鏡の被災は皇権に関わる一大事である。宮中大混乱の中で、宮中行事も取り止め、参議左大弁藤原行成を伊勢に発遣している。寛弘二年十二月十日のことであった。道長は藤氏の長者として権勢の地位にあり、一条天皇の皇権を支えていたはずである。寛弘四年二月二十九日には氏神春日大社に盛大な参詣を行い、御神楽等を奉奏している。国宝『神楽和琴秘譜』のような、五摂家の長である近衛家の陽明文庫で所蔵する貴重な古筆が、道長本人の真筆ではないとはいえ、その周辺で成立した名筆と想定している。この古筆が御神楽の最古写本でもある。天皇即位に関わる豊楽殿《ぶらくでん》清暑堂《せいしょどう》の聖なる秘曲御神楽が、毎年内侍所御神楽として奉奏されることで、皇統の絶対性や聖性の保持に貢献していることになる。

　道長はこうした中で摂関としての娘中宮彰子の皇子出産を熱望することになる。道長は寛弘四年（一〇〇七）八月、吉野金峯山《きんぶせん》に詣でている(7)。役小角《えんのおづぬ》が開いた修験道の聖地である。『梁塵秘抄』巻

第二にその信仰の篤さを伝える今様として、「金の御嶽は一天下云々」と唱われる。『蜻蛉日記』においては兼家と道綱父子が詣でている。『枕草子』の「あはれなるもの」では紫式部の夫となる藤原宣孝《のぶたか》父子が詣で、筑前の守に任ぜられたエピソードを記している。吉野には水分《みくまり》神社が鎮まり、その社には申し子譚など、子供を〝身籠る〟信仰も伝えられている。『栄花物語』巻第八「はつはな」に道長の御嶽《みたけ》詣が語られる。

二月になりて、殿（道長）の御前御嶽精進はじめさせたまはんずるに、「四五月にぞさらば参らせたまふべき」「なほ秋山なんよくはべる」など人々申して、御精進延べさせたまひて、よろづ慎ませたまふ（中略）

八月にぞ参らせたまひける。よろづ仕度し、思し心ざしまゐらせたまふほどもおろかならず、推しはかりて知りぬべし。（下略）

（本文は新編日本古典文学全集版を用いる）

道長が埋納し、伴延助《とものぶすけ》という製作者の刻字が認められる経筒が出土し、金峯神社に所蔵されている。道長の宿願が強運にも達成する。翌年彰子中宮は一条天皇第二皇子敦成《あつひら》親王を出産する。懐妊を知らされた道長の姿を『栄花物語』は次のように語る。

殿の御前何となく御目に涙のうかせたまふにも、御心のうちには、御嶽の御験《しるし》にやと、あはれにうれしう思さるべし。

吉野金峯山の水分神社の霊験のあらたかさに、道長は涙しているのである。重陽のめでたさの残る九月十日、皇子は誕生する。『栄花物語』の描写を待つまでもなく、『紫式部日記』の巻頭から、御産のために土御門殿に里下りした中宮彰子の周辺が書き留められている。十月十六日一条天皇土御門殿行幸の夜の祝宴では、帝の御前で管絃の遊びが催される。(8)

御前の御遊びはじまりて、いとおもしろきに、若宮の御声うつくしう聞こえたまふ。右の大臣、「万歳楽御声にあひてなむ聞こゆる」と、もてはやしきこえたまふ。左衛門の督《かみ》など、「万《ばん》歳《ぜい》、千秋《せんしう》」と、諸声に誦して、あるじの大殿《おほいどの》、「あはれ、さきざきの行幸を、などて面目《めいぼく》ありと思ひたまへけむ。かかりけることもはべりけるものを」と、酔ひ泣きしたまふ。さらなることなれど、御みづからのおぼししるこそ、いとめでたけれ。

この場面は新皇子敦成親王の外戚としての慶びに感激する道長を描くのみではない。帝臨席のもとで若宮敦成親王が泣き声をあげている。それに対して右大臣顕光《あきみつ》は若宮の泣き声を、暮れ方に奉奏された万歳楽の音色に和しているとしている。また文人貴紳として高名な左衛門督公任も慶賀の朗詠の詞「万歳、千秋」を誦している。これは一条天皇と新皇子という皇統の長久を寿いだ言説と見なされる。

平安皇朝における祭祀として最も重視されるのが、いわゆる勅祭であろう。勅命による勅使が発遣され、奉幣が執り行われ、歌舞などの奉奏を伴う盛大な祭祀となっている。本稿では平安京の北と南に鎮まり、重々しい信仰を集め、天皇の関わりも深い賀茂社・石清水八幡宮を注視したい。

㈡　王朝文学と賀茂祭

賀茂祭については、その時節の風情に好感を懐いて『枕草子』作者はとらえている。「四月、祭のころ、いとをかし」ということで、上達部《かんだちめ》・殿上人《てんじょうびと》の袍《ほう》の色、新緑鮮やかな樹木、郭公《ほととぎす》の忍び音と、これから展開される華やかな王朝の行粧《ぎょうしょう》を期待する、心のはずみを窺い知ることができる。「見物《みもの》は」の章段では「祭の還《かへ》さ、いとをかし」ということで、上賀茂神社から紫野斎院・宮中への道筋の名所である雲林院や知足院で待機する様子が捉えられている。このことは祭祀を終了してからさえも、その残り香を忘れることのできない心情を表出しているように思われる。さらに「舞は」の章段において、その嚆矢に掲げられるのが、「駿河《するが》舞《まい》・求子《もとめご》、いとをかし」という詞章である。これは舞楽自体のみの魅力というより、宮中に深い関わりのある賀茂・石清水・春日の祭で奏奏されるが故のことではあるまいかと推測している。

賀茂祭当日の描写は数多く見ることができる。例えば前項で触れた一条天皇中宮彰子腹敦成親王の賀茂祭見物である。『大鏡』師輔伝、『古本説話集』『後拾遺和歌集』等にも収められている逸話であるが、『栄花物語』巻第八「はつはな」の描写を掲げてみる。

中宮の若宮、いみじういとうつくしうて走りありかせたまふ。今年は三つにならせたまふ。四月には、殿、一条の御桟敷にて若宮に物御覧ぜさせたまふ。いみじうふくらかに白う愛敬づき、うつくしうおはしますを、斎院の渡らせたまふをり、大殿、これはいかがとて、若宮を抱きたてまつりたまひて、御簾をかかげさせたまへれば、斎院の御輿の帷《かたびら》より、御扇をさし出でさせたまへるは、見たてまつらせたまふなるべし。かくて暮れぬれば、またの日、斎院より、

光いづるあふひのかげを見てしかば年経にけるもうれしかりけり

御返し、殿の御前、

もろかづら二葉ながらも君にかくあふひや神のしるしなるらん

とぞ聞えさせたまひける

敦成親王三歳ということである。寛弘七年（一〇一〇）四月、『権記』によれば二十四日条に祭が

あったこと、乱闘なども起こったことなど(9)が窺える。『御堂関白記』によると、道長と若宮が見物したのは、二十五日の祭の還さであることを明らかにしている。ということであれば、前掲の『枕草子』「見物は」の章段に出てくる雲林院か、紫野のあたりで見物していることになろう。斎院は村上帝皇女で、円融・花山・一条・三条・後一条帝の五代にわたって斎院を務め、大斎院と讃えられる選子《せんし》内親王のことである。『大斎院前の御集』や『発心和歌集』の作者で、その文学サロンは高名で、『紫式部日記』や『今昔物語集』にも登場している。その斎院からは贈歌があり、道長からは返歌が届く。斎院は自ら聖なる装いとしての日蔭の糸を髪につけており、和歌の中に縁語としての「光」や「ひのかげ」を折り込んでいる（図1）。この敦成親王こそ、即位して、後一条天皇となる。光輝く親王に対しての讃歌となっている。返歌は『栄花物語』では道長の歌詠となっているが、『大鏡』では彰子中宮の作となっている。双葉葵をかざす賀茂祭だからこそ、双葉のような若宮は平安京地主神である賀茂の神のお導きで、聖なる斎院にお逢いできたと歌っている。

『栄花物語』であれば、テーマは道長の栄耀であろうが、皇統の重さも物語っているものと思われる。史実としての寛弘七年の賀茂祭の勅使は藤原教通《のりみち》が務めている。母は彰子中宮と同母、左大臣道長の三男である。道長の栄華を物語る作品であるとすれば、息教通の晴れ姿も道長家の繁栄の証である。寛弘二年（一〇〇五）においては教通の元服、春日祭の勅使となった頼通《よりみち》が賀茂祭の勅使をも務めることとなり、道長は一条大路の桟敷を立派に造り建てている。母倫子《りんし》も期待し、都人

図1　日蔭の糸と裳唐衣に小《お》忌衣《みごろも》を着けた聖装
（於　賀茂御祖神社）

も大騒ぎをしている様子を描く。しかし史実としては源雅通が近衛の使となっていて、頼通が勅使となった形跡はなく、まったく虚構まで駆使して道長家の繁栄を描いていた。寛弘七年の祭においては教通の近衛の使は事実である。『御堂関白記』寛弘七年四月二十四日条は賀茂祭を書き留めている。

癸酉《みずのとり》、教通奉仕二近衛府使一、従二西対一立、所々袴不レ似レ例、使等賜装束、着座後、従二中宮一袴以二左馬頭相尹朝臣一賜、（下略）

（返り点は筆者が付している）

息教通が近衛の使となっている。道長は使や所役に装束を賜っている。中宮彰子も袴を賜っている。これだけの道長家の誉れを『栄花物語』では描写していないのである。

物語において描いている内容は、史実によると翌二十五日の出来事のはずである。祭の還さの折のことである。物語では一条大路の桟敷《さじき》で道長は三歳の敦成親王を抱いて見物していることになっている。しかし次の『御堂関白記』の記事では、祭の還さの折のことと明白に書き留めている。

　甲戌、見二祭還一、若宮出給、傅大納言《ふのだいなごん》・中宮大夫候二御車後一、殿上人二十余人許候二御前一、従二見物所一神館、左衛門督・左右宰相中将・大蔵卿・源宰相等率二殿上人一到（下略）

「祭の還さ」を見物するために、道長は敦成親王と同車で「見物所」に出かけている。「見物所」とは『枕草子』「見物は」の章段に記される、雲林院・知足院ということになろう。後には傅大納言藤原道綱や中宮大夫藤原斉信《ただのぶ》が供奉《ぐぶ》している。『後拾遺和歌集』巻第十九では次のような詞書となっている。

　後一条院をさなくおはしましける時、祭ご覧じけるに、いつきの渡り侍りける折、入道前太政大臣抱きたてまつりて侍りけるを見たてまつりてのちに太政大臣のもとにつかはしける

『後拾遺和歌集』では賀茂祭見物における逸話としており、『栄花物語』と同様になっている。

ともかく『栄花物語』の視角は史実として近衛の使となった道長息教通より、彰子中宮腹敦成親王へ向けている。物語のこの描写においては、道長家より、皇統に関わった逸話の方を優先しているのである。

賀茂の神の祭祀は次のような構成となっている。

賀茂の御手洗《みたらし》川における御禊

北山における賀茂の神の降臨

平安京地主神としての賀茂の神への宮中からの御礼参り

紫野斎院への還さ

まず賀茂の神が降臨する賀茂の御生《みあ》れを前にして、斎院が御禊によって身を浄める。『延喜式』によれば、初度の御禊として、斎院が卜定されると、はじめに執り行われる。その後三年の潔斎を修めて再度の御禊が執り行われ、勅使も大納言中納言各一人が供奉した重い行粧となる。それを経て毎年の御禊を修している。『花鳥餘情』によると毎年の御禊は「午の日」に修するものと記している。『古今集』巻第十一所収「読み人知らず」歌

恋せじと御手洗川にせし禊神はうけずもなりにけらしも

は詠者を、天皇の御杖代《みつえしろ》として平安京地主神である賀茂の大神にお仕えする聖女としての斎院と見なせば、いっそう激しい心情が偲ばれる三十一文字といえる。史実書に記されることもない斎院行粧は図1のような神事参詣となる。賀茂別雷《かものわけいかづち》神社（通称上賀茂神社）では奈良の小川において御禊を修する。その後黄蘗《きはだ》で作った形代で身を浄める。賀茂御祖《かものみおや》神社（通称下鴨神社）では祓串《はらいぐし》によって身を浄めている。

続いて賀茂の神の生誕となり、北山の聖地で神の降臨即ち御生れが執り行われる。『釈日本紀』所収「山城国風土記逸文」によれば、賀茂建角身命《たけつのみのみこと》の娘賀茂玉依媛《たまよりひめ》が石川の瀬見の小川で遊んだ折に丹塗矢を拾うことにより懐胎し、賀茂別雷命《わけいかづちのみこと》が誕生するという異類婚姻譚となっている。賀茂別雷神社では神山《こうやま》で深夜、秘事として神事を修する。賀茂御祖神社の祭神降臨の祭祀である御《み》蔭《かげ》祭については、小野宮右大臣実資《さねすけ》の日記『小右記』寛仁二年（一〇一八）の記事や和歌集に窺い知ることができる。[10] 権中納言勘解由小路兼仲《かでのこうじかねなか》の日記『勘仲記』弘安七年（一二八四）の記事では、

午日神事、号二御荒《みあれ》一

という記事がある。その他にも日記や和歌集において御蔭山の賀茂の神の御生れを記し留め、あるいは歌いあげているのである。

　年毎に新たな賀茂の神を降臨させ、社殿に迎えた後いよいよ四月中酉日の賀茂祭を執り行う。ここで宮中が関わってくる。平安京地主神としての賀茂の神へ宮中からの御礼参りとしての参詣が行われる。勅使や斎院が宮中から一条大路を通り、賀茂御祖神社そして賀茂別雷神社に向かう。一条大路の勅使・斎院の行粧は桟敷も設営されたり、牛車が立てられたりして、貴族のみならず民衆まで参集する都大路最大の催しであった。しかし祭祀ではなく、勅使列そして斎院を中心とした女人列から成る雲上の世界の華やかな行粧が衆目を集めている。帝の御代における栄華のお披露目とも言える。ただ祭祀の中心となるべき神輿はこの行粧にはない。祭神は親神の方が賀茂御祖神社に、御子神は賀茂別雷神社に鎮座している。この両社殿において勅使と斎院を通して、帝の御礼が納められる。勅使からは帝の宣命《せんみょう》が「御祭文《ごさいもん》」として奏せられる。御礼は「幣物《へいもつ》」「東遊び」「走馬」である。祭神からは神禄の「双葉葵」と、神託の返祝詞《かえしのりと》が[11]ある。返祝詞は平安京即ち皇城地主神たる賀茂の神の、天皇に対しての託宣である。

　皇太神乃広前仁奉利大坐寸、葵祭乃
御幣・走馬・東遊照之納女大坐寸、天皇

朝廷尓参寄陪加羅牟悪事乎波払陪退介奉利
大坐寸、御命長久、世尓久之久、常盤堅盤
夜乃守利、日乃護利尓守利大坐寸、御宣
命尓申佐之女給布事者一事毛過麻多寸充弖
叶倍大坐寸、宮中尓者夜乃驚幾昼乃騒岐
無久、平安《ヤスラカ》尓守利奉利大坐寸、天下
安穏尓守利助介大坐佐牟、今日乃勅使、
供奉乃諸官下部等仁至麻氏無事久守利
助介牟止、皇太神乃命令《ミコトノリ》乎承者利弖葵葉廼
加佐志仁祝比籠女氏伝陪申

返祝詞は助詞と送り仮名は小文字で表し、読点を付けている。賀茂社の神官が跪いて賀茂の神からの返祝詞を申し伝えている（図2）。前の案上には神禄の葵葉をつけた白杖が置かれている。前方の舞殿の上には帝の宣命を携えた勅使が座している。勅使故に高い位置で、賀茂の神の託宣や神禄を受ける。天皇の治める御代の栄え、生命の長久、そして天下・宮中の平安等を保証し、葵葉の挿頭《かざし》を贈っている。天皇が納める幣帛・走馬・東遊びは平安朝において貴重な品々・吉兆の動物・

図２　舞殿上の勅使に向かって、権宮司が返祝詞を申し上げる（於　賀茂御祖神社）

神聖な舞楽である。殊に東遊びは渡来の舞楽ではない、日本古来の舞楽として宮中の祭祀で演奏されている。

斎院御禊・賀茂の御生れ・賀茂祭・祭の還さ、そして後年に成立した賀茂臨時祭等はさまざまの平安朝文学に描写され、歌に詠まれている。前掲した祭祀の本質を踏まえて、文学の基底を理解してゆくことが肝要であろう。殊に『源氏物語』では物語や人物に深い関わりを有している。光源氏が須磨流謫を決意して、故父桐壺院の北山の山陵に詣でるに際して、皇城ではただ一神、この賀茂の神に暇乞いをしている。

ありし世の御歩《あり》きに異《こと》なり、みないと悲しう思ふ。中に、かの御禊《みそぎ》の日仮《かり》の御随身《みずいじん》にて仕うまつりし右近将監《うこんのぞう》の蔵人《くらうど》、得《う》べきかうぶりもほど過ぎつるを、つひに御簡削《みふだけづ》られ、官《つかさ》もとられてはしたなければ、御供に参る中《うち》なり、賀茂の下《しも》の御社《みやしろ》をかれと見わたすほど、ふと思ひ出でられて、下《お》りて御馬《むま》の口を取る。

将監　ひき連れて葵《あふひ》かざししそのかみを思へばつらし賀茂のみづがき

と言ふを、げにいかに思ふらむ、人よりけに華やかなりしものを、と思すも心苦し。君も御馬《むま》より下《お》りたまひて、御社《みやしろ》の方《かた》拝みたまふ。神に罷申《まかりまう》ししたまふ。

源氏　うき世をば今ぞ別るるとどまらむ名をばただすの神にまかせて

とのたまふさま、ものめでする若き人にて、身にしみてあはれにめでたしと見たてまつる。

かつての栄華に満ち溢れた貴公子の姿ではない。平安京地主神の賀茂の神を迎えるために、帝の御杖代として聖なる御手洗川で浄める斎院御禊に際して、特別の宣旨で勅使を務めた光源氏は稀有の晴れ姿を披露した。その栄光も失い、都を離れて流離することを決めている。故父院の山陵への途次に、下鴨の社が見えてくる。源氏の傍で供奉していた右近将監も御禊の折の華やかさを思い起こし和歌を詠む。賀茂の神の神禄である葵を挿頭したが故に、神威を待望しているのである。源氏は馬から下りて、神を拝している。源氏も歌詠によって、自らの無実を糺《ただす》の森に鎮座する賀茂の神へ訴えている。賀茂祭の神託に語られていた、神の加護を祈願しているのである。皇統の貴公子として宮中に復帰するという、力強い意思を感じる。

また藤裏葉の巻において、光源氏が念願する后がねの明石の姫君の入内が決定する。そこで姫君の養母として紫の上は賀茂御祖神社に詣でる。それも文学作品としては珍しい、賀茂の神の降臨の御生れに詣でている。

かくて六条院の御いそぎは、二十余日のほどなりけり。対の上、御阿礼《みあれ》に詣《まう》でたまふとて、例の御方々《かたがた》いざなひきこえたまへど、なかなかさしもひきつづきて、心やましきを思して、誰《たれ》も誰もとまりたまひて、ことごとしきほどにもあらず。御車二十ばかりして、御前《ごぜん》などもくだくだしき人数多くもあらず、事そぎたるしもけはひことなり。

祭の日の暁に詣でたまひて、帰さには、物御覧ずべき御桟敷《さじき》におはします。御方々の女房、おのおの車ひきつづきて、御前《おまへ》、所しめたるほどいかめしう、かれはそれと、遠目《とほめ》よりおどろおどろしき御勢ひなり。(下略)

光源氏の一人しかいない実の姫君が入内するに際して参詣する神もただ一社、賀茂の神であり、論者としては賀茂御祖神社の「御阿礼」と祭の社頭に参詣していると想定している(12)。御生れを参詣できるとしたら下鴨神社の方であろう。祭のある中酉日にも「暁」に参詣して、その帰途で一条大路の桟敷で勅使・斎院の行粧を物見する場合でも下鴨神社の方が理に適うのである。ともかく光源氏が須磨流謫を前にして紀の神に誓ったように、藤裏葉の巻における賀茂詣も、紫の上は明石の姫君の養母として、平安京地主神たる賀茂の神への御礼参りという物語構造を意図した祈願と思われる。この巻では賜姓源氏光の栄華を飾る出来事として准太上天皇の地位に到達し、冷泉帝・朱雀院がそろって六条院に行幸するという盛儀が設定される。天皇を軸とする神の庭での祭祀が、物語世界の至高の栄達と深く連関している。

㈢ 王朝文学と石清水八幡宮参詣

平安京地主神としての賀茂の神の祭祀が北祭と称されたのに対し、石清水八幡宮の祭祀は南祭として重んじられた。八月十五日の石清水祭は石清水放生会《ほうじょうえ》とも称される。三月午の日に催される石清水臨時祭も盛大な祭祀となった。石清水放生会は清和天皇貞観五年（八六三）八月十五日に初めて勅会《ちょくえ》として修せられるようになったとする（『運歩色葉集』）。さらに円融天皇天延二年（九七四）から諸節会に准じた行事となる。『日本紀略』に次のように記される。

天延二年八月一一日丙戌、中納言源延光仰言、石清水八幡宮来一五日放生会、宜下仰二雅楽寮一准二諸節会一、音楽官人率二唐高麗楽人舞人等一従二今年一永供中奉彼会上者、又仰言、宜下仰二左右馬寮一十列御馬各十疋従二今年一隔年令レ供二奉彼会一、又仰言、放生会宜下仰二左右近衛府一御馬乗近衛各十人従二今年一隔年令中供奉上者。

雅楽寮《うたづかさ》から楽人・舞人が供奉し唐楽・高麗楽を奏し、馬寮《めりょう》からは十列《とおつら》の馬が献上されるような盛儀となっている。『今昔物語集』巻第十二によると、(13)六衛府ノ陣も兵杖を帯して仕え、法会の後は相撲が行われると伝える。石清水臨時祭は清涼殿で試楽も設けられ、東遊びの駿河舞・求子が奏上される。石清水臨時祭については『江家次第』巻第六において詳細に祭祀の次第を書き留めている。天慶五年（九四二）四月二十七日、「平将門乱逆報賽《ほうさい》」としての起源としている。毎年の祭となったのは円融天皇天延二年（九七四）からのことと記している。社頭の儀においては、宣命が読まれ、返祝詞が奏される。馬が牽廻《けんかい》され、東遊びが舞われ、聖なる秘曲御神楽が奏される。帝の最高のもてなしと言える。石清水八幡宮は男山の山頂に建ち、男山は淀川をはさみ天王山と対峙し、平安京の西国への門となり、平安京の鬼門に位置する比叡山に対する西南の方角にある。放生会という祭祀は生物の殺生を禁じ、魚・鳥・獣を池川山野に放ち、その功徳として無病・息災・延命を授かるという、仏教思想を混淆した祭祀を形成している。祭神は中御前として応神天皇（誉田別尊《ほんだわけ》）、東御前として神功皇后（息長帯比売命《おきながたらしひめ》）、西御前として比咩《ひめ》大神（多紀理毘売命《たぎりびめ》・市寸島姫命《いちきしまひめ》・多岐津毘売命《たぎつひめ》の宗像神《むなかた》）が祀られ、国家鎮護の神として崇敬を集めている。前掲のように賀茂社に並ぶ勅祭として、また舞楽にしても東遊びの他に唐楽・高麗楽さらに天皇に関わりの深い御神楽も奉奏されることは注目してよい。

今日の石清水祭は九月十五日に執り行われる。午前二時、本殿南庭の橘の下で庭燎《にわび》が焚かれる。前掲の三神をそれぞれ鳳輦《ほうれん》にお移しし神幸が行われる。午前三時から祭祀の中軸となる奉幣の儀が斎行される。三基の鳳輦が絹屋殿に著御して、舞楽（図3）が奉奏される中で神宝が頓宮に納められる。舞楽は平安朝であれば聖なる御神楽に当たる神事芸能である。この宮独特の神饌《しんせん》・供花が奉奠《ほうてん》される。上卿の御祭文（図4）即ち王朝であれば石清水の祭神に対する天皇の宣命が告げられる。対して神託たる返祝詞が申し上げられる（現在、言葉はなく拍手のみ）。牽馬《ひきうま》において一匹が三匝《しゅう》する。午後五時で還幸する。その間午前八時過ぎに放生行事が斎行される。舞楽は胡蝶が奉奏される。

往古は頓宮の西側に極楽寺が営まれていたこと(14)が江戸時代の古絵図に描かれている。『徒然草』五十二段の仁和寺のある法師が石清水八幡宮に参詣して、その位置をわからないで麓の「極楽寺・高良《こうら》」を拝しただけで帰ってしまっている。これはこの極楽寺や高良社にしても、一寺一社と見えるほどの立派さを有していたことを物語っている。『源氏物語』玉鬘の巻における、玉鬘を救済する神としての石清水八幡宮もその霊験の確かさを示現している。玉鬘主従は肥前まで漂泊しながら、地方豪族の大夫《たゆう》の監《げん》を避けて飛ぶように上京し、まず石清水八幡宮に参詣している。九州で信奉していた八幡神と同じ社というわけである。一方で先に指摘したように都で天皇と深い関わりを有す

図３　石清水祭の神楽

図４　石清水祭における上卿の御祭文

る鎮護の神でもある。冷泉帝の内侍の督として、後年養父光源氏を支える女君である。
『枕草子』「はしたなきもの」の章段で、一条天皇の石清水八幡宮行幸に際しての逸話が語られる。

八幡の行幸の、かへらせたまふに、女院の御桟敷のあなたに御輿とどめて、御消息申させたまふ。世に知らずいみじきに、まことにこぼるばかり、化粧《けそう》じたる顔みなあらはれて、いかに見苦しからむ。宣旨の御使にて斉信《ただのぶ》の宰相《さいしやう》の中将の、御桟敷へまゐりたまひしこそ、いとをかしう見えしか。ただ随身四人、いみじう装束《さうぞ》きたる、馬副《むまぞひ》の、ほそく白くしたてたるばかりして、二条の大路の広く清げなるに、めでたき馬をうちはやめていそぎまゐりて、すこし遠くより下りて、そばの御簾の前に候《さぶら》ひたまひしなどいとをかし。御返しうけたまはりて、また帰りまゐりて、御輿のもとにて奏したまふほどなど、言ふもおろかなり。さてうちのわたらせたまふを、見たてまつらせたまふらむ御心地思ひやりまゐらするは、飛び立ちぬべくこそおぼえしか。それには、長泣きをして笑はるるぞかし。よろしき人だに、なほ子のよきはいとめでたきものを。かくだに思ひまゐらするもかしこしや。

「はしたなきもの」の章段とは別章段と見なす説もある。それほど、一条天皇の石清水八幡宮行幸の晴れやかさを書き綴っている。また桟敷で御覧になる母東三条院詮子《せんし》との至高の母子の交情を目の当たりにして、清少納言は顔の化粧が落ちてしまうほど感動の涙を流している。行幸という祭祀における皇権の素晴らしさを描いている場面でもある。ただ作者は何のための石清水八幡宮行幸かを明らかにしてはいない。暗部は隠したままである。長徳元年（九九五）十月二十一日に石清水に行幸し、翌二十二日に還御している。その二条大路（本文）か朱雀大路の有様である。『栄花物語』巻第四「みはてぬゆめ」では、次のように描かれる。

年もかへりぬ。内には中宮（＝定子）並びなきさまにておはします。東宮は淑景舎（＝原子）いかにと見たてまつる。かくて長徳元年正月より世の中いと騒がしうなりたちぬれば、残るべうも思ひたらぬ、いとあはれなり。女院（＝詮子）には、関白殿（＝道隆）の御心地をぞ恐ろしう思す方はさるものにて、世の中心のどかにしも思し掟てずやと、さまざま思し乱れさせたまふ。今年はまづ下人などは、いといみじう、ただこのごろのほどに失せ果てぬらんと見ゆ。四位、五位などの亡くなるをばさらにもいはず、今は上《かみ》にあがりぬべしなど言ふ。いと恐ろしきことかぎりなきに云々（論者が漢字に改めた箇所がある）

長徳元年は「疫癘《えきれい》」（流行病）が甚しい世相にあった。『日本紀略』七月二十三日条の記事によって、そうした世相を窺うことができる。

今年自二四月一至二五月一。疾疫殊盛《ニナリ》。至二七月一頗散《ルズ》。納言以上薨者二（ママ）人。四位七人。五位五十四人。六位以下僧侶等不レ可二勝計一。但不レ及二下人一。

また五月二十九日条においてすでに

中納言已上薨者八人（下略）

ということで、四、五月までで中納言以上の貴顕の死者は「八人」ということであるから、六月十一日に二十五歳で薨去した「大納言正三位藤原朝臣道頼《みちより》」などは入っていない員数かもしれない。『日本紀略』では他に四月十一日中関白藤原道隆《みちたか》が四十三歳で薨去している。同書ではその後五月八日に関白右大臣正二位藤原道兼《みちかね》（三十五歳）と左大臣正二位源重信（七十四歳）それに従二位中納言源保光《やすみつ》（七十二歳）・正三位中納言右衛門督源伊陟《これただ》（五十八歳）が薨去している。先に引用した『栄花物語』「みはてぬゆめ」においても続いて、「閑院の大納言」の藤原朝光《あさてる》（四十五歳）、「小一条の大将」の藤原済時《ただとき》（五十五歳）の薨去を語り、中川の「家主《いえあるじ》」の藤原相如《すけゆき》も粟田殿道兼の後を追うかのように急逝している(15)。

正暦四年（九九三）以来、殊に疫災が続いていて、長徳元年（九九五）の貴顕の薨去は稀有の出来事であった。そのような切迫した世相の中で、一条天皇が石清水八幡宮行幸を決行しているのである。平安京地主神でもある賀茂の神の祭祀、賀茂祭は四月二十一日に執り行っている。大斎院選子内親王の御禊では雷鳴が響き、栗の実ほどの雹《ひょう》が降ったと『日本紀略』は記している。相撲節会なども停止している。日吉大社や住吉大社をはじめとする諸社にも奉幣している。行幸は唯一、南祭の社として賀茂の神と並称される石清水八幡宮へのみとなっている。華やかな物見遊山の行幸ではない。『枕草子』に描かれる一条天皇の八幡の行幸は前述のような稀有の「疾疫」の中にあって、平安京の裏鬼門を鎮護する神として、また生物の息災を祈る放生会を執り行う石清水八幡宮へ行幸している。東三条院詮子の周辺は皇権を支えるはずの兄弟、中関白道隆そして在職七日で薨去し七日関白と称される粟田殿道兼を、相次いで疫災で失うのである。詮子は、我が御子一条天皇の皇権維持を祈り、御桟敷で石清水行幸という祭祀的政治の成果達成を見守っているはずである。

注

（1）虎尾俊哉の『延喜式』（吉川弘文館、昭和三十九年）をはじめとする論考がある。
（2）新日本古典文学大系版『古今和歌集』の脚注でも指摘している。
（3）平成十六年十月二十五日～三十日宮内庁書陵部において『儀式関係史料』展が開催され、これらの儀礼書や宮中行事に関わる諸文献が展示・紹介されている。同名の図録も提供されている。

(4)『小右記』寛弘二年十一月十五日条に記録されている。

(5)拙稿「光源氏と皇権――聖宴における御神楽と東遊び」(『國語と國文學』平成十六年七月号所収)で考察している。本著では第一章の「五」に改題の上、補筆して掲載している。『古今和歌集』巻第二十「神遊びの歌」にいろいろな神楽歌を収めている。「深山にはあられ降るらし外山なるまさきの葛色づきにけり」は、今日、伏見稲荷大社の御神楽の庭燎曲に伝承している。

(6)『小右記』寛弘二年十一月十五日条記事では次のような内容となっている。

火起㆔自㆓温明殿㆒、神鏡所謂恐所、太刀並契不㆑能㆓取出㆒云々

(7)『御堂関白記』寛弘四年八月十日条の記事

(上略)着御在所僧房金照房、午時沐浴、解除

(8)『紫式部日記』寛弘五年(一〇〇八)十月十六日一条天皇土御門殿行幸に際して、天皇の御前で「万歳楽」「太平楽」「賀殿」という舞楽と「長慶子」という管絃が奏上されている。

(9)『権記』四月二十四日癸酉の記事は次のような内容となっている。

賀茂祭(中略)右中弁重尹代行之、行事宰相右中将云々、中宮大夫家棚与仁和寺僧都棚各投瓦礫、中宮大夫家仕了被疵云々

(10)拙稿「源氏物語と皇城地主神降臨の聖空間――紫の上・朝顔の斎院そして光源氏の聖性の基底――」(日向一雅編『源氏物語重層する歴史の諸相』所収)において下鴨神社の御蔭祭の周辺を検証している。本著では第二章「一」に改題の上、補筆して掲載している。

(11) 返祝詞は拙著『源氏物語を軸とした王朝文学世界の研究』(桜楓社)所収鴨脚家蔵『御祭記』の中に「宣命」と「返祝詞」の写真版が収録されている。元禄再興時の資料である。第二章「三」においてこの部分のみの写真版を提示している。

(12) 注10に示した拙稿で究明している。

(13) 『今昔物語集』巻第十二「於石清水行放生会語第十」に伝承されている。

(14) 江戸時代の石清水八幡宮の景観として寛延五年谷村民部直穏筆の古絵図がある。

(15) 『栄花物語』巻第四「みはてぬゆめ」や『日本紀略』『小右記』を参照のこと。

五　光源氏の皇権と聖宴——御神楽と東遊び

(一)　聖なる庭の御神楽

光源氏という主人公が保持する聖性の根源とは何なのか、という主要テーマを究明するに際しては、主人公が皇統としての資質を体現している貴種という、最高に尊貴な身分の生まれであることを重視している。二十一世紀を迎えて読売新聞で「源氏ミレニアム物語」(1)というタイトルで、筆者も含めた三人のインタビュー形式の企画記事があった。光源氏という英雄像について、心理学者でもある河合隼雄は「ギリシャ神話の最高神、ゼウスに似ている」と主張する。高橋亨は「逆光の王権」として「月に喩えられている」と見なす。著者は皇統として「神々の加護」という物語構造を注視している。桐壺の巻において

世になくきよらなる玉の男御子

として始発する光源氏は、三種の神器の「玉」の輝きを体現する貴種と位置付ける。関わる女君もそれぞれの聖性を有したヒロイン性を保持している。皇祖神天照大神に対して天皇の御杖代《みつえしろ》として仕える斎宮を務めた秋好中宮。皇城である平安京の地主神、賀茂の神に仕える斎院を務めた朝顔の斎院。賀茂の神が降臨する御生《みあ》れの聖地から登場する紫の上も、賀茂の信仰圏に関わる女君である。北の賀茂の神と並んで、南の祭として宮中の崇敬を受ける石清水八幡宮に祈願しているのは玉鬘の女君である。また玉鬘は「藤原の瑠璃君」として氏神である春日の神の加護も受ける。都を離れるが、皇位継承の祭祀八十島祭《やそしままつり》に関わる住吉の神を信奉する明石一族。これらの構図は天皇制という体制を支える主要構図でもある。光源氏の存在も、物語の始発となった三種の神器の玉の輝きを具した主人公であり、やはりその聖性は皇統という資格によって把握できるように思われる。

光源氏は宿願であった、后がね明石の姫君のもうけた一の宮が立坊を果たす。光源氏は皇太子の外戚としての摂関であり、六条院と称される准太上天皇という上無き位に到達している。その御願《ごがん》果たしの御礼参りとして、源氏は明石女御をはじめ、養母紫の上・実母明石の女君、そして明石の尼君までを伴った住吉詣を実行する。住吉の神に対する最大の御礼は御神楽・東遊《あずまあそ》びという聖なる歌舞である。御神楽は帝が神遊びをする聖楽である。東遊びは賀茂の神や石清水八幡神に対して勅使が奉奏する、聖祭における歌舞である。光源氏は皇統の男御子として生を得て、藤裏葉の巻に入り四十の賀の前年に、即位することもなしに准太上天皇に任ぜられることになる。若菜下の巻において今上帝が即位し、前述のように明石女御腹の一の宮が東宮になるのである。

そんな御神楽・東遊びに紫式部自身も関心の高さが窺えて、『紫式部日記』の記事にも認められる。平成十五年（二〇〇三）中古文学会秋季大会に際して、陽明文庫古典籍特別展示が企画され、それぞれに貴重な諸本に加えて、国宝『神楽和琴秘譜』、重要文化財『承徳本古謡集』を実際に目にすることができた。前書は御神楽の最古写本で、道長在世当時の書写と推定されている。後書は歌謡集で東遊びも入っており、奥書に「承徳三年（一〇九九）」の年号が記されている。大江匡房《まさふさ》が『江家次第《ごうしだい》』をまとめた年代にも近接している。王朝期における御神楽は六系統ぐらいに分類できよう。元を辿れば大嘗祭において、大内裏の豊楽院《ぶらくいん》にある清暑堂《せいしょどう》において斎行された、清暑堂御神楽である。即位に際して歌舞や楽で神々をお慰めするという神聖な祭祀である。宴遊色の強い祭祀から一条天皇の御代により神聖な内容の濃いものに変容したと見られている。内侍所《ないしどころ》温明殿《うんめいでん》で執り行われる御神楽はそうした状況を示している。この殿舎には三種の神器「八咫《やた》鏡」が安置されている。皇祖神天照大神を帝御自らがお慰めする神聖な歌舞である。

今日の皇居においても十二月中旬に杜に囲まれた静澄な聖庭で賢所《かしこどころ》御神楽が執り行われている。

この聖庭には天皇・皇太子のみがお立ちになることができると、皇居に伺った折にお聞きしたことがある。天皇の許に神楽の舞人の長である人長《にんじょう》が舞で用いた輪榊《わさかき》を献上して、御神楽を終了するということである。賢所を中央に左右に皇霊殿・神殿を奉祀していることから、皇祖神天照大神をはじめとする神々から歴代の天皇の御霊を、今上帝がお慰めする聖なる舞楽ということになる。輪榊も、榊の枝に藤つるを白い麻布で被った輪状の祭具を付けている。その丸い祭具は神鏡を象っているものと見なされている。

かつて折口信夫が学究のために、皇居賢所という聖庭の舞楽を実体験することを願い、庭燎《にわび》の仕丁役で奉仕したということである。折口が苦心の末に体験した御神楽は一般的に見ることや鑑賞することが困難というより、天皇のみが皇祖神をはじめとする神々や、歴代の天皇霊をお慰めする聖なる秘曲である。しかし、宮内庁式部職楽部による「雅楽神楽歌」の貴重な公開は平成十年（一九九八）三月一日、東京国際フォーラム・ホールで催されている。御神楽の構成は、神を迎え、神遊びをして、そして神をお送りするという三部構成から成り、その最終部に当たる神上がりの星の部が公開された。伊勢神宮では二十年に一度の御遷宮で奉奏される。鶴岡八幡宮では十二月十六日の鎮座記念祭で「其駒《そのこま》」を中心に人長舞《にんじょうのまい》も斎行されている。松風の巻において明石の女君を訪れた際に、桂殿で光源氏が催した歌舞である。鶴岡八幡宮の御神楽については『吾妻鏡』(2)に記される内容によれば、建久二年（一一九一）の御遷宮に際して、本社石清水八幡宮と同様に御神楽を斎行することが記されている。十二月十九日条では、大江「久家《ひさいえ》以下侍十三人」を遣わして、京の楽人「多好方《おおのよしかた》」の許で、秘曲「星・弓立」の伝授が始まったことを記している。源氏の守護神石清水八幡宮臨時の祭の御神楽をも移して、鎌倉幕府の創立を祝しているのである。建久四年（一一九三）に至り、十月七日条で、好方の子息多好節《よしとき》が鎌倉入りしての秘曲相伝は異例のことであったが、さらに

宮人曲《みやびときょく》、不レ残二一事一、伝受之由申レ之

と記されるように、前掲の大江久家一行も「宮人曲」を体得して帰参している。十一月四日に多好節が宮人曲を唱い、暗い寒天ながら、神殿に星が現れるという神威があったことを記している。「宮人曲」は現在廃絶した曲であるが、王朝においては神遊びの部分で奏せられていた御神楽の一曲である。こうした王朝の祭祀を継承した鶴岡八幡宮の御神楽、それを今日の鎮座記念日の御神楽が伝承している。神社殿内の燈としては庭燎と篝火のみで、星の部の「其駒」を唱う中、輪榊をかざしながら人長舞が奉奏される（図1）。

伏見稲荷大社の十一月八日、火焚祭《ひたきさい》においては「早韓神《はやからかみ》」を唱いつつ、人長舞が奉奏される。神を降ろし迎えるに際して、榊や幣、杖などの採物《とりもの》についての催馬楽《さいばら》をうたう。社伝では平安時代を

図1　御神楽「其駒」（鶴岡八幡宮提供）

起源にしながら天文十三年（一五四四）以来中絶し、近世末期の文久二年（一八六二）宮中楽所の御思し召しによって再興されているものと伝える。宮内庁書陵部には『公事録』という、近世の宮中行事の記録と絵画化した付図を伴った文献がある。平安時代の宮中行事は廃絶したものも多いが、近世に再興もしているので、貴重な資料である。この付図は『図説宮中行事』（同盟通信社）として出版されている。御神楽・東遊び関係の図としては、

石清水臨時祭庭座之図
賀茂祭東庭 求子《もとめご》列舞之図
賀茂臨時祭社頭一舞之図
賀茂臨時祭 還立《かえりだち》之図
内侍所臨時御神楽之図

において、舞楽に関係する絵柄が描かれて参考資料となっている。

これらの資料に加えて『源氏物語』の成立した一条天皇朝の御神楽の状況や、陽明文庫の古典籍等をも参考にしたい。そうした成果に立って松風の巻の桂殿の饗宴や若菜下の巻における住吉社参詣という壮大な催しの、趣向の基底を考察してみる。六条院と称される光源氏は后がねの姫君明石女御腹一の宮の立坊によって、栄華の頂点に到達しているわけである。史実離れした住吉社頭における聖なる歌舞、御神楽と東遊びの奉奏という趣向に仕立てて、展開しているのである。

㈡　御神楽と一条天皇・道長・紫式部の周辺

紫式部は個人的にも楽についての関心が高い。そんな例の一つに、『紫式部日記』[3]の記事が注目される。寛弘五年（一〇〇八）十一月二十八日から、翌朝にかけての賀茂臨時の祭当日における出来事である。倫子《りんし》腹道長五男、右近衛権中将教通《のりみち》が祭の奉幣使《みてぐらのつかい》に任ぜられている。その前には臨時の祭の歌舞の練習に当たる「巳《み》の日の夜の調楽」の華やいだ記事も記される。「殿の上」倫子も参内して、子息の出立の御儀を御覧になり、感涙にむせんでいる。末尾に賀茂の御社から帰って、清涼殿東庭における還立《かえりだち》の儀の御神楽の有様が記される。人長役の当代の名手として伝説的な楽人、左近衛将監《さこのえのじょう》尾張兼時《かねとき》の老残ぶりを露わにした所作が描写されている。

臨時祭の使《つかひ》は、殿（道長）の権の中将（教通）の君なり。その日は御物忌《おほんものいみ》なれば、殿、御宿直《とのゐ》せさせたまへり。上達部も舞人の君達も、こもりて、夜ひと夜、細殿わたり、いとものさわがしきけはひしたり。（中略）殿の上（倫子）も、まうのぼりてもの御覧ず。使の君の藤かざして、いとものものしくおとなびたまへるを、内蔵《くら》の命婦《みやうぶ》は、舞人には目も見やらず、うちまもりうちまもりぞ泣きける。

御物忌なれば、御社《みやしろ》より、丑の刻《とき》にぞ帰りまゐれば、御神楽《みかぐら》などもさまばかりなり。兼時《かねとき》が、去年《こぞ》まではいとつきづきしげなりしを、こよなくおとろへたるふるまひぞ、身知るまじき人の上なれど、あはれに、思ひよそへらるることおほくはべる。

御神楽は賀茂社より帰って午前二時ごろに奉奏されている。教通らの舞の師でもあった当代の名手尾張兼時もかなり年齢を重ね、紫式部は同情の念を懐いている。「去年」即ち寛弘四年（一〇〇七）までは素晴らしい舞ぶりであった。『御堂関白記』同年二月八日条では、道長息の教通・能信《よしのぶ》等の舞の師とする記事[4]がある。この折には、尾張兼時に疋絹《ひきぎぬ》を与えている。この措置は藤原氏の氏神を祀る春日祭を考慮しているものと想定される。この時期における道長の行動力は目を見張るものがある。自ら春日祭に詣でており、土御門殿に文人貴紳を集め三月の曲水の宴を催し、四月の賀茂祭の前日に当たる中申日に賀茂詣をして、五月には彰子中宮御《み》読経《どきょう》結願《けちがん》に続き法華三十講を始めている。さらに閏五月十七日には吉野金峯山《きんぶせん》詣《もうで》のために、御嶽《みたけ》精進《しょうじ》を開始し、八月十日に金峯山[5]金照房に達している。道長自ら書写して納経した金銅経筒が発掘され、国宝として貴重な文化財であるとともに、王朝公家日記の記事内容を見事に実証している文化財でもある。帰京して十月に入り、氏の長者として藤原氏の墓所・木幡《こわた》浄妙寺《じょうみょうじ》の多宝塔供養を目指し活発な活動が窺える。十一月八日条には兼時に舞を習った教通が春日祭の使に立っている。寛弘元年二月の春日祭では嫡男頼通《よりみち》が使となっている[6]のに続くもので、道長は「悦身余、泥酔不覚」という喜びようである。なお頼通の場合にも「左近尉《じょう》、兼時笏《しゃく》受」ということで、もちろん尾張兼時は活躍している。

寛弘四年における尾張兼時の動静は『権記』同年二月二十九日条にも詳しい。道長自身が春日詣をした時のことである。『権記』によると、供奉する貴族達は「公卿十一人、殿上十有数、四位以下数十人」という盛大さで、舞人の中には「右近少将頼宗《よりむね》」「左兵衛佐顕信《あきのぶ》」「右兵衛佐教通《のりみち》」「侍従能信《よしのぶ》」の君達が入っており、彼らは道長の倫子腹、明子《めいし》腹の子息達である。『御堂関白記』には次のように記されている。

（前略）其後東遊如常、次神楽、次進膳、人長兼時人人被物纒頭、通夜事了

『権記』では奉幣・御祭文・神馬十列・歌舞・御神楽の後、次のような霊験譚が綴られている。

神宴通宵、雪花時降、此間大蔵卿小眠、夢炬火前唐車女人乗之、亦有執翳之女、可謂有神感矣、人長兼時舞甚神妙、（下略）

春日四神の聖庭で夜を徹して祭祀が斎行される。雪花が舞い、霊夢を生じるような神聖な雰囲気で、人長尾張兼時の見事な舞を書き留めている。前掲の『吾妻鏡』の記事を含めて、御神楽の神々しさを語り伝え、尾張兼時の伝説化するほどの名人ぶりを偲ばせている。御神楽に関する一等資料の鍋島本の紙背にも、「賀茂臨時祭」の御前作法次第で「御神楽の人長」として「尾張宿禰《すくね》兼時」が登場する。それが翌年の寛弘五年の賀茂臨時の祭では『紫式部日記』において、「こよなくおとろへたるふるまひ」と老齢による衰えを晒すことになる。道長女彰子中宮腹敦成《あつひら》親王誕生の慶事の続く中で、兼時の老残ぶりに憐れを催しているのである。さらに翌年の賀茂臨時の祭でも「左近将監兼時」を召している。『御堂関白記』寛弘六年十一月二十二日条によると、子の刻の御神楽で兼時を召す。

候召人召二立兼時一令レ舞、非レ如レ本、人人在二哀憐気一、本是人長上手、依二病重年老一、不二奉仕一

「人長上手」でも老齢と病が重なり、もはや舞うこともかなわない。さらに寛弘七年四月二十四日

条では賀茂祭の近衛使として教通が奉仕しており、東遊びであろうか兼時に衣を与えているが、「年老、非二気色如一レ本」という状態で、以後は子孫の名前に転じていく。尾張姓故に尾張浜主《はまぬし》が祖先と思われ、浜主は承和十二年（八四五）百歳を越える老翁でありながら、大極殿前で和風長寿楽即ち春鶯囀《しゅんのうでん》を舞っている。もちろん春鶯囀は花宴の巻で光源氏が舞った舞楽でもある。

『紫式部日記』寛弘五年十一月一日条、敦成親王御五十日《いか》の祝いの記事にも御神楽が関わっている。

そのつぎの間の、右大将よりて、衣の褄《つま》、袖ぐち、かぞへたまへるけしき、人よりことなり。酔ひのまぎれをあなづりきこえ、また誰とかはなど思ひはべりて、はかなきことどもいふに、いみじくざれいまめく人よりも、けにいと恥づかしげにこそおはすべかめりしか。さかづきの順のくるを、大将はおぢたまへど、例のことのならひの、「千年万代」にて過ぎぬ。

中宮腹皇子五十日の宴に列席する公卿達は、身分にふさわしくないような乱れた酔態ぶりである。しかし、道長追従の風の中で一人理を貫いたといえる小野宮権大納言右大将実資《さねすけ》については、紫式部が他の公卿に較べて珍しいほどの好印象を持って、気品のある物腰を書き留めている。こうした場面は『栄花物語』巻第八「はつはな」本文に引用されており、五島美術館所蔵の国宝『紫式部日記絵巻』でも貴顕と女房との華やかな交遊場面が描かれている。右大将に関する描写の前段では中宮大夫斉信《ただのぶ》が催馬楽「美濃山」を歌っている。実資は祝杯の順が回ってきて、祝儀の余興を強いられることが気乗りしなかったものの、無難に御神楽「千歳の法」からの歌詞「千年万代」などを口ずさんでいる。実資は道長への思いは別として、敦成親王への祝意を聖なる御神楽の神遊び「前張《さいばり》」の一曲によって表出していることになる。引き続きあまりの酔態に恐れを懐き、紫式部は宰相の君と共に隠れようとしたが、酔いにまかせた道長から、祝歌を所望される。そこで詠んだ歌も実資の御神楽の歌詞に関わる、敦成親王の長久を祈念する内容となっている。

いかにいかがかぞへやるべき八千歳《やちとせ》のあまり久しき君が御代をば

対する道長の答歌も同じ、御代の千歳を祈るものになっている。

あしたづのよはひしあらば君が代の千歳の数もかぞへとりてむ

道長妻倫子や中宮彰子も交えて、道長の満面の言動が描かれていく。紫式部が御堂関白家隆盛の中で、御神楽に関わる出来事が垣間見えるのである。

道長は前掲のように藤原氏の長者としての政治的行為、春日祭や石清水臨時の祭や賀茂祭のなかで、子息の頼通・教通・頼宗・能信・顕信らと舞人や祭の使として表舞台で活躍させる。その舞の師として、老齢ではあるが高名な御神楽の人長である、尾張兼時を登場させているのである。前述のように陽明文庫に所蔵される御神楽古写本と、平安時代の年号を奥書に記す東遊歌等を実際に拝見させて戴いた。前書は国宝『神楽和琴秘譜』(7)として知られる巻子本である。名和修文庫長にお願いし、御神楽の神上がりの聖曲「其駒」を開いて戴いた。御神楽の最古写本であり、松風の巻において錦秋の桂殿の饗宴で奏される舞曲である。もちろん、最も盛大な御神楽は本論の主要論点となる若菜下の巻において、住吉社頭で夜を徹して奏されている。初冬二十日の月の照らすなか、霜が白一色に降り敷いた松原の、都では体験することのできない美景の中で、紫の上や明石女御らが住吉の神を寿ぐ三十一文字を歌いあげる。

後書は重要文化財『承徳本古謡集』(8)と名付けられた、承徳三年(一〇九九)の年号が記されている巻子本である。東遊歌が収められている。春日祭・石清水臨時の祭・賀茂祭で奉納される神聖な歌舞である。東遊歌に続いて、各地方の風俗歌、さらに神楽が収められており、その中には他の文献にはない独自楽曲も含まれている。

平安時代における御神楽奉奏は複数の聖なる庭で斎行されている。その系統を分類してみる。

一系統、大嘗会における豊楽殿清暑堂の御神楽。清和天皇貞観元年(八五九)十一月戊辰日が初出（『日本三代實録』）。豊楽殿消失後、朝堂院の小安殿《こあどの》に移す。

二系統、賀茂臨時の祭の清涼殿東庭における還立の御神楽。宇多天皇寛平元年（八八九）十一月二十一日が初出（『日本紀略』）。恒例としては十一月下酉日に斎行される。

三系統、石清水臨時の祭における御神楽。『江家次第』によると天慶五年（九四二）に始まり、天禄二年（九七一）三月八日から恒例として斎行される。

四系統として、内侍所御神楽がある。三種の神器の神鏡を祀っている温明殿賢所の御神楽が執り行われる。『禁秘抄』では当初は隔年であったが、「近年毎年有之」ということで、恒例として十二月吉日を陰陽師が卜して斎行される。現在に至るまで継承されている、神聖な御神楽である。その成立は有職故実書では「一条院の御時」とされている。年代の方は『大日本史料』で採用する『一代要記』所収の一条天皇の御代における記事

　長保四年、壬寅、内侍所御神楽始行

による、長保四年（一〇〇二）と紹介している文献もある。しかし、本稿では寛弘二年（一〇〇五）神鏡被災事件後のことを注視している。『江家次第』[9]巻第十一所収の「内侍所御神楽事」の記事を掲げる。

（前略）寛弘焼亡始焼給、雖レ陰円規不レ闕《かけ》、諸道進二勘文《かんもん》一、被レ立二伊勢公卿使《くぎょうのつかい》一行成、宸筆宣命始二於此一

長久焼亡焼失、件夜以二少納言経信一為レ使奉レ出、女官誤先出二太刀一、次欲レ出二神鏡一之処、火已盛不レ可レ救、後朝灰有レ光、集レ之入二唐櫃一、

自二一条院御時一、始十二月有二御神楽一（下略）

一段目では寛弘二年の内裏の焼亡、それも『小右記』同年十一月十五日条では

火起三自二温明殿一、神鏡所謂恐所、太刀並契不レ能二取出一云々

と記され、正に神鏡を納める内侍所温明殿から出火しているのである。『日本紀略』によると灰の中から神鏡二面が出てきたと記されており、『百練抄』でも「神鏡在二灰燼中一」と同様な記録を留めている。『古今著聞集』でも神鏡の被害について、「焼け給ひたりけれとも、すこしも欠けさせ給はさりけり」と語られている。ただ『御堂関白記』や、『中右記』寛治八年（一〇九四）十月二十四日条では破損と書き留めている。『小右記』によると鏡についている帯等燃え易いものは焼失しているが、神鏡は大きな破損に至ってはいないようで、実資も神鏡の改鋳を望んではいない。同日

記や『御堂関白記』によると一条天皇・彰子中宮そして御神鏡も道長の邸宅、東三条院に遷御している。皇祖神天照大神の御神霊にあたる御神鏡の被災であるから、宮中は大混乱している。神祇官や陰陽寮は内裏火災の祟を勘申している（『小右記』）。豊明節会《とよのあかりのせちえ》や女王禄《おうろく》を停めている（『権記』）。十一月二十八日の賀茂臨時の祭をも停めており（『小右記』『権記』）、十二月六日になってこの祭を追行している（『御堂関白記』『小右記』）。十二月十日には参議左大弁藤原行成《ごうぜい》を伊勢使として発遣している（『日本紀略』『御堂関白記』『小右記』『権記』）。十八日に帰京するまで旅程・行状は自らの日記『権記』に詳しい。そんな中に御神楽奉奏が執り行われる。『春記』長久元年（一〇四〇）九月九日条によると、京極殿焼亡の際、一条天皇の御代の内裏焼亡の事を記している。同月十四日条では

（前略）一条院御時、有此事、彼事進内侍止云者、候内侍所、以宿直近衛等、内々令奉仕御神楽（下略）

寛弘二年の内裏焼亡で、神鏡被災に対する償いとして御神楽が奉奏されているのである。『春記』のこの記事は前述の『江家次第』の「内侍所御神楽」の記載でも「寛弘焼亡」の際の神鏡被災の後で「一条院御時」に御神楽が始まったとある点、と符合してくる。即ち「内侍所御神楽」の成立は

寛弘二年の内裏焼亡に際しての神鏡被災に関連してのことと見なされる。この結果として、今日まで天皇や皇位継承者の神聖な祭祀として賢所で斎行される。一条天皇の皇権の強化が達成されることにもなる。藤原道長が氏の長者としての絶対的な権力を築きつつある時空とも重複してくる。陽明文庫所蔵国宝『神楽和琴秘譜』も、こうした内侍所御神楽創始期に書写された古典籍と推定される。この結果、今日に至るまで天皇や皇位継承者の皇権的聖務として、宮中の奥深い賢所の聖なる庭で斎行されている御神楽は、一条天皇によって創始された内侍所御神楽を起源としているものと言える。内侍所御神楽が保持する性質として、他の御神楽との関連を辿ってみると、次のような点を指摘できる。

一、大嘗祭における豊楽殿清暑堂の御神楽は、天皇即位に際して宮中の聖なる庭で奉奏されることと共通している。

二、宮中における恒例の聖なる神遊びという点では、平安京地主神たる賀茂の神に対する賀茂臨時の祭で執り行われる還立の御神楽の形式を踏襲している。

また清暑堂の御神楽について、土橋寛論稿[10]では『日本三代實録』貞観元年十一月戊辰日条に記された「琴歌神宴、終夜歓楽」や、『北山抄』巻五所引『寛平記』における「群臣酣酔、或濫二楽大臣座辺一、大臣招之、唱二神歌一」などから「遊興的、無礼講的な宴楽」と推定している。道長についても前述したように藤原氏の長者として寛弘四年二月二十九日に氏神春日大社へ盛大な参詣を行い、東遊びや御神楽を奉奏している。権勢の主導する歌舞として注視している。

御神楽斎行の五系統としては、寛弘四年二月の春日詣の際における御神楽・東遊びのように、臣下である権勢が都の外の大社に聖曲を奉奏する場合。頼朝が鶴岡八幡宮で御神楽を斎行した場合などもここに属する。

六系統は特定地や地方大社で独自の御神楽も伝えている場合がある。『承徳本古謡集』に採録された、北御門の御神楽、気比の神楽などがこの例である。

以上、本項においては、「四系統」として一条天皇や道長周辺における御神楽、殊に内侍所御神楽が成立した事情を究明している。子息達の舞の師として御神楽人長の名手尾張兼時への心遣いも注目される。そうした中で紫式部も宮仕えを経験している。道長の后がねの中宮彰子出産・皇子養育期に際して書き留めた『紫式部日記』において尾張兼時のことに触れ、敦成親王御五十日の祝宴の中で御神楽の一曲に関わる逸話も書き留めていること等、を検証してみた。

(三) 光源氏と御神楽・東遊び

(i) 桂での饗宴

『源氏物語』における御神楽については源典侍《げんのないしのすけ》論と結び付いて論述されている。鈴木日出男論稿[11]では源典侍について祭祀における役割を指摘する。やはり温明殿は神鏡などを納める神事祭祀の聖場と見なし、古代の御神楽の発想に着目する。小嶋菜温子論稿[12]ではさらに葵・紅葉賀の巻における源氏と典侍の交遊について御神楽の歌詞を注視している。小林茂美論稿[13]では源典侍の存在を、八《や》咫《た》の神鏡を奉斎する温明殿で天照大神の御霊代《みたましろ》としてその祭祀に奉仕する、天鈿女命《あめのうずめのみこと》の烏滸性《おこせい》に見立てている。女性ということではあるが、御神楽に秘められた芸能性を注視している。典侍という職務の空間としての内侍所（温明殿・賢所）で執り行われる御神楽という構図を考慮すれば、魅力的見解である。一方本稿[14]としては、葵の巻における源典侍の役割を考える場合、賀茂祭に奉仕する官職としての典侍を注視している。筆者には御神楽の構造、即ち神降ろしに当たる採物、神をもてなしての神遊びとしての前張《さいばり》、神上がりに当たる星の三部構造を注視して、『源氏物語』の御神楽の有様を指摘した考察[15]がある。さらに新たな資料を加え、松風・若菜下の両巻の御神楽について、改めて考察を展開していきたい。

　光源氏は皇統の血筋に生を得て、藤裏葉の巻に至り、四十賀を翌年に控えた時期に、栄達の極として太上天皇に准ずる御位に到達することになる。本来皇位を譲った後での称号である。「めづらしかりける昔の例」として範とされる太上天皇は、史実における弘仁の帝たる嵯峨院、あるいは寛平の帝たる宇多院のような平安朝最高の聖帝を想定できよう。後院に行幸が執り行われるように、同じ藤裏葉の巻で冷泉帝・朱雀院御揃いでの六条院行幸が描かれる。六条院の馬場において左右馬寮の馬が牽き並べられ、左右の近衛府の武官が並び立っている有様は、正に宮中の端午節会の儀式にまごうばかりの盛大さである。春の町の池には宮中御厨子所《みずしどころ》の鵜飼の長《おさ》が仕え、六条院に所属する鵜飼の存在も語られ、蔵人所鷹飼も奉仕している。舞楽も桐壺帝の御代での朱雀院における紅葉賀を思い起こさせる。曲目は嵯峨朝に作られたとされる「賀皇恩《がわうおん》」の曲名が出てくる。また「宇多の法師」という和琴名が出てくるが、これは宇多天皇愛用の和琴ということである。前掲の「昔の例」はやはり嵯峨天皇・宇多天皇との関連を想起させる書き方をとっている。光源氏は皇権を保持する貴顕となっている。女三の宮が本妻として六条院入りして、表面的には一層華やかな身の上となる。若菜下の巻において明石の女御腹の一の宮が立坊する。光源氏はいよいよ外戚となったわけである。

明石の女君は松風の巻で光源氏を追っての上京が叶い、大堰《おおい》の山荘にやってくる。明石の「海づらに通ひたる」空間に舞台を移す。一面ではすでに住吉の神の信仰圏との関わりも匂うことになる。しかし、物語内容としては源氏邸に入ることが出来ず、忍耐の日々を過ごす描写になっている。源氏は桂殿に赴き饗宴を催している。物語ではここで御神楽の神上がりの一曲「其駒」が奏される。

今日さへはとて急ぎ帰りたまふ。（中略）近衛司《このゑづかさ》の名高き舎人《とねり》、物の節《ふし》どもなどさぶらふに、さうざうしければ、「その駒」など乱れ遊びて、脱ぎかけたまふ色々、秋の錦を風の吹きおほふかと見ゆ。ののしりて帰らせたまふ響きを、大堰《おおゐ》には物隔てて聞きて、なごりさびしうながめたまふ。

もう帰邸しなくてはならない中で、桂の風情の素晴らしさに立ち去り難くて、もう一度舞楽を楽しむのである。その舞楽は神の庭で奉奏される御神楽の「其駒」であった。『河海抄』巻第八によると、次のような注釈がなされている。

近衛舎人は随身也、神楽の人長は彼の所役也、よって神楽の其駒をまはせらるる也

（角川書店版を読解の便から改字）

源氏に従ってきた随身は「近衛府の名高き舎人」であり、御神楽の人長として高名であった。続く注釈では「星」の部の歌舞の曲名をあげて「朝倉、次其駒、人長起舞」と説いている。「星」は神楽の三部構造の最終段の、神をお送りする神上がりの催馬楽によって成立している。高名な人長は、一条天皇の御代に創始された内侍所御神楽の際に奉仕したであろう、また権勢左大臣道長の周辺の晴れの場で活躍し、『紫式部日記』では「去年」即ち寛弘四年の賀茂臨時の祭還立の御神楽までの晴れ姿を書き留めていた、左近衛将監尾張兼時のような人長が、光源氏の周辺にも存在していたの

である。御神楽の実態としては「乱れ遊びて」と描写されているように、二項で触れた一系統の清暑堂御神楽創始時の記録類に記されたような、饗宴的な聖空間を形成していたのである。

人長舞は一燈のみの庭燎《にわび》を前にして、輪榊を手に持ち、語り、歌い、舞う、という神聖な芸能である。白い輪は皇祖神天照大神の御霊代たる八咫鏡に当たる神鏡を模した聖なる祭具である。人長は天皇に代わり、皇祖神のみならず後世には歴代天皇の聖霊、そして八百万《やおよろず》の神々に対して、御神楽によって神遊びを斎行することになるのである。いわば皇権のみが遊ぶことのできる聖なる庭の「わざおき」であり、天の岩戸の前の天鈿女命を見立てることにもなる。今日宮中賢所における御神楽を経験している宮内庁楽部出身の専門家に聞いても、庭燎のみの闇の中、楽譜も見えないような悪い条件の中、付歌《つけうた》（唱方）と和琴・神楽笛・篳篥・笏拍子による合奏は、非常に難しい技術を必要とするという。伊勢神宮・鶴岡八幡宮・伏見稲荷大社(16)での御神楽を参観調査しているが、やはり御神楽奉奏の時になると、すべての照明が消され、御神楽の歌舞が展開される。撮影もカメラのストロボは使用不可である。輪榊をかざした人長が庭燎の明かりを頼りに詞と所作という「わざおき」の始源を演ずる。折口先学が庭燎を司る所役として御神楽体験を試みた研究者姿勢が思い起こされる。

松風の巻における「桂の院」の饗宴で執り行われる催馬楽「其駒」は、御神楽の神上がりの星の部の終曲として配されている。光源氏が帰邸する日となって、桂の風趣への感動のあまりに付け加える曲として最適の舞楽と言える。道長活躍時代に書き残されたと推定されている古典籍が前述した通り陽明文庫に所蔵され、近衛基凞《もとひろ》の識語の中で「神楽和琴秘譜[17]」と記されていることから、それが文献名となった。御神楽の最古写本の一本とみられ、『源氏物語』成立時代にも近いと推定される。松風の巻の「其駒」はこの神楽譜においては万葉仮名で次のように書き留められている。

「曽乃こ未曽や、和礼仁和礼仁久佐こふ」（其駒ぞや我に我に草乞ふ）
「久佐波と利加波牟、美川波とり、久作」（草は取り飼はむ水は取り草）
（はり取り飼はむや）「波と利か盤牟や」

（筆者が読点をつけ、右傍に読みを漢字まじりで添えている）

『神楽和琴秘譜』本の「其駒」の歌詞は鍋島本とも一致している。松風の巻で光源氏が主催した桂殿の饗宴においても、聖なる歌舞「其駒」の歌詞で唱和されていよう。「人長名人」左近衛将監尾張兼時のような、「近衛府の名高き舎人」が随身として従っているのである。兼時については、すでに『小右記[18]』永延二年（九八八）十一月七日条で摂政藤原兼家の六十賀に際して「船楽舞の御遊」が催されて、主賓兼家から特別に衣を拝領している。

この光源氏の饗宴の描写の中には「物の節」という役割を持つお供も従っている。『花鳥餘情[19]』では次のように注釈を加えている。

今案物節といふは、近衛とねりの中に東遊に達したる物を物節に補す、番長府掌など在之、これにより て春日祭賀茂祭の使の羽林、東遊の近衛十人召具して、於社頭求子駿河舞など是を舞也、物の節の近衛求子駿河舞などいふ事をつとむるなり、（下略）

この注釈によれば、前述の御神楽を奉奏する者に加え、東遊び即ち駿河舞や求子を歌い舞う近衛の官人をも伴っているのである。また鶴岡八幡宮に御神楽が移入された件も石清水八幡宮が武門の源氏の守護神となり、中世に至り、賀茂臨時の祭も衰退状況の中で貴族社会と共通した影響が想定される。やはり貴族社会における重要な祭礼の実態を提示している。即ち藤原氏の氏神や皇城地主神の祭祀の場合と同様に、宮中からの重々しい御礼参りとして位置付けている。すでに光源氏は皇権の保持する聖なる祭祀を行使しているのである。次に論ずる若菜下の巻における、明石一族の信奉した住吉大社への盛大な御礼参りに関連してくる。明石入道は大臣の家に生まれ近衛中将の任をも経験しながら、播磨の国司を終えてもその地に土着している。しかし娘明石の君の玉の輿を願い、住吉の神に御神楽を奉奏している。明石入道は近衛中将を務めた折に、この聖楽御神楽や東遊びの舞に精通していたのである。東遊びと御神楽の奉奏という祭祀の構造を理解すべきであろう。その前提となる松風の巻において、明石の君や后がねの姫君が移り住んだこの大堰への来訪に際して、光源氏自らが主催する聖宴として聖なる御神楽が奉奏されているものとみたい。

(ii) 住吉への御礼参り

光源氏は藤裏葉の巻において太上天皇に准ずる御位に達し、次巻では内親王(女三の宮)も輿入れしてくる。待ちに待った后がねの明石の姫君もめでたく男御子を出産した。いよいよ若菜下の巻で明石の女御腹一の宮が皇太子に立った。光源氏は准太上天皇六条院として皇権を得た上に、外戚として新たな権勢となり、絶対的な権力体制が成立した。光源氏は一の宮立坊の御礼参りとして、明石の女御・紫の上・明石の女君・明石の尼君を伴って住吉詣を執り行うのである。若菜下の巻論としては巻名にも関わる朱雀院五十の賀宴に向かって展開していくのである。しかし、今日までの研究姿勢としては六条院の女君達による女楽、女三の宮と柏木の密通事件、紫の上発病による六条院の変化などに傾斜している。住吉詣に関しては後藤祥子論稿[20]では和歌文学の位相から晴儀和歌に関して究明している。竹内正彦論稿[21]では明石一族を軸とした論究を試みている。本稿では六条院光源氏が住吉の神への一の宮立坊の御願果たしとして奉奏する、聖なる秘曲に視点を置いて考察を加えていきたい。

明石入道は「長き世の祈りを加へたる願ども」、即ち子孫繁栄の祈願として「年ごとの春秋の神楽」を奉奏していたのである。大嘗祭に関わる、天皇の即位礼の翌年に行われた皇位継承の儀式のひとつである八十島祭で勅使が詣でる住吉大社へ、毎年春と秋に御神楽を奉奏している。娘明石の女君の玉の輿を祈念してのことと言いながら、前播磨守の身分としてはあまりにも畏れ多い行為である。前段の二項において御神楽奉奏に関して六系統に分類しているが、国司が奉奏したり、住吉大社に御神楽を奉奏するという古例は見られない。宮中か賀茂社・石清水社の他は、道長のような権勢が春日詣に際して斎行する例、他は特定地の独自の御神楽がある。古注釈等でも適確な見解はない。明石入道は国司という社会的地位のみならず、貴種としての血筋が窺える。明石の巻では箏の琴の名流として、聖帝醍醐天皇の奏法を伝授されたことが語られる。父も大臣で、楽の伝授に留まることのない皇統の血筋との関わりをも想定される。さらに宮中における官職は、近衛の中将という公達として日の当たる官に任じられていた。近衛府の官人の中から御神楽の人長役を割り当てることになっている。松風の巻において御神楽「其駒」の人長役を「近衛府の名高き舎人」と語っているが、『河海抄』や『花鳥餘情』を始めとして注釈が加えられているし、史実上「人長名人」と称された尾張兼時も左近衛将監であった。明石入道は醍醐天皇の琴の奏法の伝授を受けるほどの血筋でもあり、近衛中将として御神楽の所役に関わる官職であった。そうした諸事情を重ねて、国司としては稀有の聖なる歌舞を奉奏していたと理解したい。

光源氏はこの明石入道の住吉の神に対する願果たしに賛嘆して、盛大な住吉詣を催す。明石の女御と紫の上が同車、次の牛車には明石の女君と尼君が同車しており、上達部も左右大臣以外のすべてがお仕えするという、正に准太上天皇という皇権を意識した華麗な行粧《ぎょうしょう》形態をとっている。

舞人は、衛府《えふ》の次将《すけ》どもの、容貌《かたち》きよげに丈《たけ》だち等しきかぎりを選らせたまふ。この選びに入らぬをば恥に愁《うれ》へ嘆きたるすき者どもありけり。陪従《べいじゅう》も、石清水、賀茂の臨時の祭などに召す人々の、道々のことにすぐれたるかぎりをととのへさせたまへり。加はりたる二人なむ、近衛府《このゑづかさ》の名高きかぎりを召したりける。御神楽《みかぐら》の方には、いと多く仕うまつれり。内裏《うち》、春《とう》宮《ぐう》、院の殿上人、方々に分かれて、心寄せ仕うまつる。

『花鳥餘情』を参照すると、「舞人」は東遊びの舞人十人で、容姿の整った六衛府の次官から選んでいる。『河海抄』によると、御神楽に関しては本文異同も想定されるが前掲の松風の巻の本文が、古注釈では近衛府の官人の役割とし、「加はりたる二人」即ち加陪従も「近衛舎人の役」と記され、春日祭近衛使に供奉《ぐぶ》する舞人陪従も近衛の官人と注釈されている。道長周辺に登場する御神楽の名人尾張兼時は「左近将監」である。「陪従も、石清水、賀茂の臨時の祭などに召す人々云々」という記述があるように、源氏の住吉詣は平安京の北祭・南祭と称される賀茂と石清水臨時の祭に倣っている。やはりその祭祀の神聖さや盛大さを意識させるわけである。『花鳥餘情』では長保五年（一〇〇三）九月十九日、道長の石清水並びに住吉詣を指摘している。『日本紀略』『権記』では「臨時仁王会」としており、『権記』では「石清水」のみを書き留めていて、『花鳥餘情』の内容は検証が必要である。二項で引用した寛弘四年（一〇〇七）二月の道長の春日詣も盛大で、東遊びや御神楽も斎行されている。

　住吉の社頭では

　　ことごとしき高麗《こま》、唐土《もろこし》の楽よりも、東遊びの耳馴れたるは、なつかしくおもしろく云々

というように、秋の風情の残る歌枕の地住吉の社頭で東遊びが繰り広げられる。衣服の模様や冠に挿した「かざしの花」も秋草の色合いとうまく融け合っている。

　　求子《もとめご》はつる末に、若やかなる上達部は肩ぬぎておりたまふ（下略）

東遊びは「一歌」「二歌」「駿河舞」「求子」「片降《かたおろし》（歌い方の一種。本末に分けて歌うとき、一方の調子を下だけ歌う）＝大比礼歌」から成る。その中で舞が伴っている曲は「駿河舞」と「求子」である。「求子」の歌詞は陽明文庫所蔵重要文化財『承徳本古謡集』所収の「毛止女古《もとめご》歌」を提示してみる。万葉仮名の右傍に読み方を付している。

毛止女古哥（求子歌）同音唱有舞」

安者礼（あはれ）衣（え）千者也布留（千早ふる）自安者礼至此」
詞只用杓（笏）發度 賀茂乃也之呂於乃於比女古（賀茂の社おのお姫小）」
万川安者礼（松あはれ）比女古於万川（姫小お松）」

この古謡集巻子本奥書には、「承徳三年三月五日書写了上」と記されている。承徳三年は堀河天皇の御代で西暦一〇九九年であり、歌謡の古写本として貴重である。また有職故実として高名な『江家次第』の成立年代とも近接していることを前に指摘している。若菜下の巻における東遊びは掲示した詞章にもあるように、「若やかなる上達部」が肩おろしして舞うという、晴れやかな聖なる庭である。明石女御腹一の宮の立坊に対する願果たしの篤さが偲ばれる。舞の形式についても知識の確かさが理解できる。「求子」が終わる部分で袍の右肩を脱ぐ。華やかさのない表気の黒袍から蘇《す》芳襲《おうがさね》や葡萄《えびぞめ》染の右袖を脱ぐと、濃い紅の袂が鮮やかに出てくる仕種を、松原に散る紅葉に見立てている。「求子」の後の曲名が「片降《かたおろし》」ということで、こうした舞の形態と一致している。東遊びの肩おろしの舞姿は今日賀茂祭に関係する祭祀で継承されている。

十月二十日の月が照り輝く夜、御神楽が奉奏される。紫の上は住吉の神に対する御礼の三十一文字を詠む。

住の江の松に夜ぶかくおく霜は神のかけたる木綿鬘《ゆふかづら》かも

住吉の社頭に置く霜を、住吉の神がかけた木綿鬘と見なしている。この神々しいまでの光景を「祭の心うけたまふしるし」、即ち准太上天皇六条院が主催した御礼参りを、住吉の神がお受けした証拠と見なしている。明石の女御の歌

神人《かみびと》の手にとりもたる榊葉《さかきば》に木綿《ゆふ》かけ添ふるふかき夜の霜

紫の上に仕える女房、中務の君の歌

祝子《はふりこ》が木綿うちまがひおく霜はげにいちじるき神のしるしか

これら二首も、紫の上の詠と共通した、霜のおいた光景を住吉の神がなせる神技と讃える趣向をとっている。傍線部の言説は御神楽のそれと共通していると思われる。「採物」の「榊」の歌詞

本

榊葉に　木綿取り垂《し》でて　誰が世にか　神の御室と　斎《いは》ひそめけむ

末

霜八重《しもやたび》　置けど枯れせぬ　榊葉の　立ち栄ゆべき　神の巫女《きね》かも

の傍線部の言説に共通性が認められる。「採物」とは御神楽における神迎えに当たる部であり、その神に対する奉納物「榊」「幣」「杖」「篠」「弓」「剣」「鉾」「杓」「片折《かたおろし》」「諸挙《もろあげ》」「葛《かつら》」の中で、嚆矢《こうし》の神宝が「榊」である。

夜明け方になって御神楽を奉奏している陪従達の、深酔いしている有様が描写されている。

本来もたどたどしきまで酔ひ過ぎたる神楽おもてどもの、おのが顔をば知らでおもしろきことに心はしみて

御神楽は庭燎のみで奉奏される。二十日の月明かりの中で歌唱を担当する付歌《つけうた》の本方《もとかた》と末方《すえかた》のけじめも分からないほどなのである。乱脈になるというより、盛大な帝の神遊びと理解すべきであろう。その後もまだ榊葉を振って「万歳、万歳」と奏しているのは神遊びの部の「千歳法《せんざいのほう》」の歌詞である。

松風の巻ですでに神上がりの「其駒」が奉奏されていることもあり、若菜下の巻の住吉詣では前掲のように神迎え（神降ろし）と神遊びの部の歌舞が奉奏されている。以上のように准太上天皇に到達したることにより皇権を得た光源氏は、さらに后がねの娘明石の女御腹一の宮の立坊という、稀有の栄華を達成しての御礼参りを果たしている。さらに皇権の聖楽ともいえる御神楽と東遊びの奉奏ということで聖宴を繰り広げているのである。

末筆ながら陽明文庫の貴重な古典籍の写真を手配戴いた名和修文庫長、そして祭祀調査を許可して戴いた賀茂御祖神社・伏見稲荷大社・鶴岡八幡宮の御厚情に御礼申し上げたい。

注

（1）読売新聞（二〇〇〇年一〇月二日大阪本社夕刊）版企画「源氏ミレニアム物語」の「超自然〈中〉」による。高橋亨論稿「闇と光の変相――源氏物語の世界」（『源氏物語の対位法』東京大学出版会所収）、拙稿「神と源氏物語」（『源氏物語講座第一巻　源氏物語とは何か』勉誠社所収）などがある。光源氏の総論としては秋山虔論稿「光源氏像一面――その政治性について」（『王朝の文学空間』東京大学出版会所収）がある。王権論の研究史論として日向一雅論稿「源氏物語の王権」（『源氏物語講座第一巻　源氏物語とは何か』勉誠社所収）等があるが、天皇制下での平安朝物語では「皇権」という認識を重視することとしたい。

(2)『吾妻鏡』本文は新訂増補國史大系版を使用する。

(3)『紫式部日記』本文は新編日本古典文学全集版を使用する。

(4)大日本古記録版『御堂関白記』寛弘四年二月八日条(理解の便のため改字箇所あり)
乙亥、従内退出、至東三條還来、教通・能信等舞初、以兼時為師、給疋絹、

(5)陽明文庫所蔵道長筆『御堂関白記』寛弘四年八月十日条の記事、道長筆金峯山埋経、それに埋経を納めた金銅経筒の三文化財が東京大学史料編纂所史料集発刊一〇〇周年記念特別展『時を超えて語るもの　史料と美術の名宝』(平成十三年十二月十一日~平成十四年一月二十七日於東京国立博物館)において展示されている。

(6)寛弘元年(一〇〇四)の頼通春日祭の使に立つ記事は『栄花物語』巻第八「はつはな」の巻頭でも描写され、嫡男に対する道長の情愛深い心遣いが窺える。

(7)近衛基凞公自筆の識語に「神楽和琴秘譜一巻累代之家物、御堂御筆也」とあり、御堂関白藤原道長筆の近衛家秘蔵の書と伝えている。しかし、『御堂関白記』の筆跡とは異なる。ただ書写年代は同年代のものとされている。内侍所御神楽の創始期に近接する写本といえる。『古楽古歌謡集』(陽明叢書、思文閣出版)に影印と土橋寛解説が収められている。同一曲が頁を異にする箇所がある。

(8)『承徳本古謡集』の名は大正十三年本書を世に出した佐々木信綱が命名したものとされる。奥書の年代が『江家次第』のまとめられた年代に近接する。注7末尾に示した陽明叢書本で同じ土橋

寛が解説している。

(9)『江家次第』本文は故実叢書版を用い、読解の便のため段落をつけている。

(10) 注7に示した陽明叢書『古楽古歌謡集』における土橋寛の解説による。

(11) 鈴木論稿「源典侍と光源氏」(『源氏物語虚構論』東京大学出版会所収)で論じている。

(12) 小嶋論稿「光源氏と源典侍――神楽歌から」(『源氏物語批評』有精堂所収)で論じている。

(13) 小林論稿「源典侍物語の伝承構造論」(『源氏物語論序説』桜楓社所収)で論じている。

(14) 拙論「賀茂の信仰――『源氏物語』との関連を軸として――」(『源氏物語　宮廷行事の展開』おうふう所収)で論じている。

(15) 拙論「源氏物語研究の展開――祭祀の庭から――」(『源氏物語　宮廷行事の展開』おうふう所収)で論じている。

(16) 伏見稲荷大社の御神楽は十一月八日の火焚祭の特殊神事として斎行される。

(17)『神楽和琴秘譜』の成立については週刊朝日百科・日本の国宝17『京都/陽明文庫』で福島和夫は「現存する神楽譜では最古のものの一つで、内侍所御神楽が賀茂の還立御神楽をそのまま移して行われたその創始時代(一条天皇時代)の譜と考えられる」と推定する。

(18) 同日記には次のような記事がある。「臨晩、有舟楽舞御遊事、上下纏頭有差、公卿脱衣、懸舞人及近衛府官人、摂政脱衣、給左近将曹尾張兼時」

(19) 伊井春樹編『松永本　花鳥餘情』(桜楓社所収)を用いる。筆者が読解の便のため、改字・読点などを試みている。

（20）後藤論稿「住吉社頭の霜――『若菜下』社頭詠の史的位相」（『源氏物語の史的空間』東京大学出版会所収）である。

（21）竹内論稿「近江君の賽の目――『若菜下』巻の住吉参詣における明石尼君をめぐって」（『中古文学』創立三〇周年記念増刊号所収）である。

六　光源氏における住吉の聖宴――東遊びと御神楽の資料から

(一)　はじめに

光源氏の人生には重大な構造が敷かれている。

宿曜に御子三人、帝、后必ず並びて生まれたまふべし。

澪標の巻における宿曜による予言である。藤裏葉の巻で明石の姫君の入内がかなう。冷泉帝後宮に入内した養女秋好中宮を経て、ようやく今上帝後宮に后がねの一人娘明石の姫君が入内することになる。光源氏は四十賀に先立って准太上天皇の地位に到達する。さらに若菜下の巻に至り、その明石女御腹の皇子が立太子して、光源氏は六条院として外戚の地位を達成することになる。そこで明石一族を後見してきた住吉の神へ参詣することとなる。光源氏以下東宮母たる明石女御と女御の養母紫の上、実母明石の女君と尼君に加えて左右大臣以外のすべての上達部《かんだちめ》もお仕えした稀有の御願果たしの行粧《ぎょうしょう》であった。住吉の神に対する聖宴での最高の捧げ物が、東遊《あずまあそ》びと御神楽であった。この舞楽の王朝期文献と、今日も継承される聖祭は正に光源氏の皇権を物語る内実を有していると思われる。

(二) 住吉の聖宴での東遊び

明石入道が年年の春秋に御神楽を奉奏していたこともあり、光源氏は住吉の神への御願果たしとして御神楽と東遊びを奉奏することを計画する。季は十月二十日で住吉の神の斎垣にはう葛も『古今和歌集』の紀貫之歌、

ちはやぶる神の斎垣にはふ葛も秋にはあへずうつろひにけり

を思わせる風情の中で、大仰な唐楽や高麗楽より、国風《くにぶり》の東遊びがいかにも親しみのある興趣を誘っている。

東遊びの耳馴れたるは、なつかしくおもしろく

という曲調で、海浜の波風や松風に響き合う高麗笛・篳篥・和琴・笏拍子による東遊びの音色はすこぶる優艶な響きである。舞人の装束や挿頭《かざし》の花の色合は様々の秋草とも見まがうばかりである。

> 求子はつる末に、若やかなる上達部は肩ぬぎておりたまふ。にほひもなく黒き袍《うへのきぬ》に、蘇《す》芳襲《はうがさね》の、葡萄染《えびぞめ》の袖をにはかにひき綻《ほころ》ばしたるに、くれなゐ深き衵《あこめ》の袂《たもと》の、うちしぐれたるにけしきばかり濡れたる、松原をば忘れて、紅葉の散るに思ひわたさる。見るかひ多かる姿どもに、いと白く枯れたる荻《をぎ》を高やかにかざして、ただ一かへり舞ひて入りぬるは、いとおもしろく飽かずぞありける。

具体的な東遊歌の曲名は「求子《もとめご》」のみである。黒い袍《ほう》の下襲《したがさね》の色としての蘇芳襲《すおうがさね》や葡萄染《えびぞめ》や、衵の濃い紅などが紅葉の風情を思い合わせ、その散り様と見立てている。挿頭については春には桜とか山吹、秋には菊花が多いようであるが[1]、紅葉を留める初冬の期を意識してか「いと白く枯れたる荻」という趣向である。物語作者紫式部の美意識で、後世の規範にもなってくる。

「求子」の舞方については『花鳥餘情』では次のように注記されている。

今案これは片舞といふ事也、神社の行幸かやうの物詣の時は、求子はて丶後公卿以下十人かたぬきて舞事あり、かたおろしといふすなはちこれなり、すはうかさねは公卿の下襲の色、ゐひそめは殿上人のしたかさねをいふなり、くれなゐのあこめたもとしくる丶とは、もみちの色にとりなしていへることはなり

（句点は筆者がつける）

一条兼良は駿河舞《するがまい》を伴わない求子一曲のみの奉奏という認識であるが、筆者の場合は曲名を書かないだけのことと推測している。明石女御腹皇子の立太子に際しての光源氏の御礼の参詣とすれば、住吉の神への配慮の面からみても舞楽を省略することはあるまい。舞人の選出も

舞人は、衛府の次将《すけ》どもの、容貌《かたち》きよげに丈だち等しきかぎりを選らせたまふ。

という心遣いをしている。『花鳥餘情』では「舞人は十人」という注釈を加えている。陪従にしても

石清水、賀茂の臨時の祭などに召す人々の、道々のことにすぐれたるかぎり

という陣容を整えている。東遊びは平安京の北祭・賀茂の臨時の祭、南祭・石清水臨時の祭が嚆矢《こうし》となっている。『日本紀略』によると賀茂の祭祀は宇多天皇寛平元年（八八九）十一月二十一日のことである。石清水の祭祀は天慶五年（九四二）平将門・藤原純友の乱平定に対する御礼参りとして歌舞を奉奏したことに始まる。宮中が有力神社賀茂・石清水の両社に対して斎行する重要な祭祀において奉奏される歌舞東遊びをもって、明石女御腹皇子の立太子の報賽《ほうさい》としている。やはり求子一曲のみの奉奏ではあるまい。

東遊びでは狛調子《こまじょうし》という、高麗笛と篳篥の合音取《あいねとり》から始まる。日本古典文学大系版『古代歌謡集』に収められている「東遊歌」(2)と今日の伝承歌とをあわせて歌詞を構成してみる。現在伝承される東遊びの歌詞を「　」印を付している。また現在の歌詞の意味表現を傍記している。伝承過程での変容を確かめておきたい。

阿波礼

　「あはれ

一歌

　をををを」「はれな　手を調《ととの》へろな　歌調へむな　相模の嶺（現「盛むの音」）　をををを」

二歌

「え　我が夫子《せこ》が　今朝《けさ》の言出《ことで》は　七絃《ななつを》の　八絃《やつを》の琴を　調べたる如《ごと》や　汝《な》(現「尚」)をかけ
山(現「や天」)のかづの木《け》や　ををを」

駿河舞

一段

「や　有度濱《うどはま》に　駿河なる有度濱に　打ち寄する浪は　七草の妹　ことこそ良し」

二段

「ことこそ良し　七草の妹は　ことこそ良し　逢へる時　いざさは寝なむ　や　七草の妹　ことこそ良し」

三段

あな安らけ　あな安ら　安ら　あな　あな安らけ　練《ねり》の　緒《を》或る説は「を」を「も」となすの　衣《ころも》の或は「の」を「よ」となす　袖を垂れてや　あな安らけ

四段

千鳥ゆゑに　濱に出て遊ぶ　千鳥ゆゑに　あやもなき　小松が梢《うれ》に　網な張りそや　網な張りそ

五段

いはたしたえ　笠忘れたり　や　いはたしたえ　殿ばらも　著《しる》くもがなや　笠まつりおかむ

笠まつりおかむ　や　知らざらむ　あぜかその殿ばら知らざらむ　いはたなるやたべの殿は或は「は」を「の」となす近き隣を　近き隣を

求子歌

あはれ　「ちはやぶる　賀茂の社の（現一説「神の御前の」）　姫小松　あはれ　姫小松（現「速　や」）」　萬代経とも　色は変《かは》　あはれ　色は変らじ

片降《かたおろし》（現「大比礼歌」）

「大ひれや　小ひれの山は（現「速や」）や　寄りてこそ」　寄りてこそ　山は良らなれや　遠目はあれど

平安時代における東遊びは現在の歌曲よりも長大であったことが窺える。「片降」についても、「求子歌」で右肩ぬぎを試みていたのか、今日の「大比礼歌」が「片降」と名付けられているから、少し作法が異なっていたとも思われる。

さらに東遊びの古写本として、平安朝の年代を奥書に記すことから命名された、重要文化財指定の陽明文庫所蔵『承徳本古謡集』がある。次のように記された奥書、

承徳三年三月五日書写了上

に見える「承徳三年」は西暦一〇九九年のことである。土橋寛論稿においては書写年代として堀河天皇の御代を注視しており、帝自身の郢曲《えいきょく》への重要な役割を指摘している。(3) 堀川朝は一大有職故実書『江家次第《ごうしだい》』も大江匡房《まさふさ》によって著され、郢曲の整備なども試みられている。これらの行為は平安時代後期における祭政重視の一環として把握することができよう。名和陽明文庫長の格別の配慮によって、同古写本のカラー写真を頂戴した。「一歌」「二歌」「駿河舞」「求子歌」「片降」の構造などは鍋島本と共通している。「駿河舞」「求子歌」「片降」の歌詞は異なり、鍋島本よりは短縮していて誤字脱字も認められる。「駿河舞」二段においては殊に後部の歌詞

逢へる時　いざさは寝なむ　や　七草の妹　ことこそ良し

はほとんど省略されている。「駿河舞」三段の「あな安らけ」では、やはり「袖を垂れてや」以下を欠いている。四段「千鳥ゆゑに」では

あやもなき　小松が梢に　網な張りそや　網な張りそ

の歌詞を欠いている。五段「いはたしたえ云々」はまったく欠落している。

「求子歌」「片降」については『承徳本古謡集』本文翻刻と写真（図1）を添えたい。歌詞の理解のため、句切れとして一マス空けている。

「駿河舞」と「毛止女古哥」（求子歌）には舞があることを注記している。若菜下の巻においては前掲のように舞人として容姿の整った、六衛府の次将《すけ》が奉仕している。立太子に対する報賽、即ち御礼参りとしての参詣ということで殊に身分容姿を配慮した選出となっている。求子は袍の右肩を脱いで庭に下りてきて舞を終えるのである。賀茂祭や臨時の祭、南祭の石清水臨時祭において東遊びが奉奏されるが、本稿では賀茂祭を前にして、比叡山の一山御蔭山《みかげやま》で降臨する賀茂の神を迎える神事の場合を注視してみる。その祭神に対して糺《ただす》の森切芝《きりしば》において東遊びを奉奏する。その神事に際しての求子舞を掲示してみる（図2）。物語では片降しという袍の右肩を脱ぐ作法によって、下襲の「蘇芳襲《すおうがさね》」、「葡萄染《えびぞめ》」、そして「袙《あこめ》」の濃い紅が、住吉の松の中で華やいだ紅葉の彩りを見せているのである。前述の『花鳥餘情』の注釈では「蘇芳襲」は公卿、「葡萄染」は殿上人の下襲の色としている。

㈢ 夜一夜の御神楽

若菜下の巻において、さらに住吉の社頭では二十日の月の下、御神楽が一晩中奉奏されている。

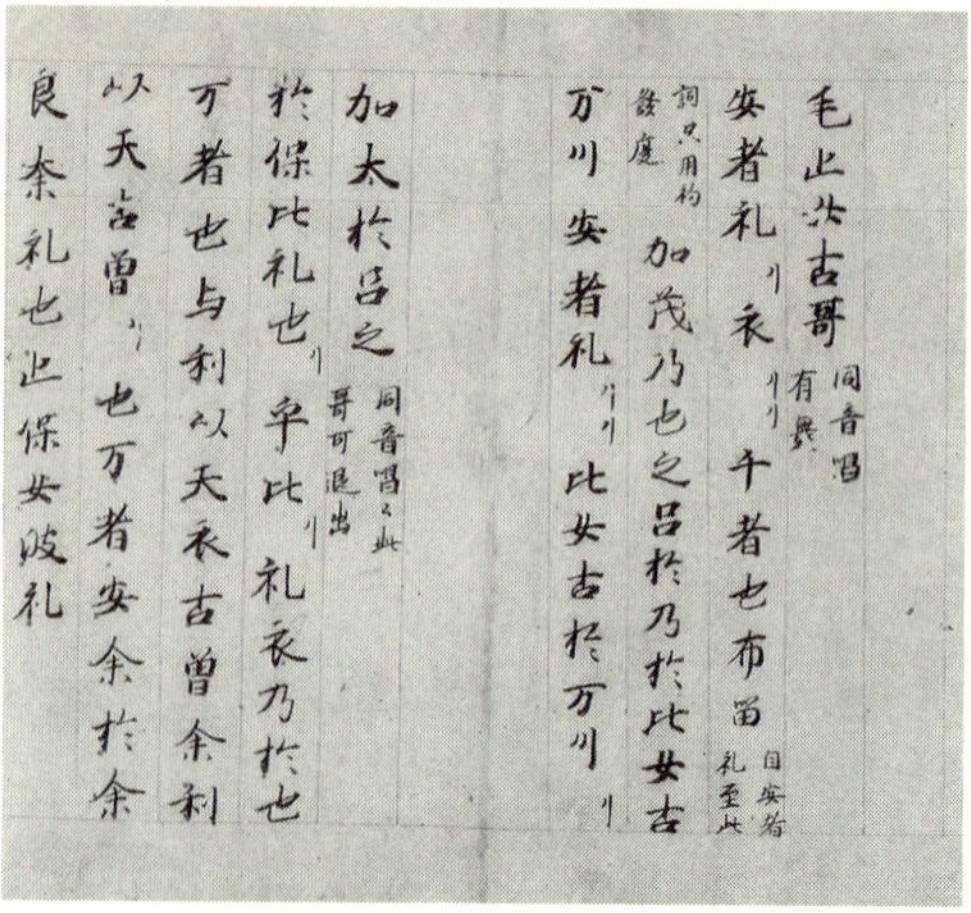

図１　「求子」「片降」――陽明文庫所蔵『承徳本古謡集』――

毛止女古哥 同音唱有舞」
安者礼　衣　千者也布留 自安者礼至此」
詞只用杓發度 加茂乃也之呂於乃於　比女古」
万川　安者礼　比女古於万川」
（萬《ナシ》代経とも　色は変　あはれ　色は変はらじ）
加太於呂之 同音唱々此哥可退出」
於保比礼也　乎比礼衣乃於也」
万者　也　与利以天衣古曽　余利」
以天古曽　也万者安余於余」
良奈礼也　止保女波礼（ど《ナシ》）」

図2　賀茂御祖神社御蔭祭切芝の儀における東遊び「求子」

准太上天皇六条院が明石女御腹一の宮の立太子に対しての住吉の神への報賽として、聖なる神遊びの御神楽を奉奏している。紫の上や明石女御をして中務の君の祝い歌の中にも、御神楽に関わる言説が散りばめられている(4)。終宴場面での様子が次のように描写される。

ほのぼのと明けゆくに、霜はいよいよ深くて、本末もたどたどしきまで、酔ひ過ぎにたる神楽おもてどもの、おのが顔をば知らで、おもしろきことに心はしみて、庭燎も影しめりたるに、なほ「万歳、万歳」と榊葉をとり返しつつ、祝ひきこゆる御世の末、思ひやるぞいとどしきや。よろづのこと飽かずおもしろきままに、千夜を一夜になさまほしき夜の、何にもあらで明けぬれば、返る波に競ふもに惜しく若き人々思ふ。

御神楽の作法、様式を活かした物語描写となっている。尽きることのない、千夜の行事を一夜に盛り込んだような聖宴と語る。「本末」とは御神楽の楽人のことで、本文では石清水と賀茂の臨時の祭に奉仕する傑出した陪従が「本方」と「末方」に分かれて楽を奏すのである。「庭燎《にわび》」を前にして輪榊《わさかき》を手にかざした人長《にんじょう》が祝福している有様が描かれている。「万歳、万歳」の言説も御神楽の神遊びの御神楽「千歳の法」からのものと理解される。御神楽は三部構造からなっている。

①採物《とりもの》の部─神降ろし（神迎え）
②前張《さいばり》の部─神遊び（大前張・小前張・前張附属）
③星の部─神上がり（神送り）

「千歳の法」は神遊びの前張付属に入り、御神楽の後部に位置する。

御神楽譜として最古写本とも見られる一本は、陽明文庫所蔵で近衛基凞《もとひろ》公の識語で『神楽和琴秘譜』と命名されている。また同識語における「御堂御筆」即ち御堂関白藤原道長筆と伝えられる近衛家秘蔵の書とされているが、現在は否定されている。しかし書写年代は同時代ということで、国宝にもなっている貴重書である。論者としては一条天皇の御代で内侍所《ないしどころ》御神楽成立時期に書写されたものと推定しており、天皇が主宰する聖なる秘曲としての性格が確立する時代の古典籍ということで殊に注視している。陽明文庫の御厚情に与り、『神楽和琴秘譜』の写真を頂戴した。『源氏物語』若菜下の巻における「千歳」（図3）と、松風の巻における「其駒」（図4）の書写部を紹介し、その二曲の神楽歌を翻刻してみる。

『神楽和琴秘譜』は一条天皇の御代における、内侍所御神楽成立時期との連関を想定している。『江家次第』巻第十一所収「内侍所御神楽事」の記事に注目している。寛弘（他記録によると二年）に内裏が焼亡したことを記した後

自二一条院御時一、始十二月有二御神楽一

とある。『小右記』寛弘二年十一月十五日条によると温明殿《うんめいでん》から出火し、神鏡や太刀などは取り出すことができなかったという。一条天皇と彰子中宮は、被災したが大きな破損ではなかった御神鏡とともに、東三条院に遷御している。皇祖神天照大神の御神霊にあたる御神鏡の被災は重大事件である。宮中は大混乱し、豊明節会《とよのあかりのせちえ》や賀茂臨時の祭なども停止されている。そうした中で被災した御神鏡を鎮めるために、十二月に内侍所御神楽を奉奏するようになったのであろう。国宝『神楽和琴秘譜』の成立事情も想定される。また『源氏物語』作者紫式部もそのあたりの「師走の二十九日」に初出仕(5)しているのである。『紫式部日記』寛弘五年十一月一日条、御五十日《いか》の祝の記事にも、

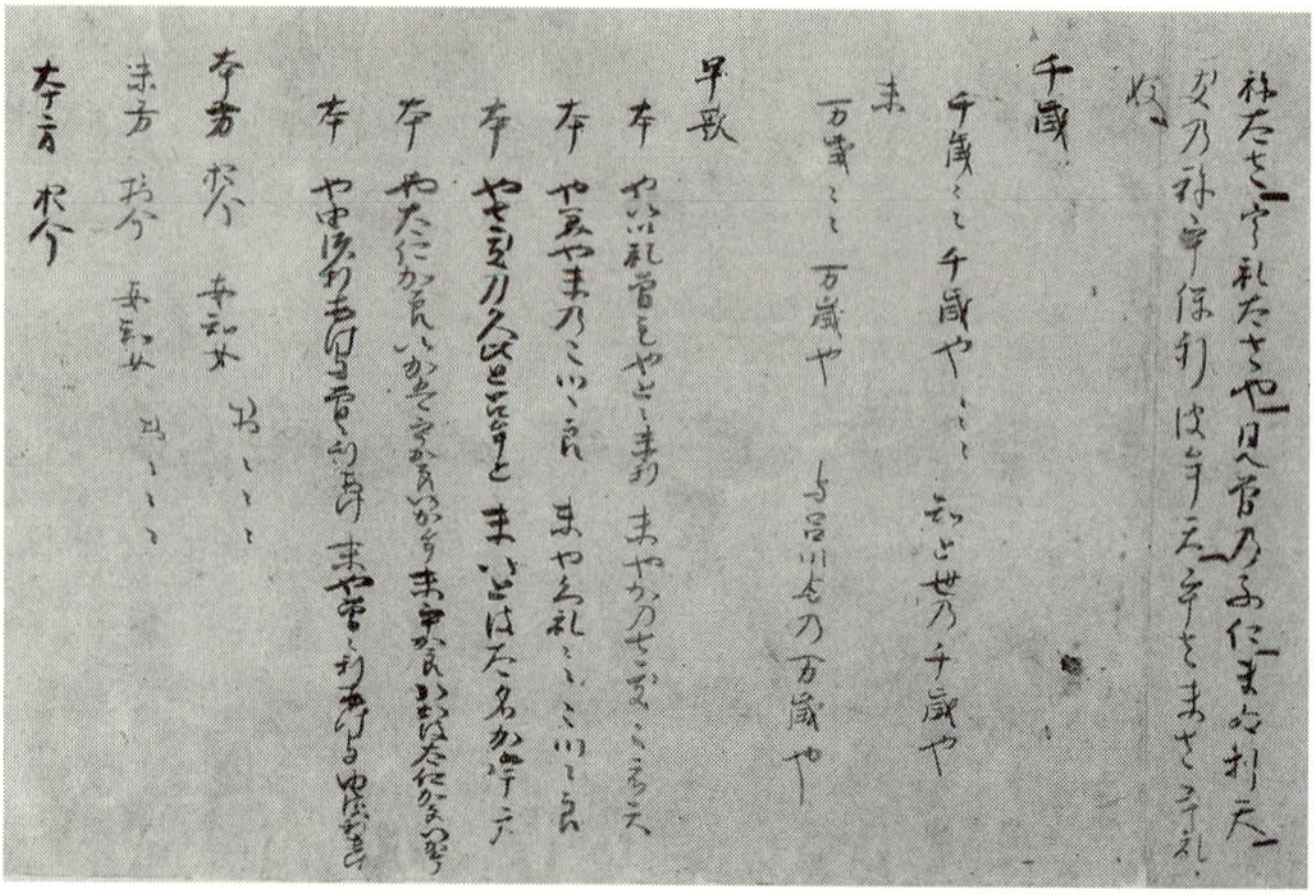

図３　「千歳」――陽明文庫所蔵『神楽和琴秘譜』――

「千歳」
千歳　千歳　千歳や　千歳や　知と世乃《（千歳の）》　千歳
や」
末」
万歳　万歳　万歳や　与呂川与乃《（万世の）》　万歳や」
解説―神遊びの曲の末尾部。次曲は神上がりの曲、
「浅蔵」になっている。

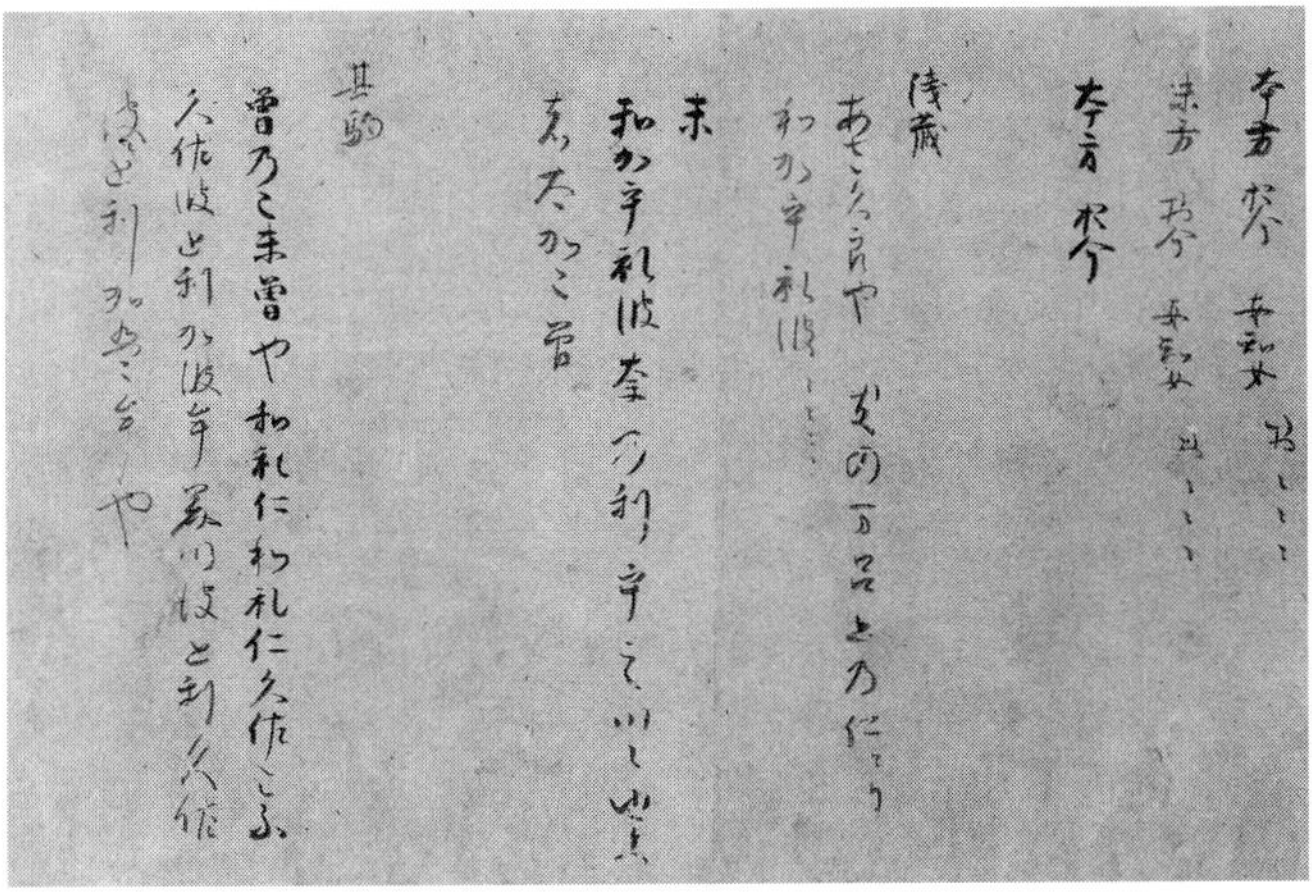

図 4　「其駒」——陽明文庫所蔵『神楽和琴秘譜』——

其駒」
曽乃こ末曽や《（その駒ぞや》　和礼仁《我に）》　和礼仁久佐こふ《（我に草乞ふ）》」
久佐波と利加波牟《（草は取り飼はむ）》　美川波と利《（水は取り》　久作《草）》」
波と利加盤牟《（は取り飼はむ》　や《や）》」

解説—本歌「葦駮《あしぶち》の　や　森の　森の下なる　若駒率て来　葦毛駮の　虎毛の駒」はなく、末歌のみになっている。

若菜下の巻明石女御腹一の宮立太子御願果たしの住吉詣において描写され、陽明文庫所蔵『神楽和琴秘譜』の一曲として前掲した「千歳」の歌詞に関わる逸話が記されている。『紫式部日記』には鍋島本御神楽歌の紙背にも記される御神楽の人長「尾張兼時」のことも触れている。『源氏物語』はこうした時空において制作が進行している。同年十一月中旬には彰子中宮の許では紫式部を中心に「御冊子」、即ち『源氏物語』制作が進行している。

『源氏物語』における御神楽は、明石一族そして住吉の神との密接な連関を持って、光源氏が栄華の途を辿る場面に展開されている。松風の巻における新造なった「桂の院」の「大御遊び」の仕上げとして、御神楽の「其駒」が描写されている(6)。陽明文庫所蔵国宝『神楽和琴秘譜』においても、最後尾の楽曲として記されているように、御神楽神上がりの聖楽なのである。単に西河畔における雅趣豊かな饗宴というのみには留まらない。本来帝が神遊びする神聖な秘曲である。光源氏は内所で御神楽を奉奏する近衛の舎人まで伴ない、后がねの一人娘である明石の姫君の前途を祝福するかのように、聖宴を繰り広げているのである。内大臣の源氏を迎えにくる頭中将や左大弁の存在も、何か重々しい公事を匂わせるかのようである。

さらに若菜下の巻において光源氏が外戚として頂点を達成する。即ち明石の女御腹一の宮立坊の御願果たしとして住吉参詣が執り行われるのである。明石の入道が年来信奉していた住吉の神に対し、東遊びに続き御神楽を奉奏する。史実上でこうした事例が見当たらないほどの趣向となってい

図5　輪榊をかざし態《わざ》おぎを行う人長——伏見稲荷大社

る。明石の入道は前播磨守に留まらない、尊貴な血筋を匂わせる。箏の琴の名流として聖帝延喜の帝の奏法も伝授されている。歌枕住吉の社頭は十月二十日の月が輝き、長大な御神楽奉奏を軸として乱酔に至るまでの聖宴が営まれている。具体的には松風の楽曲とは異なる神迎えや神遊びの聖楽が描写されている。国宝『神楽和琴秘譜』で紹介した「千歳」が、皇統光源氏の聖性を物語るように唱和されているのである。

稿を閉じるに当たり、御神楽を帝に代わって舞いあげている人長の姿を掲げてみる（図5）。御神楽は聖楽故に秘事性を志向され、姿態を鮮明に示現する舞曲ではない。庭燎一燈のみの明かりの中で進行する。撮影も困難ではあるが、輪榊をかざして態《わざ》おぎを振る舞う人長が表現されている。伏見稲荷大社の火《ひ》焚祭《たきさい》において奉奏される御神楽である。本稿執筆に際し、貴重な古典籍を拝見させて戴いた名和修陽明文庫長に対し、また神聖な祭祀の庭を参観させて戴いた賀茂御祖《みおや》神社・伏見稲荷大社・鶴岡八幡宮に御礼を申し上げたい。

注

（1）『花鳥餘情』（伊井春樹編、桜楓社）では次の記載がある。論者が読点をつける。
臨時祭挿頭使藤、舞人桜、陪従山吹、云々

（2）小西甚一校注で、鍋島直映所蔵本を底本としている。十二世紀頃の成立ですぐれた資料である。

（3）土橋寛は『古楽古歌謡集』（陽明叢書8、思文閣出版）で、『承徳本古謡集』について解説している。

（4）拙稿「光源氏と皇権――聖宴における御神楽と東遊び――」（『國語と國文學』平成十六年七月号所収）を改稿した前節「五」で論じている。

（5）『紫式部日記』寛弘五年十二月二十九日条に初出仕のことと、年の暮れの述懐を独白している。

（6）拙稿「御神楽、その聖なる遊び」（拙著『源氏物語　宮廷行事の展開』「源氏物語研究の展開――祭祀の庭から――」所収）を参照してほしい。

第二章　平安京の地主神、賀茂の神と源氏物語

一　賀茂の神降臨の聖なる風景――光源氏の聖性の基底

(一)　はじめに

源氏物語は当然のことながら、皇城という時間空間の直中において成立した物語である。本著のテーマでもある祭祀は、天皇制の中軸に据えられその聖性を発揮する聖空間であった。本稿では皇城地主神、賀茂の神とこの物語との連関を究明していきたい。宮中における祭祀・行事が華麗な王朝絵巻を展開している。そうした表現上の段階のみならず、物語の主構造に密接に関わっていくことを注視している。

光源氏は葵の巻において、斎院御禊《さいいんごけい》に際し特別の宣旨《せんじ》で供奉《ぐぶ》していた。朱雀帝が即位後の嚆矢《こうし》となる祭政として、同腹妹女三の宮を斎院に立てて始発しているのである。平安京地主神を迎えるための御禊に、勅使として光源氏が奉仕している。賀茂の神との深い関わりは須磨流謫を前にして、光源氏は都で唯一、賀茂御祖《みおや》神社を拝して「糺《ただす》の神」に対する誓いを立てることに結び付く。

紫の上にしても斎院御禊に続く賀茂祭において、光源氏と同車するという趣向を設定して、都社会にデビューしている。藤裏葉の巻で光源氏の后がねの一人娘明石の姫君の入内がかなった際には、紫の上は養母として「賀茂の御生《みあ》れ」に参詣している。紫の上が若紫の巻で初登場するのも、賀茂の神降臨の聖地、北山であった。

斎院朝顔の君は賢木の巻で弘徽殿女御腹桐壺院女三の宮に代わって斎院に卜定《ぼくじょう》され、もちろん平安京地主神たる賀茂の神に奉仕する聖女である。源氏が雲林院に参籠した際、紫野斎院で賀茂の神に仕える清浄な生活を送る朝顔に文を贈る。そのことが斎院としての聖性への犯しという口実を与え、源氏の須磨流謫に至る一因とも見なされる。明石の姫君入内に際しては光源氏から依頼され、薫物や草子などを贈っている。

賀茂の神に関わる聖空間は源氏物語の主構造に関わっている。本稿では賀茂の神降臨の祭祀・信仰に視点を置いて、前述のテーマを究明していきたい。

㈡ 賀茂の神降臨の聖空間

(i) 賀茂の神降臨神話

賀茂の神の降臨神話は『釈日本紀』所収「山城国風土記逸文」に記されている。(1) 賀茂玉依媛《たまよりひめ》が石川の瀬見小川で川遊びした折、川上から丹塗矢が流れてきた。その矢を拾いあげ床辺に置いたところ懐妊して男子が誕生した。成人の時、媛の父、賀茂建角身命《たけつのみのみこと》が七日七夜の饗宴を開き、男子に父親たる者に酒を奉るよう伝えたところ、その男子は屋根を破って昇天したという。御子神は賀茂別雷命《わけいかづちのみこと》という神名を与えられている。丹塗矢は火雷命《ほのいかづちのみこと》とか松尾大明神とか大山咋神《おおやまくいのかみ》にたとえられている。

この神話には賀茂信仰の主構造が語られている。賀茂玉依媛と父の賀茂建角身命は賀茂御祖神社、通称下鴨神社に祀られた。賀茂玉依媛が生んだ御子神、賀茂別雷命は賀茂別雷神社、通称上賀茂神社に祀られている。石川瀬見小川を流れてきた丹塗矢は北山の日吉大社の祭神大山咋神とか雷神に当てられている。平安京の生命線ともいえる賀茂川の水源の聖地北山、そして雨水を生ずる雷が祭祀の対象となっている。平安京で最も賑わいを見せる賀茂祭は太陰暦四月中酉日である。この時節は初夏の田植えの候で、賤《しで》の田長《たおさ》と三十一文字にも詠まれるほととぎすが渡ってくる。水稲にとって最も水を必要とする、田植え時期の水乞いを原点としている。この鳥は夏の風趣の長として、平安朝文学を彩っているのである。

(ii)　日吉山王祭における神婚

皇城鎮護の神が祀られる日吉大社の境内を図示する資料として、延暦寺蔵『日吉山王社古図』[2]がある。元亀二年（一五七一）の焼き討ち以前の古態を書き留めている。神体山に当たる八王子山を中心に東本宮・西本宮の社様を図示する。八王子山の山頂付近には実態以上に巨大な磐座が描かれている。「黄金《こがね》の大巌」（図1）と称されて、神霊を迎える聖地である。前には東側に牛尾神社（八王子宮社）、西側に三宮神社が鎮座している。牛尾神社には東本宮の祭神、大山咋神の荒御魂《あらみたま》（旧祭神では国狭槌命《くにのさつちのみこと》）が祀られている。三宮神社には賀茂玉依媛命荒御魂（旧祭神では三女神）が祀られている。八王子山の右空間には北斗七星が描かれている。天台密教の法儀を示している。この法儀に基づいて、山王七社が鎮座している。東本宮（旧名では二宮）には大山咋神（旧祭神では国常立命《くにのとこたちのみこと》）が祀られている。樹下《じゅげ》神社（旧名では十禅師宮）には賀茂玉依媛命（旧祭神では瓊《に》々杵命《にぎのみこと》）が祀られている。東本宮系の神社・祭神は前掲の二社を含む四社・四祭神である。あとの三社は西本宮（旧名では大宮）には大己貴神《おおなむちのかみ》が祀られ、宇佐宮（旧名では聖真子宮）には田心《たごり》姫命《ひめのみこと》（旧祭神では天忍穂耳命《あめのおしほみみのみこと》）、白山宮（旧名では宮人宮）には白山姫神（旧祭神では伊弉冉命《いざなみのみこと》）が祀られている。

山王祭日程は太陽暦になっても四月を踏襲している。賀茂祭の「四月中酉日」に連関している。まず三月一日に「神輿上げ神事」が行われる。八王子山の「黄金の大巌」前に鎮座する牛尾神社と三宮神社に、大山咋神荒御魂・賀茂玉依媛命荒御魂を上げ、二神の交情期間を作る。四月十二日夜、午《うま》の神事ということで黄金の大巌前から二基の神輿を東本宮拝殿に遷し、大山咋神と賀茂玉依媛神の結婚に当たる神事を行う。「尻つなぎの御供《ごく》」が奉献される。翌十三日にこの神輿二基にさらに東本宮と樹下神社の神輿二基を合わせた四基を宵宮場に遷す。宵闇迫る刻限に四基の神輿を振って、午後十時頃に拝殿から下へ落とす。大山咋神と賀茂玉依媛神の間での陣痛と、御子神の出産を表出していることになる。例えば賀茂別雷命のような新たなる神の御出現を表出する、いわゆる「宵宮落し神事」が行われる。

図１　日吉神体山・八王子山頂の黄金の大巌

この日吉山王祭の絵画資料として、滋賀県立琵琶湖文化館所蔵『日吉山王祭礼絵巻』[3]がある。「午の神事」即ち、八王子宮と三宮の両社で降臨した男神霊（大山咋神）と女神霊（賀茂玉依媛）の神輿を二宮御殿（現東本宮）拝殿に遷し、神輿の担ぎ棒をつなぎ合わせる「神婚の神事」、「尻つなぎの神事」、「御生れの神事」が催されている（図2）。拝殿では神婚を直接見てはいけないということで、正禰宜は横向きで祝詞を奏上している有様が描かれている。

四月十三日の「宵宮落し神事」では神婚をする八王子宮（牛尾神社）と三宮神社からの神輿に加えて、二宮（現東本宮）と十禅師宮（現樹下神社）の祭神の神輿を合わせた四基の神輿が宵宮場（御旅所）に遷されるが、その神輿を納める屋舎が図示されている（図3）。四基の神輿の前には御子神を祀る王子宮（現産屋神社）拝殿が描かれている。北山を代表する平安京鎮護の神、日吉大社

図２　神婚（午の神事）「二宮御殿」（東本宮）前。

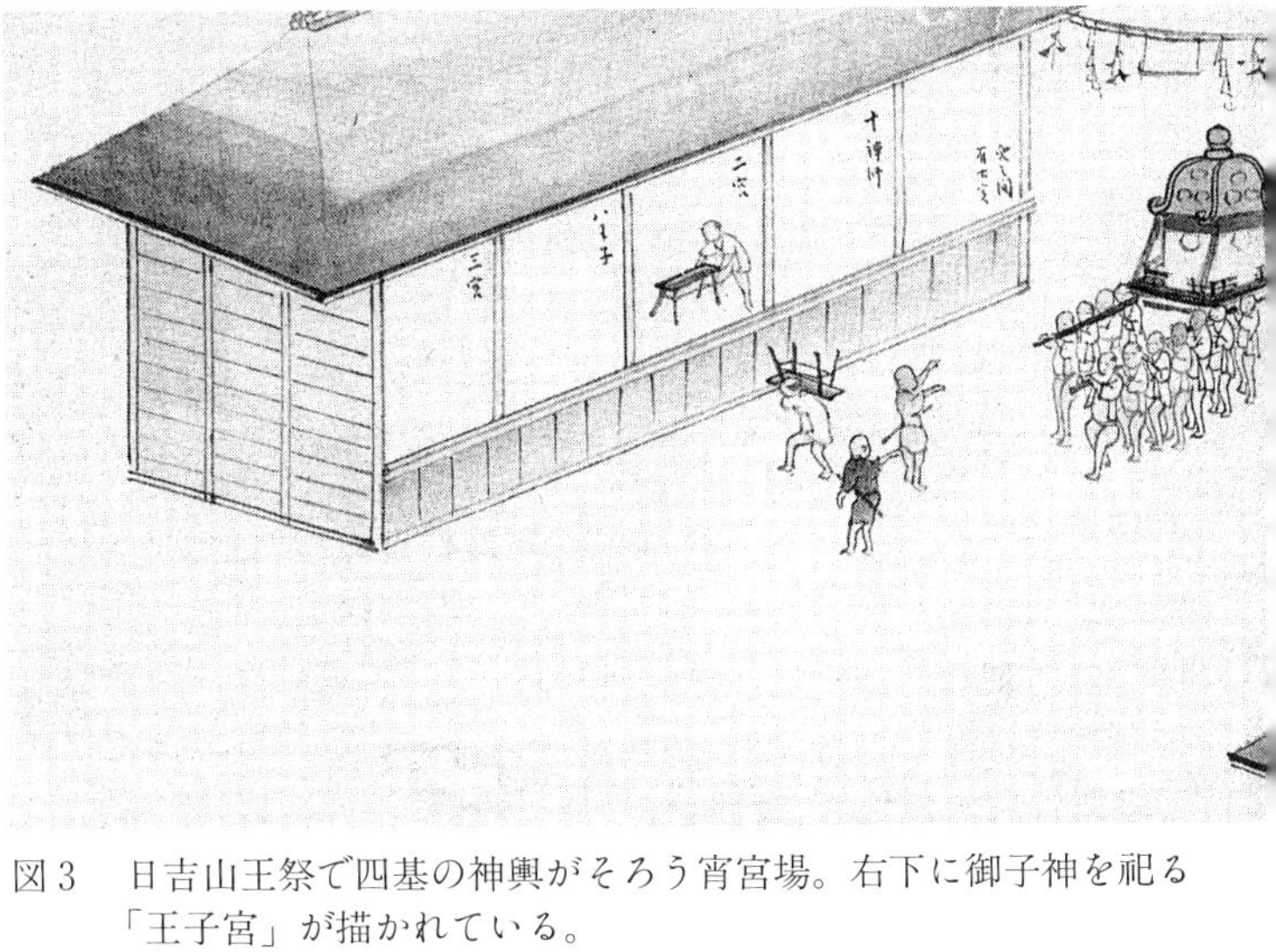

図３　日吉山王祭で四基の神輿がそろう宵宮場。右下に御子神を祀る「王子宮」が描かれている。

の祭神の降臨においても賀茂の御生れに共通する神婚の構造が認められる。すでに文治六年（一一九〇）『五社百首』において、「葵」という詞書で詠んだ、皇太后宮大夫藤原俊成の歌がある。

よそながらけふの日よしのまつりにもかものみあれはあふひなりけり

（新編国歌大観版『夫木和歌抄』）

平安末期において日吉の祭と賀茂の御生れとの連関を明示している。

㈢ 北山貴船の聖空間

糺の森の西沿いを南流する賀茂川を遡ると通称上賀茂神社、即ち御子神を祀る賀茂別雷神社が鎮座している。その北方が貴船・鞍馬の位置で、鞍馬山の西麓を貴船川が流れ、その西岸に貴船神社がある。現在の貴船神社のさらに北、現貴船奥社と称される社域が平安時代の貴船神社と想定される。桂や杉の大木が参道や静寂な社域を覆って、奥社の古めかしさを漂わせている。祭神は水の神高龗《たかおかみ》神である。賀茂川の上流として河上社とも呼ばれている。上賀茂神社即ち賀茂別雷神社との関係としては、その摂社となっている。社伝でも玉依媛が貴船を使って淀川から賀茂川を遡上し、貴船川畔のこの霊地に鎮座したと伝える。そしてその貴船を埋めたとする、奥宮の御船形石と称す

図4　貴船神社奥宮の御船形石

る石組がある（図4）。賀茂の神の降臨である、賀茂の御生れ神事に関わる聖地であることは、日吉大社神体山である八王子山の頂上の「黄金の大巌」と同様の祭場と想定している。こうした見解は『京都市の地名』（平凡社）所収「貴船神社」の項においても窺い知ることができる。

　賀茂川上流の河上神であった貴船社が鴨県主《あがたぬし》家《け》の御阿礼《みあれ》神と結びついたのである。その時期は、寛仁元年（一〇一七）一二月一日に賀茂上下社の末社の片岡社、河合社と貴船社がともに正二位の神位をうけていること（日本紀略）から、それ以前であったことが知られる。

　この史実は『小右記』にも記されている。貴船社は片岡社とともに上賀茂神社の摂社であり、河合社は下鴨神社の糺の森の地主神である。河合社も後述するが、下鴨神社の御生れ・御蔭神事に関係する神社である。

さらに貴船神社の御船形石の聖地では御生れ神事関連の祭祀を執行していたものと推測される。貴船神社は地形上も隣接する鞍馬寺との連関も注目される。『今昔物語集』巻第十一「藤原伊勢人始めて鞍馬寺を建てたる語第三十五」には、夢告として次のように語られる。

　此所（鞍馬山）は霊験掲焉《けいえん》ならむ事、他の山に勝れたり。我れは、此山の鎮守として貴布禰の明神と云ふ、此《ココ》にして、多の年を積れり。北の方に峯有り、衣笠山と云ふ。前に岨《さがし》き岡有り、松尾山と云ふ。西に河有り、賀茂川と云ふ　（新日本古典文学大系版を理解の便のため改字）

鞍馬山の地主神である貴船神社が夢枕に立ち鞍馬寺建立を勧めている。賀茂神社と貴船神社そして鞍馬寺という連関した構造が確認できる。

さらに下鴨神社の摂社にも貴布禰《きぶね》社がある。『鴨祝家系図《はふりけ》』(4)という巻子本に記された系図の中に、貴布禰社の神官としての名が記されている。中世における下鴨と貴布禰の関わりを示している。鴨脚家旧蔵『御蔭祭行列』絵巻には下鴨神社の祭神降臨の神事、御蔭祭に奉仕する貴布禰社の神官が描かれている（図5）。この貴布禰社は下鴨神社内に祀られており、河合社・三所社等とともに描かれている有力な摂社であった。寛文古図『下賀茂境内之絵図』によると、河合神社内に祀られて

図5　『御蔭祭行列』絵巻に描かれる貴布禰神官（前者）

いる。貴船川畔に鎮座する前掲の貴船神社とは異なるが、賀茂の御生れ神事に対応する思考のもとで、下鴨神社も独自に祀った摂社ということになる。ヒロイン若紫が登場する北山なにがし寺の空間としての鞍馬・貴船については、葵の巻における葵祭の華麗な都大路への登場、藤裏葉の巻における賀茂の御生れ詣などとともに、項を改めて連関を辿りたい。

(四)　賀茂御祖神社の祭神降臨のこと

いよいよ賀茂御祖神社の祭神降臨の聖地を究明する。賀茂の御生れという神事のことである。通常は御子神、賀茂別雷命の生誕であるから、上賀茂神社における神《こう》山《やま》での御生れと見なすのが常識的思考であろう。しかし賀茂神社が上賀茂神社と下鴨神社に分かれて、すでに平安時代に独自の活動路線を展開しはじめている。藤原実資の日記『小右記』寛仁二年（一〇一八）十一月二十五日条には、栗栖野・小野は両神社が所有を主張し、次のように道長の裁定が下っている。

上社　賀茂郷・小野郷（空白）・大野郷　錦部郷

下社　栗野郷・蓼倉郷　上栗野郷　出雲郷

（大日本古記録版による）

それぞれの社領を基盤にして活動を進めている。この部分に御蔭山《みかげやま》の賀茂御祖神社祭神降臨のことが記される。いわゆる下鴨御蔭祭に関する最古資料となっている。

（前略）但昨日下社司久清（鴨）進解文可（云カ）、尋旧記皇御神初天降給小野卿（郷）大原御蔭山也云〻、亦栗栖野可為下社之山、有採桂葵山之由先年給官符、仍件小野幷栗栖（野脱カ）卿（郷）可為下社領者、令仰降坐御蔭山之記文可進之由之処申云、康保二年祢宜宅焼亡次焼失者、（下略）

下鴨神社の鴨久清の文書もあるようで、小野郷大原御蔭山で祭神降臨の神事が執行されていることを伝えている。また賀茂祭で飾られる下社の葵《あおい》桂《かつら》を採る場所がある。こうした信仰上の聖地は上賀茂神社所領地にあっても、下鴨神社の祭祀利用が認められている。下鴨神社は祭神が賀茂玉依媛と賀茂建角身命であり、今日の正式神社名が賀茂御祖神社と称されるように親神になる。上賀茂神社はその御子神、賀茂別雷命が祭神である。賀茂の御生れとして深夜上賀茂神社の地の神山で降臨の秘事が執り行われる。次第に上下社が独自の活動を行うことになるにつれ、こうした根本的な祭祀も下鴨社として執行していくようになったのであろう。日吉大社神体山八王子山における神婚神事や、貴船神社御船形石という聖地での神事など、北山には同形の神婚祭祀が存在していたものと推定される。下鴨神社もこうした降臨神事を比叡山の一山御蔭山で執り行い、御蔭祭と称して今日まで継承している。

鎌倉時代の権中納言勘解由小路《かでのこうじ》兼仲《かねなか》の日記『勘仲記』弘安七年（一二八四）四月十三日条にも賀茂の御生れの記事が書き留められている。

（前略）社家中状者、午日神事号御荒《みあれ》、社司氏人懸襷（いみだすきのこと）襌唱風俗歌供奉、（下略）

（『史料大成』版本文による）

上賀茂神社のための御生れであれば、深夜秘事として祭神を社殿に祀る。この記事は下鴨神社の御生れで、御蔭山神事で降臨した祭神を下鴨の社司や氏人が風俗歌で迎えている。室町時代中期の中原康富の日記『康富記』文安四年（一四四七）四月二十一日条にも

晴　晩来雨下、鴨御蔭山祭也　　　　　　　（『史料大成』版本文による）

と、御蔭山神事のことを書き留めている。

和歌資料の中にもこの御蔭山の御生れ神事が詠まれている。鎌倉時代の私撰集で藤原長清の『夫木和歌抄』は、『万葉』以来の歌集から大量の歌を抽出している。その中の巻第七「夏部一」に「葵」の項があり、次の和歌に「御蔭山の葵（＝双葉草《もろはぐさ》）」や「みあれ」が折り込まれている。本文は『新編国歌大観』版を用いる。

葵　　　　　　　　　　中原師光朝臣

そのかみのみかげのやまのもろはぐさけふはみあれのしるしにぞとる

永万二年（一一六六）五月経盛卿歌合、月　　　清輔朝臣

あふひぐさとるやみかげの山辺には月のかつらもことにみえけり

御集、葵　　　　　　中務卿御こ

うかりけるみかげの山のもろはぐさかけきやかかるなげきせんとは

「御蔭山《みかげやま》」は「日蔭山《ひかげやま》」とも呼ばれていたようである。上賀茂神社の御生れが深夜なのに、下鴨神社の場合は日蔭の下で執り行われたのは前述している。

夏歌中、堀川院御時百首　　大納言師頼卿
日かげやまおふるあふひのうらわかみいかなる神のしるしなるらん

建長八年（一二五六）百首歌合　　右近中将忠基卿
ひかげやまけふのかざしのもろはぐさかけてたのむと神はしるらむ

さらに「日蔭」や「蔭」と「葵」の結びついた三十一文字も、下鴨社における御生れに関係が深いものと想定されよう。

久安百首　　花薗左大臣家小大進
うらやまし入日のかげのさそふにはにしへもなびくあふひぐさかな

韻字百首、廬橘匂中開露簟、栟桐影底巻風簾　　前中納言定家卿

かげみゆるひとへのころもうちなびくあふひもすずしろきすだれに

寛喜元年（一二二九）女御入内御屏風、人家有樹陰簾懸葵　西園寺入道太政大臣

もろかづら日かげやおそきたますだれあげてもすずしならのした風

同、葵　従二位家隆卿

あふひぐさけふかげそふるたまかづらながきちぎりも神のまにまに

文治六年（一一九〇）五社百首　葵　皇太后宮大夫俊成卿

いかなればひかげにむかふあふひぐさ月のかつらのえだをそふらん

御集、葵を　後一条入道関白

おのがはに日かげもとむるくさよりもなほこころなき身をいかにせん

文応元年（一二六〇）七社百首　民部卿為家卿

くもりなき日かげにむかふあふひぐさかけてあまねきよをたのむらし

百首歌　毎日五首中　　　　　　　　藤原為顕

かみやまや日かげにむかふあふひぐさかたぶきやらぬほどぞひさしき

最後の藤原為顕歌は「かみやま」が一般に上賀茂社御生れの地であるが、『小右記』では「御蔭山」を「神山」とも記しており、下鴨神社の御生れの地「御蔭山」と解してみた。以上のように下鴨神社の御生れは賀茂祭を前にした中午の日、「御蔭山」において「日蔭」の中で執り行われる神事である。賀茂祭においてもこの点を注目すれば、上賀茂神社か下鴨神社か判断できることにもなろう。藤原定家の自撰家集『拾遺愚草員外』「雑歌」所収歌にも、「御蔭」と「葵草」が詠み込まれている。

雲の上のちよのみかげにあふひ草神のめぐみをかけて待つかな

『新古今和歌集』巻第十九「神祇歌」に注目したい。

賀茂の社の午日、うたひ侍るなる歌

やまとかも海に嵐のにし吹かばいづれの浦に御舟つながん

詞書と和歌を一見しただけでは、その連関は理解しがたい。通説としては神話の世界でとらえられている。詞書中の「賀茂の社の午日」は、賀茂の神の御生れ神事の日である。賀茂の信仰を注視すれば、貴船明神が北山の霊地に鎮座することとなった貴船奥社御船形石に纏わる社伝をも想起させる。ところが御蔭神社の旧地の古絵図等によると、現在位置と異なる。『鴨社古絵図展』(5)によると、今日と異なる御蔭神社の情況を解明できる。同展図録「図48」として「御蔭山頭図（旧御蔭社頭絵図）」と題する古絵図が掲載されている。禰宜《ねぎ》泉亭俊春の記録である。図面の左下に「宝暦八・八・廿二」の記載が認められる。宝暦八年（一七五八）八月二十二日は台風被害に関わる年月日である。御蔭山東麓の「谷川」と「高野川」が氾濫して、社域が土砂で埋没している情況が記録されている。また同図録「図51」として「文政十二年丑年七月八日比叡山西麓御蔭社」と題する古絵図がある。このタイトルと同主旨の記載が図の右上に認められる。こちらは文政十二年（一八二九）七月八日の大地震被害に関わる年月日である。比叡山西峯が崩落して、「御生川」と「谷川」が埋没し、土砂が流れ込み、高野川をも堰止めて社殿を水没させた。現在はそんな災害を避けるため、御蔭山の山頂部に移動している。

著者は賀茂御祖神社鈴木義一元宮司や新木直人現宮司から貴重な御蔭祭関連絵巻や古絵図を拝見させて戴いた。「賀茂御祖神社附属圖摂社／愛宕郡高野村／御蔭山鎮座境外境内」と記された旧御蔭神社彩色絵図（図6）を掲げる。朱塗りの瑞垣に囲まれた二柱の祭神の社殿と拝殿が認められる。朱塗り

図6　旧御蔭神社彩色絵図

の鳥居や参道も鮮明に描かれている。『御蔭祭行列』絵巻の最終画面（図7）で御蔭神社と下方に高野川の激流が描かれている。元禄祭祀再興期の巻子を修補したことを、河合社祝《はふり》の鴨秀父が記し留めている。この空間を墨絵で書き留めた図が『旧御蔭社図』（図8）である。社殿と鳥居の中間に、一対の岩が明瞭に記されており、船繋ぎ石と称される。ここが祭神の降臨を行う聖地とされている。日吉大社の神体山八王子山の黄金の大巌や、貴船奥宮の御船形石、そして御蔭山の船繋ぎ石は北山の三神社に共通する、祭神降臨の聖地である。『新古今和歌集』「神祇歌」の詞書で「賀茂の社の午日云々」の和歌も、こうした祭祀・信仰を踏まえて理解してみることを提起したい。

図7　『御蔭祭行列』絵巻の旧御蔭神社

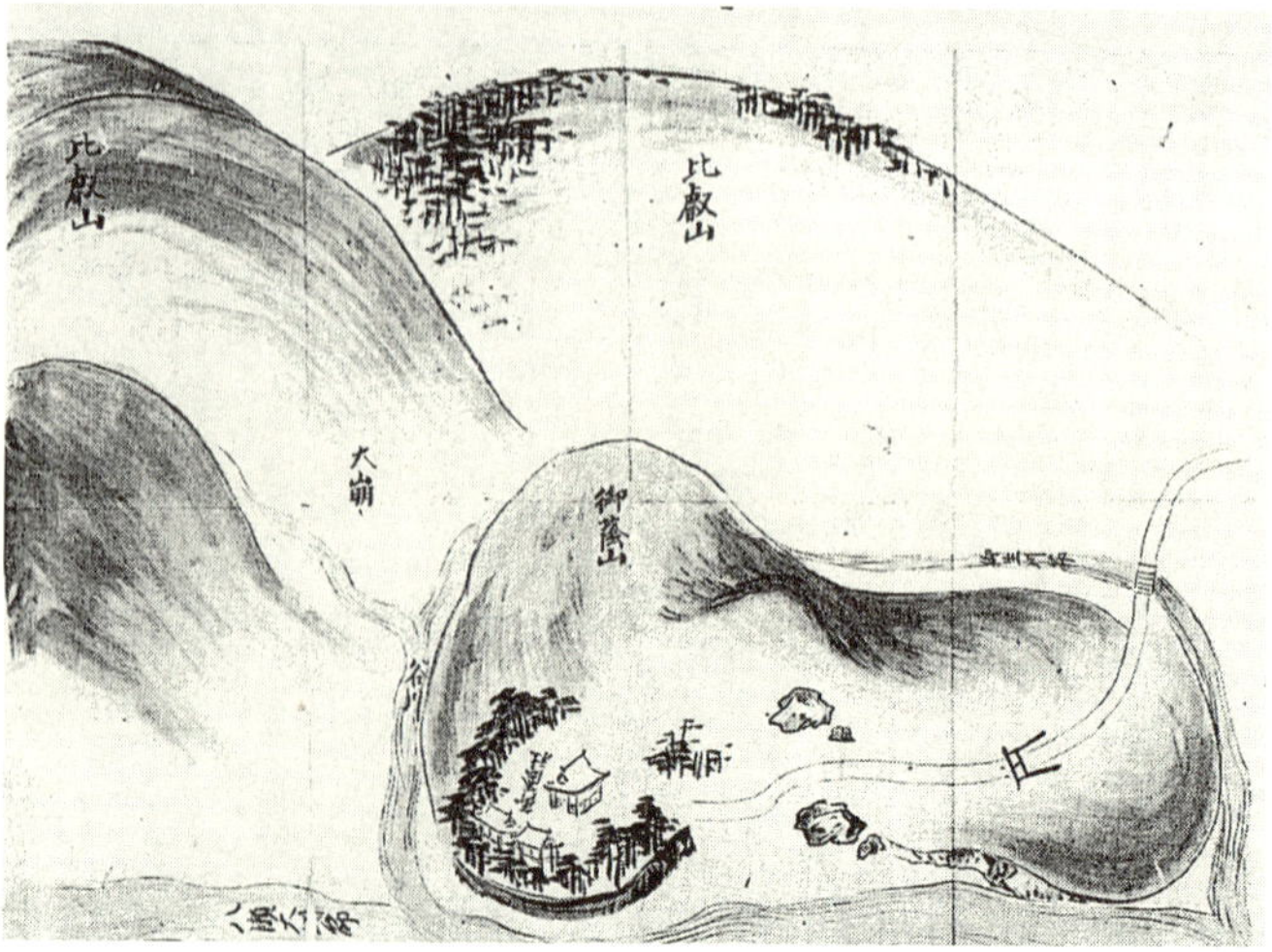

図8　祭神降臨の聖地——旧御蔭社の船繫ぎ石

㈤　紫の上と賀茂の神——賀茂社御生れ詣など

藤裏葉の巻における紫の上の賀茂社御生れ詣についてや、元禄再興期における賀茂御祖神社の祭神降臨の絵画資料である『御蔭祭行列』絵巻の資料紹介については、拙稿[6]を上梓したことがある。本稿ではさらに新たな文学研究資料を加えて、作品の基底に内在する読み方を解明してみた。具体的には歴史社会的資料や社寺独自に保有する祭祀資料・古文献類を用いている。殊に藤裏葉の巻における皇城地主神を祀る賀茂社祭神の御生れ詣は、光源氏唯一の后がねの姫君、明石の姫君の入内がようやく実現し、権勢としての途を進むことになる重大時点である。

明石の姫君の養母としての紫の上は賀茂神社の上社下社のどちらに参詣したのであろうか。上社は賀茂別雷神社ということで御子神を祀り、下社は賀茂御祖神社ということで親神を祀っている。この祭神関係をもとに御子神の降臨ということで、上賀茂神社の御生れが一般論と見なされている。しかし上賀茂神社の御生れ神事は深夜の秘事として執行されており、神官以外で神降臨の庭に侍することは不可能である。山岸徳平は文献学・解釈学における碩学であるが、日本古典文学大系版『源氏物語』の補注において、フィールド研究を行なった上で思い切りの良い発言を試みている[7]。即ち賀茂御祖神社の祭神降臨神事の御蔭祭を調査した上で、藤裏葉の巻の御生れ詣について判断を下している。祭の庭の検証もなく、机上の活字文献のみで宮中行事を論ずる研究も多い中で、詳細な検証を試みている。範として提示したい。

御生（みあれ）の祭は、五（ママ）月中の午の日、今日では十二日に行われる。下鴨神社のは、十二日の午前十時頃、神主が衣冠で乗馬し、神馬を伴い、色々の神具を持った人々の行列を従えて、葵橋をわたり八瀬村の御生の社に至って、別雷神を迎える。この行列は、午後三時過ぎに往きと別な道から、下鴨社に帰る。帰りの神馬には、御神体（御幣）が乗っている。その行列は鳥居をくぐり、鳥居と社殿の中間の辺の、やや広い場所の南側の幄舎に神馬を繋ぐまでつづく。その幄舎の前に、立楽の人々が並ぶ。舞人が、東遊を舞う。それが終ると、御神体は神主によって、社殿内に納められる。初夏の日暮れ頃にその式は終る。この時から、別雷神（ママ）は下鴨に鎮座まします事となる。上賀茂神社のは、当日の午後八時頃から、社殿の近くの社から神を迎える。これは、夜中であり灯火もないから、暗くて何も見えない。このようにして迎えた神は、そのまま止め置いて、送らない。酉の日に賀茂祭が終ると、その日以後、最初に雷が鳴った時、その雷と共に、神はもとに帰ると伝えられている。故に、賀茂の神は、迎えるだけで、送りがない事になっている。紫上は、この御生の祭を見物に、午の日の午後、下鴨に行ったのである。

日本古典文学大系版『源氏物語』は底本の関係であまり目を向けられなくなっているが、前掲のような解釈姿勢は大いに評価できる。今日は五月十二日、古くは四月中午日に執り行われているとしている点で、月の違いがある。『勘仲記』には「午ノ日神事ハ、号ス二御荒《みあれ》ト一」と記し留めている。午前十時ごろ宮司以下の祭員が御蔭山に向かう。山岸論稿では乗馬と記しているからより古式に近い。今日は八瀬まで車バスを利用して山麓で行粧《ぎょうしょう》を整えて、山頂の御蔭神社に登り始める。帰路の神馬の背には、御生木に降臨した祭神が錦蓋に飾られて、新緑の糺の森を神幸する。前論稿で「鳥居と社殿の中間の辺」と記す祭場は切芝《きりしば》と称される聖域である。ここで幄舎に神馬を繋いで、東遊びが奉奏されるのである。その後下鴨社幣殿に神宝を納めて、祭神を遷御するのである。これで中酉日の賀茂祭を前にして、皇城地主神は勅使を迎える体勢が出来あがるのである。山岸論稿の記録では「初夏の日暮れ頃」と語っている。

上賀茂神社の祭礼は「午後八時頃から」神迎えが始まると記す。それ故「暗くて何も見えない」と語っている。神山で別雷神が降臨するわけである。こうしたフィールドワークから紫の上の賀茂御生れ詣の場所を「下鴨」と想定している。

下鴨の御蔭祭は今日、五月十二日次の祭祀次第で行っている。

本社発進の儀　（祭員は修祓をして、所役に神宝を授ける）
御蔭山の儀　（御生木に祭神を遷御させ、神霊櫃を奉じて、下山する）
賀茂波爾《はに》神社路次祭　（別名赤の宮社において路次祭を執行し、舞楽還城楽を奉奏する）
河合神社神馬遷御之儀　（河合社において神霊櫃を錦蓋で飾った神馬に乗せて、参道を参進する。

切芝の儀　　　　　『御蔭祭行列』絵巻で描かれる行粧に当たる）
（参道中間部の切芝において東遊びなどを奉奏する）

本宮之儀　　　　（祭神を本殿に遷御する）

賀茂御祖神社の御生れ、御蔭山神事は賀茂祭神の関係から、真偽が不確かな点もあった。しかしこれまでの検証から、平安時代の史実として遡上できるものと想定できよう。北山の有力神社には祭神降臨の形態として、祭神降臨神話と祭祀・神事が存続していたものと思われる。『源氏物語』藤裏葉における光源氏の后がね明石の姫君の入内に際しての、紫の上による皇城地主神賀茂神社への御生れ詣も、そうした信仰・風習の意識を考慮したい。「山城国風土記逸文」を嚆矢として賀茂の御生れを賀茂別雷命の生誕とみるだけに、上賀茂神社の神山神事と見なされてきた。しかし下鴨神社も独自に御蔭山神事（日蔭神事とも言う）を執り行っている事例が平安時代まで遡上可能である。そのことが資料・文献・社家文書等で考証できるように思う。加えて日吉大社・貴船神社など北山の祭神降臨をも注視すべきであろう。

日吉山王祭における神の生誕ということで、午の神事という神婚祭祀における性的な神事も注視したい。「葵」と「逢ふ日」の掛詞思考が和歌に用いられ、男女の出逢いという表現構造によって文学世界の中にも活かされているのである。ヒロイン紫の上が山城盆地における四周の山並と地形の中で、何故北山——古注以来鞍馬貴船との連関も含めて——を初登場の舞台として設定されるのか。紫の上の宮中空間へのデビューの場として、賀茂祭における同車という趣向を創りあげていること。そして光源氏栄華の証である藤裏葉の巻における明石の姫君入内に際して、平安京地主神である賀茂神社への御礼参りの志を込めて、紫の上の賀茂の御生れ詣を設定しているのではあるまいか、と想定しているのである。さらに斎院御禊は六条御息所と葵の上の車争い、女三の宮と柏木の密通事件という二大悲劇が連関している。そして朝顔の斎院の聖性へも連関している。本書のテーマとする王朝祭祀という視点で論証を深めることができるように思われる。

注

（1）『釈日本紀』所収「山城国風土記逸文」（國史大系版）による。賀茂祭神の関係の原点となっている。

山城国風土記曰。可茂《カモ》社。称二可茂一者。日向曾之峯天降坐神。賀茂建角身命也。神倭石余比古之御前立坐而。宿二坐大倭葛木山之峯一。自レ彼漸遷至二山城国岡田之賀茂一。随二山代河一下坐。葛野河与二賀茂河一所レ会至坐。見二廻賀茂川一而言。雖二狭小一。然石川清川在。仍名曰二石川瀬見小川一。自二彼川一上坐。定二坐久我国之北山基一。従二尓時一。名曰二賀茂一也。賀茂建角身命娶二丹波国神野神伊可古夜日女一生レ子。名二玉依日子一。次曰二玉依日売一。玉依日売於二石川瀬見小川一々遊為時。丹塗矢自二川上一流下。乃取挿二置床辺一。遂孕生二男子一。至二成レ人時一。外祖父建角身命造二八尋屋一。堅二八戸扉一。

醸二八腹酒一。而神集々而。七日七夜楽遊。然与レ子語言。汝父将レ思人令レ飲二此酒一。即挙二酒坏一。向レ天為レ祭。分二穿屋甍一而升二於天一。乃因二外祖父之名一。号二可茂別雷命一。所謂丹塗矢者。乙訓郡社坐火雷命。在二可茂一建角身也。丹波神伊可古夜依日売也。玉依日売也。三柱神者。蓼倉里三井社坐。

（下略）

（2）延暦寺蔵『日吉山王社古図』は元亀二年（一五七一）九月の延暦寺焼き以前の山様となっている。現存しない金堂・念仏堂・千手堂・多宝塔など神仏習合の古態を示している。

（3）図2・図3の『日吉山王祭礼絵巻』については国立歴史民俗博物館発行図録『描かれた祭礼』所収の図を用いている。

（4）鴨脚家所蔵『鴨祝家系図』の奥書には「元亀二年（一五七一）十一月中旬」の記載がある。

（5）昭和六十年九月の鴨社古絵図展の同名の図録名である。鴨脚家をはじめとする社家文書から成っている。賀茂御祖神社関係地域の古絵図が豊富に収録されており、資料的価値が高い。

（6）拙著『源氏物語　宮廷行事の展開』所収論稿「賀茂神の信仰――源氏物語との連関を軸として――」「藤裏葉の巻にみる賀茂神の信仰」「紫の上と朝顔斎院」など。

（7）山岸徳平論稿では日本古典文学大系版『源氏物語』三の補注二四六において、紫の上の賀茂御生れ詣論を展開し、下鴨神社参詣説を主張している。

二　賀茂の神の聖婚──「葵《あふひ》」と「逢ふ日」

㈠　賀茂信仰における「あふひ」

平安時代において、賀茂の神の信仰は重大な存在意義を有していた。一般的には賀茂祭いわゆる葵祭の行粧《ぎょうしょう》、殊に一条大路を主舞台とした勅使の行粧、即ち路頭の儀が王朝人の一大関心事として華やかなエピソードに彩られている。しかし祭祀・信仰という視点を重視した場合は賀茂の御生《みあ》れ神事そして神社内の社頭における神事が、その原質を示していると見なし得よう。

賀茂の御生れは賀茂の神の降臨であり、生誕なのである。従って前段階として聖婚という祭祀信仰も重要である。祭祀において神への捧げ物であり、挿頭《かざし》として祭祀のシンボルともなる葵も、同音異義の「逢ふ日」と連関し、同様な役割をする桂も愛染桂などと称され、恋愛成就の信仰を集めたりしている。こうした賀茂の御生れ信仰の基底を探る方法として、その古絵図や祭神、そして一九九四年九月八日に行われた式年遷宮における資料展や、賀茂と深い関連を有する日吉大社「午《うま》の神事」の、いわゆる「尻つなぎの神事」などを考察する。

さらに本稿の主要論点である、源氏物語にみる賀茂の祭祀・信仰の基底について究明を深めたい。藤裏葉の巻における紫の上の御生れ詣についてはすでに拙稿(1)も公にしている。御生れの信仰の中で陰陽の神の出逢い、即ち「逢ふ日」または「合ふ日」という設定が注視されよう。葵の巻(2)において光源氏が若紫との同車によって耳目を集めた折、あのユニークな源典侍《げんのないしのすけ》が「よしある」檜扇の端に記した三十一文字に留意せねばなるまい。

はかなしや人のかざせるあふひゆゑ神のゆるしの今日《けふ》を待ちける

この「あふひ」には賀茂祭に供奉《ぐぶ》する人々がかざす「葵」ということ、さらに男女が「逢ふ日」であるという意識が加わっている。賀茂の神が出現する前提として、陰陽神の出逢いがある。源典侍の切望した出逢いの日に、新たなるヒロインとなるのは密かに養育されてきた若紫である。若紫はいわゆる光源氏との同車という趣向で、人々の耳目を集めている。平安京における最大の祭において、初めて二人の関係が公になる。宮廷人としての光源氏そして若紫の物語が始発するのである。

藤裏葉の巻においては、光源氏の宿願であった唯一の実娘明石の姫君の東宮入内が四月二十余日と決まり、続いて御礼参りとして紫の上の賀茂御生れ詣が行われる(3)。本稿のテーマ、賀茂の神降臨の神事、即ち「逢ふ日」そのものの日である。さらに賀茂祭当日にも留意したい。ここにもやはり「逢ふ日」の信仰に踏まえられる二人の出逢いが設定される。一人は内侍所から勅使として詣でている惟光《これみつ》の娘藤典侍であり、葵の巻における源典侍の前例を偲ばせるものがある。他方夕霧は念願かなって内大臣の許しも得て、雲居雁と結ばれたばかりのところである。「うちとけず、あはれをかはしたまふ御仲」として複雑な事情を秘めつつ、このような「逢ふ日」が設定されているのである。

なにとかや今日《けふ》のかざしよかつ見つつおぼめくまでもなりにけるかな

夕霧の歌う「今日のかざし」は葵の巻における源典侍の歌にも認めうる、賀茂祭の挿頭の「葵」であり、「逢ふ日」を連想させる。二人の逢瀬をこれからも持続する心情を表出している。

かざしてもかつたどらるる草の名は桂を折りし人や知るらん

この藤典侍の歌にもやはり「かざし」が用いられ、「草の名」は「葵」のことであり、「逢ふ日」を連想させ、二人の逢瀬が途絶え気味であることへの不満を告白している。「桂を折りし人」も古注に示されるように、「桂林一枝」の故事から進士に合格した夕霧への当てこすりととられているが、それのみならず桂も賀茂祭において葵とともに神宝として奉納され、また挿頭として使用される聖樹なのである。この歌においても夕霧と藤典侍との逢瀬が語られている。
次の例は若菜下の巻、あの源氏の正妻女三の宮と柏木との密通事件の物語である。

　四月十余日ばかりのことなり。御禊《みそぎ》、明日《あす》とて、斎院に奉りたまふ女房十二人、ことに上《じやう》﨟《らふ》にはあらぬ若き人、童女《わらはべ》など、おのがじし物縫ひ、化粧《けさう》などしつつ、物見むと思ひまうくるも、とりどりに暇《いとま》なげにて、御前《おまへ》の方しめやかにて、人しげからぬをりなりけり。近くさぶらふ按察使《あぜち》の君も、時々通ふ源中将、せめて呼び出ださせければ、下りたる間に、ただこの侍《じ》従《じゆう》ばかり、近くはさぶらふなりけり。よきをりと思ひて、やをら御帳《みちやう》の、東面《ひがしおもて》の御座《おまし》の端に据《す》ゑつ。さまでもあるべきことなりやは。

紫の上は三十七歳重厄《ちょうやく》で藤壺女院も崩御した年齢でもあり、出家を懇願し、とうとう胸の痛みを訴える。源氏はしかたなく紫の上を二条院へ移し懸命の看病を試みる。その間隙を縫って大事件が起きるのである。柏木は中納言に昇り女三の宮の姉女二の宮と結ばれるが、更衣腹である点に満足いかぬところがある。女三の宮の乳母子小侍従を執拗に語らって手引きをさせる。その日こそ他でもない「四月十余日」の「御禊」、即ち斎院御禊の前日と設定されている。女三の宮の女房達は斎院へ奉仕に出かけたり、物見の用意に多忙であったりで、傍仕えの按察使の君まで源中将の誘いに乗って女三の宮の傍を離れている。この隙に女三の宮と柏木の密通という大事件が惹起しているのである。いわば「合ふ日」即ち賀茂の神の聖婚という信仰を有する賀茂祭の一連の祭祀の一過程においで、この出逢いが設定されていることになる。

さらに密通事件の後、女三の宮と柏木の双方とも日増しに苦悩が募るばかりであった。光源氏は重病で床につく二条院の紫の上の看病に加えて、六条院に残す女三の宮の急変を聞いて取って返さねばならなかった。しかし事情を飲み込める源氏ではなかった。一方柏木の有様については、今後賀茂祭当日を背景にして物語を進行する。

督《かむ》の君はましてなかなかなる心地のみまさりて、起き臥し明かし暮らしわびたまふ。祭(=賀茂祭)の日などは、物見にあらそひ行く君達《きむだち》かき連れて来て、言ふそそのかせど、なやましげにもてなしきこえて、をさをさうちとけても見えたてまつりたまはず、わが方に離れゐて、いとつれづれに心細くながめゐたまへるに、童べの持たる葵を見たまひて、

くやしくぞつみをかしける葵草神のゆるせるかざしならぬに

と思ふも、いとなかなかなり。世の中静かならぬ車（＝物見の車）の音などを、よそのことに聞きて、人やりならぬつれづれに、暮らしがたくおぼゆ。

都中が賀茂祭一色で、君達も誘いにやってくるが、衛門の督《かみ》柏木は一向に同調する気にもなれない。自邸に籠りがちで、時節柄女童の持つ葵に視線が走る。また柏木の独詠歌にも賀茂の神に対する信仰が内包されている。「つみをかしける葵草」には「摘み犯し」た女三の宮のこと、それに「罪犯しける」葵の日、即ち逢ふ日のことが詠み込まれている。また「神のゆるせるかざし」は前掲の葵の巻における源典侍の歌にも通うもので、賀茂祭祀の有する神の御生れ、即ち陰陽神の聖婚という信仰に連関している。

いよいよ宇治十帖に入り、その主人公浮舟と薫の君との出逢いにも賀茂祭のことが連関している。宿木の巻における出来事である。薫の君は今上帝から直々に女二の宮を勧められても、「例の心の癖」で積極的な同意はできかねている。その最大の原因として故大君に対する捨てがたい思慕がある。

心のうちには、なほ飽かず過ぎたまひにし人（＝大君）の悲しさのみ、忘るべき世なくおぼゆれば、うたて、かく契《ちぎ》り深くものしたまひける人の、などてかはさすがに疎くては過ぎにけむ、と心得がたく思ひ出でらる。

ここには大君の薨去《こうきょ》後も尽きざる宿縁の深さを思い知らされる薫の君の心内が、あます所なく吐露されている。さらに浮舟の登場を予告するような願望が綴られる。

口惜しき品なりとも、かの御《(大君)》ありさまにすこしもおぼえたらむ人は、心もとまりなむかし

云々

という具合で、大君に少しでも似ていれば、卑しい身分の女でも許容するというような段階にまで思い詰めている。薫の君は大君への思慕故に匂の宮との結婚を勧めた中の君に対しても、匂の宮が夕霧六の君と結ばれることとなってしまい思わぬ心労をかけることになる。その慰めということで夜離れの続く中の君の許を訪れ、「たちまちのわが心の乱れにまかせて」ということで、衣の中をまさぐり懐妊のための腹帯に触れるというようなことにもなる。大君の人形《ひとがた》を作り後世を弔いたい、という薫の君に対して中の君は

あはれなる御願ひに、また、うたて御手洗川《みたらしがは》近きここちする人形こそ、思ひやりいとほしく

はべれ云々

と答える。この「御手洗川」は『伊勢物語』第六十五段、

恋せじと御手洗川にせし禊神はうけずもなりにけるかな

を軸とした歌物語を敷くものである。「御手洗川」は賀茂の聖なる川であり、当然「神」も賀茂の神ということになり、賀茂信仰に連関してくる。続いて中の君は「昔人（＝大君）の御けはひ」に通う女君として、異母妹即ち浮舟の存在をうち明ける。そして初瀬詣で宇治に留まる浮舟を垣間見るのが、やはり「賀茂祭」を契機にした「四月二十余日」ということになる。宇治十帖の主人公二人の出逢う日も、このような賀茂信仰の連関を敷きつつ物語が展開している。浮舟の巻における薫の君の浮舟引き取りそして結婚という期日を「卯月の十日」に定めることも、右の視点の延長上に定置することができよう。卯月中旬は一連の、賀茂御禊・賀茂の御生れ・賀茂祭と続く時期に当たるわけである。

光源氏と紫の上を軸とした葵の巻・藤裏葉の巻の物語、若菜下の巻における女三の宮と柏木の密通事件、宿木の巻における薫の君と浮舟の出逢い、これら重要な物語展開で賀茂の「逢ふ日」を敷

いた意識が感受できるように思われる。こうした賀茂の神の聖婚信仰について、項を新たに考察を進めていきたい。

(二) 賀茂御祖神社の御生れ神事

賀茂御祖《みおや》神社通称下鴨神社の御生れ神事は御蔭《みかげ》祭と称される。賀茂祭を前にして御祭神を降臨させ、本殿に御迎えする神事である。最古の史実としては『小右記』寛仁二年（一〇一八）十一月二十五日条に

皇御神初天-降-給二小野郷大原御蔭山一

と記される。『康富記』『雍州府志』そして神社資料によると、賀茂祭が四月中酉日で、その前の中午日に定着し、今日は五月十二日に執り行われている。

下鴨神社社家の鴨脚《いちょう》正彦家には元禄期に再興した御蔭祭を詳細に書き留めた『御祭記』(4)や『御蔭祭行列』(5)絵巻がある。簡単に祭儀次第を紹介してみる。

①本殿内における行粧までの儀

衣冠を整える――社司が本殿舞殿において三献――社司・氏人は大麻《おおあさ》で解除――別当が橋殿に昇り

御神宝を所役に授ける——御神宝所役の内容は警蹕《けいひつ》賢木・壹鼓・荷《に》太鼓・荷鉦鼓・太鼓・鞨鼓《かっこ》・鉦鼓・白杖・御唐櫃・御鉾・御盾・金銀の御幣・御葵桂・御生木賢木・御手桙《ほこ》・御和琴・御弓・御鏑矢・御葛籠靫《かつらかごうつぼ》・御劔《おんつるぎ》・御太刀・御翳《おんかげ》・御錦蓋《おんきんがい》・御菅蓋《すげがさ》・御鞭《むち》・御鞍《くら》・御鞋《わらじ》から成る——御蔭山までの行粧

②御蔭山における御生れの儀

御神宝を奉り神饌を献じ楽を奏す——神酒を供す——祝詞を奏上——御葵桂を献上——白妙の和幣を備える——御箸を取り御飯を御土器に取る——神饌を徹しその間楽を奏す——後献を備進する——祝詞を奏上する——後献を徹す——社司氏人直会勧盃の儀——行列奉行に神幸の行粧の準備を命じる——社司氏人御手洗川で禊を修す——神殿守《こうどのもり》御鎰《かぎ》を権官に授ける——権官御鎰を奉り大床に昇り御戸を開く（全員平伏、この間楽人乱声を奏す）——権官御鎰を社司に授く——社司御鎰を神殿守に授く——別当御生木《みしょうぼく》を奉り氏人に授く——氏人御生木を執り社司に授く——社司御生木を執り権官に授く——権官御生木を持ち奉り大床に昇り祝詞《のりと》を宣《のたま》う（この間全員平伏）——氏人神馬を御厩より牽き出し拝殿の外で神馬の綱を社司に授ける——社司神馬を神前に牽き立て、同時に御生木祝詞を同時に行う——権官御生木を氏人に授ける——氏人御生木を屋給人《やきゅうにん》に授ける——権官大床に昇り御戸を納め奉る（この間全員平伏、楽人乱声を奏する）——別当御神宝を執って役人に授ける——社司神馬を牽き出して御綱を神人に授ける——氏人御錦蓋を以て覆い奉る——氏人二人御錦蓋の綱（実際は棹）を執る――行列奉行行粧を整える――楽人馬に乗って鳥居の外から楽を奏す――

③神幸の儀（切芝《きりしば》の儀を含む）

神馬を切芝に設けた御厩に入れる――役人御神宝を奉じて切芝に列す――社司胡床に著す――楽人立ちて楽を奏す――奏を終え楽人先行し中門において乱声を奏す――この間正官中門に出向して神幸を待つ――乱声を聴き役人御神宝を奉って先行し中門に列立する――社司白杖を執って前駆す――社司御生木を執って先行する――社司神馬の御綱をもってこれを牽く――神馬中門に到る時正官拝し御綱を執り中門に入れ奉り、幣殿の正面に牽立《ひきたて》奉る――社司御生木を奉りて幣殿に昇り、御前に参りて祝詞を宣う（この間全員平伏）――祝詞を終えて殿を降りる――氏人神馬の御綱を解いて神人をして神馬を御厩に牽き入れさせる――別当神宝を幣殿の案上に備う――社司幣殿に昇る（この間楽人楽屋に著す）――駆人をして御料を催さしむ――膳部贄殿《にえどの》において魚鳥を調ず――屋給人御供所において御供を検ず――神人をして御供の御櫃を庭上に運ばせて御料の屋に至る――駆人御料の屋において御供を八脚の案に備えて、これを渡殿の案上に運ぶ――氏人御料を奉りて社司伝供す――正官大床に昇り初献を備進す――正官祝詞の屋において祝詞を宣う（この時全員敬屈す）――初献を徹す――朝の御饌を献ず（この間楽人楽を奏す）――正官祝詞屋において祝詞を宣う（この時敬屈し楽を止める）――神酒を供す――祝詞を宣う（この時敬屈）――正官祝詞の屋に候う時、氏人懸髩《かけかつら》を正官に来進する――正官これを執りて権官に目くばせする――権官正官の前に進み正官懸髩を権官に授く――権官は懸髩を奉り御前に参りて、大床に昇り御扉にこれをよせあげて御台盤の上に備う――権官階を降りて二拝し階の傍に侍す――正官大床に昇り御箸を立つ――御饌を徹す（この間楽を奏す）――後献備進す――祝詞拍子二拝（全員敬屈、この間出仕の氏人祝詞の屋において師子の御料を供す）――祝詞を宣い拍手――後献を徹す――正官以下幣殿より降りる――朝御料を供し、摂社においてその儀常の如し、社司など参向し勤め奉る――正官・権官・三所官等本宮に参りて夕御料を献ず（この間楽を奏さず）――夕御料を摂社に供す、その儀常の如し――社司氏人等巡拝――侍所において直会勧盃の儀あり

以上が応仁の乱における世の乱れから中絶していた御蔭山賀茂御生れ神事を再興して間もない、元禄十年四月二十一日の御蔭祭次第を軸に御生れの有様を示したものである。主要なのは②「御蔭山における御生れの儀」において、権官が御生木を持ち奉り、大床に昇り祝詞を宣うという秘事である。その御生木を御神櫃に入れて、御錦蓋で覆った神馬の背に乗せて行粧を整える。続いて③「神幸の儀」において賀茂御祖神社参道の切芝に設けた厩に神馬を入れ、東遊びを奏す。その後本殿に入り、幣殿に御生木をお遷しする。これによって賀茂の神迎えが整い、奏楽・八脚案の御供の備進・葵桂の懸髩の備進が執り行われる。

さらに賀茂の神降臨の秘めたる聖地を、御蔭神社を記す古絵図によって垣間見ることができる。

一九九四年六月五日に賀茂御祖神社のご厚意で、新たに見出された御蔭神社の古絵図(6)を拝見させて戴いた（本書二四三ページ図6参照）。朱色の鳥居をくぐり登っていった奥に、やはり朱色の瑞垣の中に拝殿と二つの社が鎮座している。山上方向に鎮座し、川の流れも記されていないことから、今日の御蔭神社と同位置の社域と推定される。鮮明な絵図ではあるが、細やかな絵様であることから、本稿ではもう少し簡単な絵図を使用したい。まず『御蔭山新社地絵図』(7)（図1）を参考にしてみたい。平面図的に記されているので、拝殿の奥に並んで建つ同形の二社殿が認められる。宝暦八年（一七五八）八月長雨による山崩で社殿が流出し、天保六年（一八三五）八月に移築されてからの社地である。

旧社地の絵図としては鴨脚家蔵『御蔭祭行列』絵巻の巻末部分の絵様（本章「一」の図7、二四四ページ参照）が最も良い。高野川と御生川に挟まれた山裾に鎮座する旧御蔭神社が描かれている。正に拝殿の奥に二社殿が並んで鎮座している。この祭神は東御殿が賀茂玉依《たまより》日売命《ひめのみこと》、西御殿が賀茂建角身命《たけつのみのみこと》ということで、賀茂御祖神社の祭神と一致するわけである。〝御《み》祖《おや》〟としては何の不思議もない。しかしこの陰陽神によって御子神賀茂の神の降臨即ち御生れが成り立つのである。この祭祀こそ賀茂の神の聖婚「逢ふ日」の信仰の根源となるわけである。問題は陽神賀茂建角身命と陰神賀茂玉依日売命の関係が父娘の間柄であること。この点に違和感を禁じ得ない。

賀茂の御生れの祭神は別の見解も指摘されている。それは大山咋神《おおやまくいのかみ》と賀茂玉依媛との組み合わ

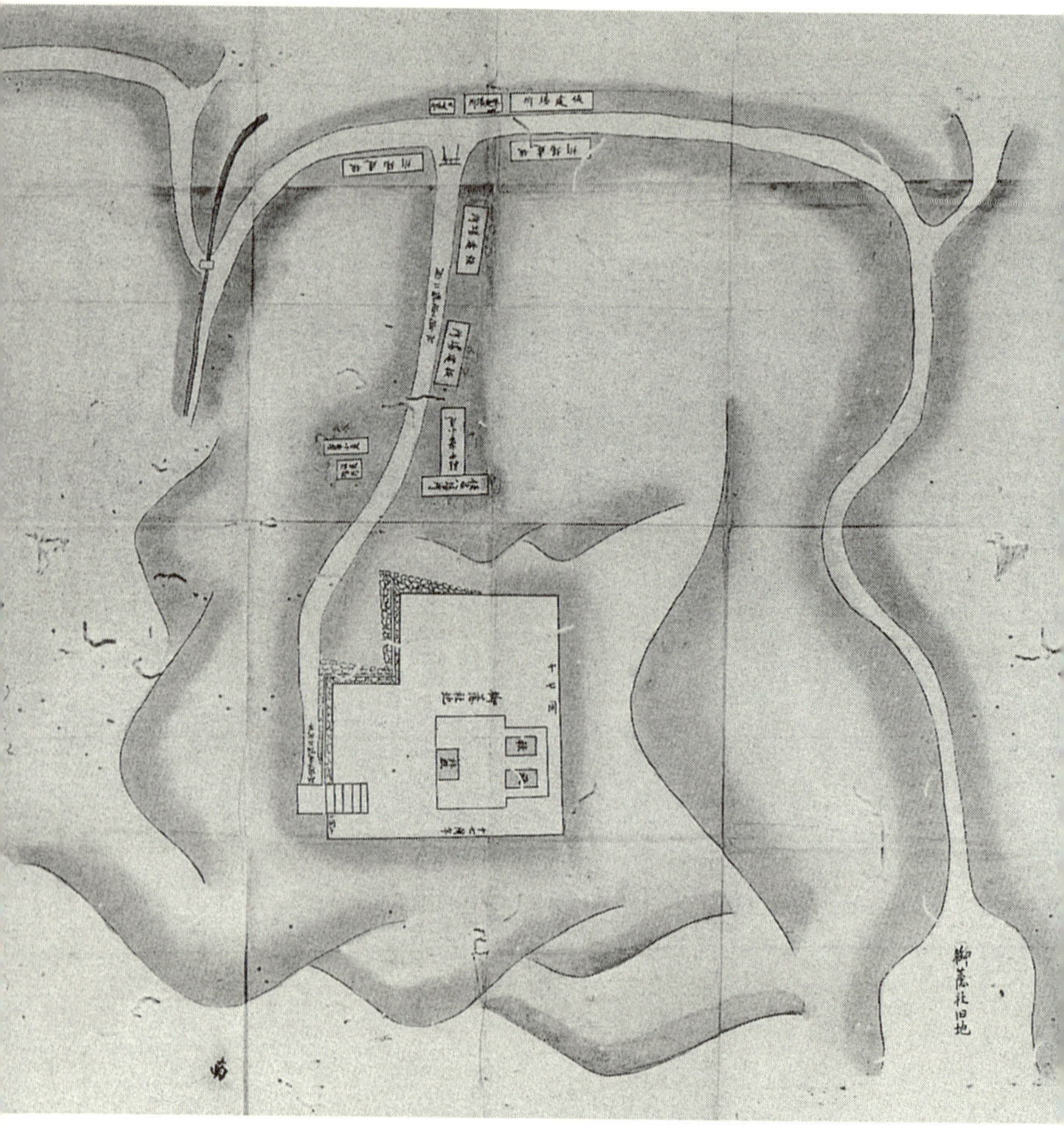

図１　『御蔭山新社地絵図』部分

せである。諸文献においても両説があるし、日吉大社の山王祭における「午の神事」の中での「尻つなぎの御供《ごく》」という神事も興味深いところである。また一九九四年の式年遷宮に関連して展示された、東本宮・西本宮に祀られる両神に対する御神服や御調度等においても対等の陰陽神としての見方も可能なように思われる。

こうした賀茂の神の聖婚・御生れを基底とする「逢ふ日」の信仰・意識を軸として、『源氏物語』における主要人物の出逢い、即ち光源氏と紫の上、女三の宮と柏木、薫の君と浮舟の出逢いなどの周辺についてさらに次項で究明することにしたい。

(三) 賀茂の祭神

『源氏物語』においては葵の巻の賀茂祭が一般的に知れ渡っている。しかしこの興味は一条大路に繰り広げられる行列（行粧）、即ち神事次第から言えば宮中からの華やかな勅使・女人列から成る路頭の儀に対するものであろう。しかし賀茂の祭祀・信仰はさらに多様な様相を考慮されねばなるまい。

平安京遷都千二百年の一九九四年は、賀茂御祖神社の式年遷宮の年でもあった。またそれだけの祭祀資料を蓄積する古社でもある。これら資料は歴史資料とも異なるので、まだ十分な学術上の活用がなされていない現況にある。本稿においては加えて賀茂社の祭祀調査をも重視して、賀茂祭という名で総括される一連の神事について明らめてみたい。その上で『源氏物語』と賀茂の神の祭祀・信仰との関わりについて究明していきたい。賀茂神社内の神事即ち社頭の儀を執り行う前に、賀茂の御生れという賀茂の神の降臨即ち生誕の神事が行われる。北山において陰陽二神の聖婚によって御子神が誕生するのである。賀茂祭の聖なる祭具として「葵」が重んじられるが、この語の同音異義として「逢ふ日」そして「婚ふ日」という発想が生じてくる。こうした発想が『源氏物語』における賀茂の祭祀を描く場面で、見事に活かされているように思われる。葵の巻における光源氏と若紫そして六条御息所・葵の上・源典侍、藤裏葉の巻における明石姫君入内、若菜下の巻における女三の宮と柏木の密通事件、宿木の巻における薫の君と浮舟の出逢い等こうした主要な男女の出逢う場面に賀茂の神の祭祀・信仰が密接に連関しているものと推察される。以下新たな項において究明を重ねていきたい。

一九九四年九月八、九日の両日にわたり、賀茂御祖神社第三十三回式年遷宮が催された。遷座祭は八日午後七時からで、勅使が御祭文《ごさいもん》を奏し、燈火が滅せられ遷御が開始する。漆黒の闇に警蹕《けいひつ》が響き渡り、最初は東殿、続いて西殿の遷御が執り行われる。その後再び燈火が点ぜられ、それぞれの神へ御神服および御神宝が奉納される。

賀茂御祖神社の祭神は西本宮に賀茂建角身命、東本宮に賀茂玉依媛を祀り、『釈日本紀』巻六所収の「山城国風土記逸文」によれば、両神の関係は父と娘ということになる。ところが式年遷宮における東西の本宮・仮殿の対称化された配置には、親子という上下関係より、対等のそれを感受できる。神社資料『御由緒書』(8)においても

東本殿　陰神
西本殿　陽神

という呼名が認められる。また式年遷宮記念として催された賀茂御祖神社式年遷宮関係資料展における、御神服・御調度類を注視してみよう。

東本宮御神服
（一）冬御衣
（二）御帯
（三）冬御五衣
（四）夏御衣
（五）夏御単
（六）夏御五衣

西本宮御神服
（一）冬御衣
（二）御帯
（三）冬御袍
（四）冬御単
（五）夏御袍
（六）御下襲　裾

（七）御袙
（八）夏御単
（九）表御袴
（十）御大口
（十一）紅御袴
（十二）御褥

西本宮御調度
（一）御冠　御冠筥　御纓　御纓筥
（二）御笏
（三）御鏡　根越形
（四）御沓
（五）玉纏太刀
（六）御弓

（七）御袿
（八）御打衣
（九）御表着
（十）御張袴
（十一）御色帯
（十二）御裳
（十三）御緋袴
（十四）御褥

東本宮御調度
（一）御天冠　御冠筥
（二）御鏡　御台
（三）御泔杯　御台
（四）御唐匣　櫛五枚　元結二本　鋏一丁
（五）御沓

御神服については天保度式年遷宮に際した調製を基本として、今日までの遷宮ごと製作されている。第二十八回文久度までは式年遷宮の度ということではなく、夏用のそれは賀茂祭、冬用のそれは臨時祭ごとに製作されているとされる。また寛治四年（一〇九〇）七月二十三日官符によって神服料の社領を美濃国梅原庄、因幡国土師庄、丹波国三和庄と制定されたということで、東西両本宮の御神服の形式は平安朝にまで溯ることになる。前掲のように列挙し、また展示された御神服・御調度類を目の当たりにすると、西本宮・東本宮の御祭神は父娘というより、一対の男女神また夫婦神と位置づけた方が的を射ているように解される。

伴信友『瀬見小河』二之巻「丹塗神矢の事」においては、丹塗矢を大山咋神が鴨玉依媛と婚うための「神霊を憑給へる物実《ものさね》」と見なす。こうした賀茂御祖神社の御祭神については上田正昭論稿(9)がある。御祭神の諸説について次のように指摘している。

『二十二社註式』――玉依日咩と大己貴神
『神名帳頭註』――玉依日女と大山咋神
『瀬見小河』――玉依姫神と建角身神（丹塗矢については大山咋神と鴨玉依媛とする。）
『大日本史神祇志』――多多須玉依日賣命と賀茂建角身命
『特選神名牒』――多多須玉依日賣命と鴨建角身命
『神社覈録』――玉依姫と大山咋神

こうしてみると、賀茂御祖神社の西殿に祀られている神は、「賀茂建角身命」と「大山咋神」とが相半ばしている。日吉大社の山王祭における神婚についても後述するが、「大山咋神」と「賀茂玉依媛」とのそれとしている。神社名に「御祖」という名称が付いており、これが賀茂氏の祖神を祀るという意味なのか、別雷命の親即ち夫婦神を祀るという意味なのかということである。賀茂氏の祖霊神を祀る河崎総社は、賀茂御祖神社禰宜里亭の河崎泉亭の北に勧請されている。今日の左京区田中西樋ノ口町の田中神社のあたりがその地と推定される。さらに本殿の祭神はさて置き、御蔭山における祭神降臨の聖場では男女神・夫婦神、大山咋神と賀茂玉依媛とみなした方が理に適うように思われる。(10)

その御蔭祭神事と同様な祭神降臨神事が執り行われるのが、前掲の日吉大社の山王祭である。賀茂御祖神社の御蔭山にあたる降臨の聖地が、山王祭の場合は神体山、八王子山となる。この山頂には大岩が立ち、黄金《こがね》の大巌の名で呼ばれている。この聖地が古代において日吉大社の神霊を祀っていた磐座と推定されている。この大岩を中心にして東に日吉大社東本宮祭神の大山咋神荒御魂《あらみたま》を祀る牛尾神社、西に樹下《じゅげ》神社祭神の賀茂玉依媛神荒御魂を祀る三宮神社が建っている（図2）。三月一日「神輿上げ神事」では麓から両社へ神輿が担ぎあげられ、四月十二日「午《うま》の神事」まで神火を絶ゆることなく点し続ける中で按置される。「午の神事」は神社側の伝承によると、崇神天皇七年とされ、しかも賢木を用いて執り行われたと推定される。これは下鴨の御蔭祭において御生木《みしょうぼく》と

図2　八王子山の磐座に建つ牛尾神社（右）と三宮神社（左）

して賢木を用いている形態と共通している。この後桓武天皇延暦十年（七九一）に神輿二基が奉納されて以来、こうした形態で執り行われている。今日の「午の神事」は四月十二日に転じている。

「午の神事」は夜に入り、牛尾神社・三宮神社に按置されていた二基に大山咋神と賀茂玉依媛神の神霊を遷して、八王子山を駆け下り、いよいよ東本宮拝殿において神事を執り行う。神事の中軸は大山咋神と賀茂玉依媛神との聖婚にある。二基の神輿の後方の担ぎ棒を揃えてつなぎ合わせるように按置する。いわゆる「尻つなぎの神事」と称される形態で、大山咋神と賀茂玉依媛神との和合の態を表現している。この際に二柱の男女神の和合の態を直視しては不敬にあたるということで、宮司は横向きで祝詞を奏上する。『日吉山王祭礼絵巻』[11]という絵巻があり、日吉大社の神官の手になる絵・詞書が記されていて、実証性を重視したものとなっている。その中に「午の神事」のこの「尻つなぎの神事」（図3）が描かれている。この場面は東本宮の前に社司や巫女が立ち、拝殿には二柱の神を載せた二基の神輿が担ぎ棒を合わせて按置され、神輿に対して横向きに立って、祝詞を奏上する宮司（図3では「正禰宜」と記す）の姿が描かれている。

四月十三日には「尻つなぎの神事」の二基の神輿に加えて、東本宮と樹下神社の神輿を加えた四基のそれを宵宮場（御旅所）に遷す。御茶や「未《ひつじ》の御供」を供えた後、宵闇が迫る頃に「宵宮落し神事」が執り行われる。この神事の儀式内容は、先の四基の神輿を二時間振り続け、午後十時頃に至り神輿を拝殿から落下させるというものである。これは大山咋神と賀茂玉依媛神との間の御子神の誕生を示す所作で、陣痛から出産への過程を表現している。神輿を落下させることによって、賀茂別雷の神を無事安産したことを示しているのである。四基の神輿の前には賀茂別雷命を祀る産屋神社がある。

その後十四日には東西の両本宮で例祭が執り行われる。その中軸たる「申《さる》の神事」においては桂の小枝の幣で奉幣が行われ、神輿にも奉り、宮司以下の祭員も桂を冠に挿す。その後神輿は湖上に渡御し、夕刻になって日吉大社へ還御《かんぎょ》する。そして翌十五日「酉《とり》の神事」で祭礼終了の御礼の巡拝が東本宮から各社へと執り行われ、一連の大祭が終了する。この北山の主峰に神が降臨するという思想信仰は旧暦四月十五日の賀茂祭へと継承されていくのである。

図３　大山咋神と賀茂玉依媛神の聖婚
（『日吉山王祭礼絵巻』による）

以上のように賀茂御祖神社の祭神については、賀茂建角身神と賀茂玉依媛神という氏祖とその娘との組み合わせの他に、大山咋神と賀茂玉依媛神という夫婦神との組み合わせが考えられる。後者の二神を想定した場合、その聖婚の神事・御生れ神事の形態や信仰の中に、正に「葵」の懸詞という連関のみではない、「逢ふ日」そして「合ふ日」という意識が内在していることを指摘したい。

(四) むすびに

賀茂祭は祭神の降臨という祭祀の構造が、御祖神の聖婚と賀茂別雷神の御生れという神事から成り立ち、そこではその祭祀で重用される「葵」と同音である、「逢ふ日」「合ふ日」といった意識が内在している。『源氏物語』における賀茂の祭祀・信仰に関わる物語展開を前にした場合でも、そうした意識をもって読み解いていくことができるように思われる。

『宇津保物語』の仲忠と賀茂の神との深い連関を指摘する見解を発しているのが、長谷川政春論稿である。(12)見解に沿うところを少しく紹介してみる。

父太政大臣の賀茂参詣にお供をした「十五歳ばかりにて、玉光り輝くうなゐご」で「若小君」と呼ばれた兼雅は、「琴をみそかに弾く」俊蔭女と逢瀬をもつ。若小君の帰らない太政大臣家は大騒ぎで、賀茂社に祈願し、三条京極の辻に立ちつくす若小君を発見する。一方、俊蔭女は、この逢瀬によって懐妊し、夕暮れの雷光に、「稲妻の影もよそには見るものを何にたとへんわが思ふ人」と歌詠する。このように、雷神賀茂神との因縁浅からぬうちに「玉光り輝くをのこ」の仲忠が誕生するのである。

両親の〈逢瀬〉および〈一夜妊み〉で誕生した仲忠には、賀茂神との縁が色濃く語られているように、私には読み取れる。

さらにその後の仲忠についていては、嵯峨院の巻において仲忠が賀茂臨時祭の使者になった折のことと か、楼上の巻上において仲忠の楼移りの折の様子を賀茂祭の賑わしさにたとえていたり、楼上の巻下においても仲忠と母俊蔭女が賀茂祭の日に歌を贈答し合っていることなどを掲げている。『宇津保物語』の底流に存在する、仲忠周辺と賀茂の神との連関は賛同できる見解である。殊に俊蔭女と兼雅との間での〈一夜妊《ひとよはら》み〉で仲忠が誕生するという仲忠誕生譚と賀茂別雷命の誕生譚との連関に興味を懐く。本稿の論旨に沿うた言い方をさせて戴けば、やはり賀茂信仰に内在する「あふひ」即ち「逢ふ日」または「合ふ日」の発想と重ねあわせて論ずることのできる物語展開、と判断することも可能であろう。

以上のように、拙稿において『源氏物語』と賀茂の神の祭祀・信仰との密なる連関について究明を試みてきた。殊に賀茂の神の聖婚譚と結び付いた「葵」は、「逢ふ日」そして「合ふ日」という物語展開を繰り広げることとなり、『源氏物語』三部にわたる主要な恋愛絵巻を形成している、と見なすことができよう。

まず、光源氏と紫の上の結婚に連関していた。即ち葵巻において賀茂祭の折に都中の耳目を集める華やいだ同車という趣向によって、主人公達の関係を公衆の眼前に披露している。その大事件に関する源典侍の三十一文字は正に賀茂の祭祀・信仰を踏まえたものと理解できよう。三句目からの「あふひゆゑ神の許しの今日を待ちける」という、賀茂祭のシンボル「葵」と懸けた「逢ふ日」に対する源典侍の強烈な賀茂の神に対する信奉ぶりを窺い得よう。さらに源氏との間でその「あふひ」という懸詞を詠じた贈答歌が続くのである。前述の歌に続いて添えられた、源典侍のことば

注連《しめ》の内には

の中には、光源氏と若紫を前にしての、かなわぬ恋情を吐露した重い発言が含まれているものと理解したい。既に数篇の拙稿によって公にしているが(13)、源典侍のこの発言の心奥には、「光源氏と若紫をとり囲む賀茂の神の注連の中には」とうてい立ち入ることは不可能であるという、源氏と典侍自身の仲を遙かに越えた、源氏と紫の上(この時点ではまだ若紫)の仲を確認し、さらに二人の主人公の「合ふ日」を予祝する意味を有しているものと判断したい。

ただ源典侍の人物像についてはその聖なる面も注視されてよい。三種の神器の一、神鏡を護持する典侍(14)として、また光源氏という神格を迎え入れる聖女としての役割(15)が指摘されている。本稿としてはさらに、賀茂祭に奉仕する内侍としての役割、また晩年になると朝顔の斎院とともに住まっていることなども、賀茂の神との連関を偲ばせる物語上の性格を表出しているものとして付け加えておきたい。

思い起こせば、斎院御禊に際して車争いを演ずることになってしまった六条御息所にしても、「ものおぼし乱るるなぐさめにもや」ということで「忍びて」物見に出たのであった。前東宮妃ともあろう身分の貴婦人が一条大路で類い稀な屈辱を被った中での思いのたけとして、「笹の隈にだにあらねばにや云々」という述懐は、『古今和歌集』巻第二十「神遊びの歌」

ささの隈檜《くまひ》の隈川《くまがは》に駒とめてしばし水かへ影をだに見む

を引いた語句である。葵の上の従者達の狼藉によって「おし消たれたるありさま」と成り果てて、遺恨の涙を流しつつ詠んだ独詠歌

かげをのみみたらし川のつれなきに身の憂きほどぞいとど知らるる

においても、『古今和歌集』歌が意識されてのもので光源氏への尽きざる思いが表白されている。やはり賀茂祭における一連の神事次第の中で、その祭祀・信仰に在る「逢ふ日」の発想を基底として、六条御息所・光源氏の出逢いも形成していると見なし得よう。

藤裏葉における紫の上の賀茂の御生れ詣の場合は、光源氏の栄華の頂点たる明石姫君入内を控えた賀茂の神への御礼参りと位置付けられよう。いよいよ国家レベルの至上の「合ふ日」、東宮と明石姫君との婚儀へと結実していくのである。さらに光源氏の嫡男（表向き）たる夕霧と、内侍所からの勅使の一員藤典侍との久方ぶりの「逢ふ日」が設定される。この出逢いにも葵の「かざし」という聖なる祭具が二人の贈答歌の中に詠み込まれ、賀茂祭の聖なる風景を形成している。正に葵巻における光源氏と源典侍の出逢いで、その書かれざる一面を想定させる場面を形成していると言え

よう。

第二部に入り若菜下の巻における大事件、女三の宮と柏木との密通の場面でも、

四月十余日ばかりのことなり。御禊明日とて云々

という設定をとっている。稀有の権勢光源氏の正妻と太政大臣の嫡男たる貴公子との密通事件がやはり一連の賀茂祭の祭事の中で進行している。結果として物語第三部の主人公薫の君が誕生するのである。

宇治十帖の世界においても、主人公達の出逢いが賀茂祭と連関している。ヒロイン浮舟が思いがけない登場を見せる。宿木の巻において薫の君がなお忘れがたい女君、宇治の大君の生き写しとして中の君から紹介された秘め事、それは浮舟という異母妹の存在であった。宇治の御堂造営に心血を注いでいる薫の君は、初瀬詣の帰路に宇治の山荘へ立ち寄っている浮舟と運命的な出逢いをする。その時節がまた注視されてよい。

賀茂の祭など、さわがしきほど過ぐして、二十日あまりのほどに、例の、宇治へおはしたり。

（下略）

ということで、「賀茂の祭」の時分に薫の君と浮舟の「逢ふ日」が設定される。薫の君は浮舟を執拗に垣間見し続け、女君の容姿に亡き大君の面影を写し見て、すぐにでも近寄っていきたい衝動にかられるのである。

以上のように『源氏物語』三部全体にわたる主要な男女の出逢いの物語の時空においては、賀茂の神の祭祀・信仰が密接に連関している、こうしたことを指摘しておきたい。

注

（1）拙稿「藤裏葉の巻にみる賀茂神の信仰」（桜楓社刊『源氏物語　宮廷行事の展開』所収）において論究している。

（2）拙稿「賀茂神の信仰―『源氏物語』との連関を軸として」のII章「賀茂神の信仰と葵の巻」（前掲著）所収。

（3）注1の掲載拙稿で「逢ふ日」の信仰について論じている。

（4）拙著『源氏物語を軸とした王朝文学世界の研究』第四章「文献資料―賀茂御祖神社関係新資料」に収める。また同章に収める永享年間（一四二五～一四四一）に編まれた『年中行事』（別称『光敦卿神事記』）にも中世における御蔭祭神事次第が記されている。

（5）拙稿「紫上と朝顔斎院―賀茂神に関わる聖女として―」のIII章「若紫と賀茂祭」（前掲著所収）

において、若紫登場の北山と賀茂の神の降臨する聖地との連関を論じるところで、賀茂御生れ神事を描く『御蔭祭行列』絵巻を紹介している。

（6）絵図の右上部に次のように記されている。

「賀茂御祖神社附属圖摂社
愛宕郡高野村
御蔭山鎮座境外境内」

（7）この絵図は天保六年（一八三五）八月新社地が決定して以後のものと推測される。縦五三〇ミリ、横六〇〇ミリ。

（8）拙稿「下鴨神社関係文献と祭祀」（専修大学人文科学研究所刊『風俗と文学』所収）による。

（9）「鴨社と鴨氏について」（財団法人糺の森顕彰会刊『鴨社古絵図展』所収論稿）。

（10）拙稿「賀茂御祖神社禰宜里亭・河崎泉亭考——『枕草子』の「賀茂の奥」を探る——」（専修大学人文科学研究所刊『人文科学年報第二十四号』所収）において賀茂氏祖を祀る河崎社にも触れている。

（11）この絵巻は国立歴史民俗博物館で一九九四年十一月十五日〜十二月十八日に開催された『描かれた祭礼』に出品されている。文政五年（一八二二）、祝部業蕃が絵、祝部希烈が詞書を担当して作成されている。山王祭の神事次第が絵画化され、所々説明文も記されている、祭祀資料的価値の高い絵巻である。

（12）長谷川政春論稿「賀茂神と琴と恋と——〈宇津保取り〉としての『狭衣物語』——」（有精堂刊

『物語――その転生と再生』所収)。

(13) 「藤裏葉の巻にみる賀茂神の信仰」、「賀茂神の信仰――『源氏物語』との連関を軸として」等(拙著桜楓社刊『源氏物語　宮廷行事の展開』所収)で考察を加えている。

(14) 小林茂美論稿「源典侍物語の伝承構造論」(桜楓社刊『源氏物語論序説』)に詳説されている。また三谷邦明論稿の場合は光源氏と源典侍との出逢いが清涼殿御湯殿・賢所のある温明殿になっていることを注視し、王権への禁忌性との連関でとらえている(「源典侍の物語」有斐閣刊『講座源氏物語の世界』第二集及び有精堂刊『物語文学の方法II』に所収)。

(15) 鈴木日出男論稿「宮廷歌謡の形成」(東京大学出版会刊『古代和歌史論』所収)による。

三　源氏物語の女君とイツキヒメ——大斎院選子内親王と源氏物語への連関

㈠　律令下での賀茂斎院

賀茂社の祭神は山城一国の氏神から、皇都が平安京に遷都することにより、皇城地主神として皇統の崇敬を受けることになる。平安朝律令体制の規範書である『延喜式』(1)は祭政上の内容から起筆されており、宮中行事・皇祖神天照大神を祀る伊勢神宮に続いて、巻第六において「斎院司」が掲げられる。皇城地主神である賀茂大神に仕えるイツキヒメとして斎院のことが定められている。

凡天皇即位。定㆓賀茂大神斎王㆒、仍簡㆓内親王未㆑嫁者㆒卜之。

原則として天皇が即位をしたら、賀茂社へ仕える斎王を卜定するのである。斎王は未婚の内親王と定めている。

若無二内親王一者。依二世次一簡二諸女王一卜之。

ここでは内親王が不在の時は、皇孫の女王まで下がる。「忌詞《いみことば》」としては「死」は「直《なおル》」、「病」は「息《やすム》」、「血」は「汗」、「墓」は「壌《つちくれ》」等であり、斎宮と同様であれば「仏」「経」「僧」「尼」等の仏教関係用語も本来はタブーなはずである。この意識は大斎院選子内親王や『源氏物語』の賀茂信仰に関わる女君の人物像とも深く関連してくるはずである。

斎王の聖性に関わる御禊も重い定めがある。

凡定二斎王一畢。即卜二宮城内便所《びんしょ》一。為二初斎院一。即先臨二川頭一。祓潔乃入。

まず斎王が定まると、宮中内に初斎院を設ける。川のほとりで初度の禊が執り行われる。女人列の中には「女別当《にょべっとう》」「蔵人《くろうど》」「采女《うねめ》」「女孺《にょじゅ》」の名称が認められる。勅使は参議一人・院別当・五位の殿上人四人が主要な供奉《ぐぶ》者である。

三年後再度の御禊が執り行われる。初めての賀茂祭に出仕するために、四月の吉日を選んで流水に臨んで祓禊を行う。女人列は乳母二人・蔵人六人・女孺四人・小女四人が書き留められている。勅使列は大納言と中納言が各一人。参議二人。四位と五位が各四人。内侍一人。これらが主要な供奉者である。最も盛大な陣容となっている。『源氏物語』葵の巻における光源氏の特別の宣旨による供奉は、この斎院再度の御禊を想定すべきものと理解している[2]。

通常の毎年の斎院御禊は四月中酉日を前に行われ（「尋常四月禊」）、この四月禊には勅使がない。六月禊もある。賀茂斎王の御禊は聖女としての最高の資格を授かる儀礼である。天皇即位儀礼である、大嘗祭を前にした十月下旬の御禊に続く聖性を有している。『延喜式』には賀茂斎王の御禊の重要性を跡付けている。

(二) 社家資料から見る賀茂斎院

王朝期以来都人の最大の関心事の一つであった賀茂祭も、一般の耳目に触れるのは一条大路を中心とした勅使や女人列の行粧《ぎょうしょう》である。いわばこの路頭の儀は祭祀や儀礼といえる内容ではない。本来の祭祀的次第が繰り広げられるのは、賀茂御祖《かものみおや》神社や賀茂別雷《かものわけいかづち》神社の社頭で執り行う祭祀次第である。前項で触れた『延喜式』における「尋常四月禊」に当たる、毎年の賀茂祭を控えた斎王御禊である。祭祀次第については『延喜式』等の官撰儀礼書や公家儀礼書にも記されていない。神社の社家資料が参考になる。今日下鴨神社・上賀茂神社の間で多少の相違が認められる。

上賀茂神社における御禊

斎王代以下の女人列、一の鳥居前に整列する

次　行粧参進（この間道楽　一の鳥居から二の鳥居を通り土《つち》の舎《や》に著座）

次　奈良の小川にかかる橋殿に至り、所定の位置に著座

次　神職、御禊の式を始むる由を申す

次　神職、中臣祓《なかとみのはらい》を奏上する。諸員平伏

次　神職、大麻を行う

次　斎王代、奈良の小川の斎場で御禊を執り行う。童女随従（図1）

次　神職、形代《かたしろ》を頒つ

次　斎王代は黄蘗《きはだ》で作った形代で、その他の者は切麻の形代で解除

次　神職、御禊の儀終了の由を申す

次　斎王代以下、橋殿において形代を流す（図2）

次　各々退下

図１　上賀茂神社奈良の小川斎場における斎王代御禊

図２　上賀茂神社橋殿において、形代を流す斎王代

図3　下鴨神社で祓串を置いた小案

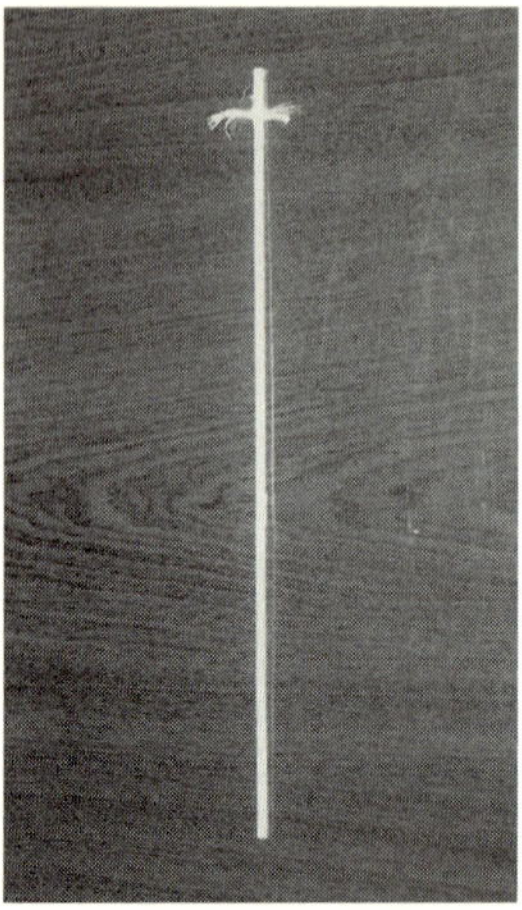

図4　下鴨神社で斎王代が使う祓串

下鴨神社における御禊

斎王代以下の女人列、表参道南口鳥居前に整列する

次　行粧参進（この間道楽）

次　御手洗池南庭の斎場に至り、東面に著座

次　神職、御禊の式を始むる由を申す

次　神職、中臣祓を奏上する。諸員平伏

次　神職、大麻を行う

次　斎王代、御手洗《みたらし》池の斎場で北面して御禊を行う。童女随従

次　神職、祓串《はらいぐし》を頒つ（図3・図4）

次　斎王代以下、祓串を以って解除

次　神職、御禊の儀終了の由を申す

次　斎王代以下女人列退出、儲橋上において南面し、祓串を御手洗川へ流す

次　斎王代以下女人列、本殿に参拝

斎王代の御禊は聖なる流れに両手を浸し、浄めるのである。上賀茂神社では奈良の小川（図1）、下鴨神社では瀬織津姫命を祀る井上社の前に位置する御手洗池で執り行う。この営為によって斎王が大嘗会御禊に次ぐ、皇城地主神に対しての天皇の御杖代《みつえしろ》として、最も聖なる資格を得ることになるわけである。

浄めのための形代の素材として使用する「黄蘗《きはだ》」は『延喜式』巻第六「斎院司」の「毎年禊祭料」の中に入っている。図2に示されるように斎王代が上賀茂神社橋殿から、身体の穢《けが》れをとり息を吹きかけた後、奈良の小川に流すのである。図3・図4に示したように、下鴨神社では斎王代以下女人列一同が麻裂《あさぎれ》をつけた細い竹筋を中間部で折って、御手洗川に捨てて浄めるのである。

斎王が御禊を修すると、賀茂の神が降臨する神事、即ち賀茂の神の御生《みあ》れである。この祭祀の祖型を示す神話は、『釈日本紀』所収の「山城国風土記逸文」である。本稿では書き下し文にする。

（前略）賀茂建角身命、丹波の国の神野の伊可古屋日売にみ娶《あ》ひて生みませる子、名づけて玉依日子といひ、次を玉依日売といふ。玉依日売、石川の瀬見の小川に川遊びせし時、丹塗矢《にぬりや》川上より流れ下りき。乃ち取りて、床の辺に挿し置き、遂に孕みて男子を生みき。人と成る時に至りて、外祖父の建角身命、八尋屋《やひろや》を造り、八戸の扉を竪て、八腹の酒を醸《か》みて、神集ひに集ひて、七日七夜楽遊《うたげ》したまふ。然して子と語らひて言りたまひしく、「汝の父と思はん人にこの酒を飲ましめよ」と。即ち酒杯を挙げ、天に向ひて祭らんとおもひ、屋の甍を分け穿ちて天に升《のぼ》りたまひき。乃ち外祖父の名に因りて、可茂別雷命と号《なづ》く。いはゆる丹塗矢は、乙訓の社に坐せる火雷《ほのいかづち》命なり。可茂建角身命、丹波の伊可古夜日売、玉依日売の三柱の神は、蓼倉の三井の社に坐す。（下略）

御子神として賀茂別雷《わけいかづち》命、そして母神が賀茂玉依媛《たまよりひめ》命、祖父神が賀茂建角身《たけつのみ》命という系図となる。結局賀茂玉依媛命と賀茂建角身命が賀茂御祖神社、今日の通称下鴨神社の祭神として祀られる。賀茂別雷命を祭神として祀る社が賀茂別雷神社、通称上賀茂神社となるのである。賀茂の御生れとしてはこの神話からすれば賀茂別雷命の生誕ということで、上賀茂神社の神事ということになるが、下鴨神社における生誕神事も独自に執り行うようになる。上賀茂神社の方の御生れ神事は深夜に神《こう》山《やま》の石座において神迎えをする。下鴨神社の方では比叡山の一山御蔭山《みかげやま》において降臨神事を行う。これら降臨神事は氏神として重要な祭祀であり、宮中行事として公的に斎王や勅使が奉斎することはない(3)。この点で御禊や賀茂祭における宮中の関わりとは異なる。ただそれだけに『源氏物語』藤裏葉の巻において紫の上のみが賀茂の御生れに詣でていることは貴重な描写であり、重い物語性を内在しているものと理解している。明石の姫君の入内も決定し、その養母としての報賽（御礼参り）である。紫の上の初登場した北山は賀茂の御生れの聖空間であり、葵の巻において光源氏と同車して都大路で大騒動を惹き起こしたのも葵祭での逸話であった。

賀茂斎王の聖性は四月中酉日の一条大路、そして賀茂両社の祭神へ御杖代として奉斎する祭祀が、賀茂御祖神社と賀茂別雷神社の社頭において繰り広げられる。斎王を中心とした女人列と宮中から発遣の儀を済ませた勅使列が、一条大路と堀川通（往時は大宮大路を想定）の交わる列見《れけん》の辻で合流して一条大路を東行し、賀茂御祖神社に向かう。一条大路は路頭の儀における華麗な行粧が、平安時代を代表する催しとなっている。『源氏物語』葵の巻において光源氏が斎院御禊に供奉した折の車争いや、若紫との同車場面がある。『栄花物語』巻第八「はつはな」に描写される、寛弘二年（一〇〇五）藤原道長嫡男頼通《よりみち》が勅使を務めたと仮構する舞台でもある。この『栄花物語』における賀茂祭描写は頼通の近衛使ということで、帥宮と和泉式部の同車や、花山院が「金の漆」などを塗った豪華な仕立ての牛車で見物に出ている。父親道長の「御涙ただこぼれにこぼれさせたま」うという、感激ぶりを描写している。しかし寛弘二年の賀茂祭の勅使を頼通が務めたという史実はない。『栄花物語』創作意識として道長の礼讃という構造を有しているため、平安京地主神の祭祀として最も華麗な賀茂祭で御堂関白家の嫡男の活躍を虚構しているものと想定したい。

本稿のテーマとしては祭政下での斎王の聖性に視点を置いている。王朝絵巻と評される路頭の儀の行粧において、その主要な斎王列において、祭祀・神事的形跡を留めているのが、図5の騎女《むなのりおんな》と図6の采女《うねめ》である。双方の女官とも斎院で祭祀・神事を司る役割を担っている。『延喜式』「斎院

図5　騎女は神事を司る巫女

図6　神事を司る采女

司」において、「女別当」「蔵人」「女孺」「乳母」「内侍」「命婦」の女官名に混じって、「采女」「走孺」の名称が明記されている。図5で見るように「騎女」は騎馬姿で、袙《あこめ》の上に汗衫《かざみ》という裾を長く引いた衣裳を着ている。「采女」は青海《せいがい》波《は》模様の表着の上に小《お》忌衣《みごろも》を着している。頭には斎王代のように髪《かみ》上《あ》げして心葉という髪挿に日蔭糸を付けて、斎王代と同様な御髪となっている。奈良時代に存在していた「采女」という（女官）名が、このように斎院に仕える女官名として継承されている。

社頭の儀は宮中から平安京地主神たる賀茂の神に対する、御礼の報賽としての祭祀様式を有している。御生れ神事で降臨した神霊を社殿に遷した上での賀茂氏の祭祀に、宮中から御杖代としての斎王と、天皇の宣《せん》命《みょう》の伝達の務めを有した勅使が詣でるのである。社殿の前の社頭において、勅使が御祭文《ごさいもん》を奏上する。これは天皇の賀茂の神に対する宣命（図7・8）で、勅使が代わりに紅梅色の紙に記された勅を奏上している（図9）。内蔵使代が御幣物を奉納する。賀茂の神からは神の託宣である「返祝詞《かえしのりと》」（図8）と葵の神禄を授けている（図10）。舞殿では「駿河舞《するがまい》」「求子《もとめご》」の東遊《あずまあそ》びを報賽する。その後馬寮使代が二頭の御馬を牽廻《けんかい》し、舞殿の周囲を三匝《しゅう》する。最後に馬場において走馬が執り行われる。御幣物・東遊び・走馬が宮中からの報賽となっているわけである。勅使が奏上する「御祭文」と賀茂の神の託宣である「返祝詞」は鴨脚《いちょう》家蔵『御祭記』に収められている。[4] 応仁の戦乱の影響で賀茂祭が中絶していて、元禄年間に入り祭が再興される。その再興時期の元禄十年にまとめられた鴨脚家所蔵文書である。図7の賀茂祭社頭の儀における勅使の御祭文、即ち賀茂の神に対する天皇の勅を翻刻してみる。

宣命写 紅梅紙也

天皇ガ御命ニ坐ス、掛ケマクモ畏キ賀茂ノ皇大神ノ広前ニ恐ミ恐ミモ申給ハクト申ク（ママ）、大神ノ助ケ給ヒ護リ給ニ依テ、

天皇朝廷ハ平《たひらけ》ク大坐テ、食国《おすくに》ノ天下《あめのした》、事無ク有可シト為テナム、常モ進メル宇都《うづ》ノ大幣《おおみてぐら》ヲ、正四位下行

内蔵権頭藤原朝臣定愛ニ捧持令《ささげもたしめ》テ、阿礼ヲトコ阿礼ヲトメ走馬進メラルト、恐ミ恐ミモ申給ハクト申

元禄十年四月二十四日

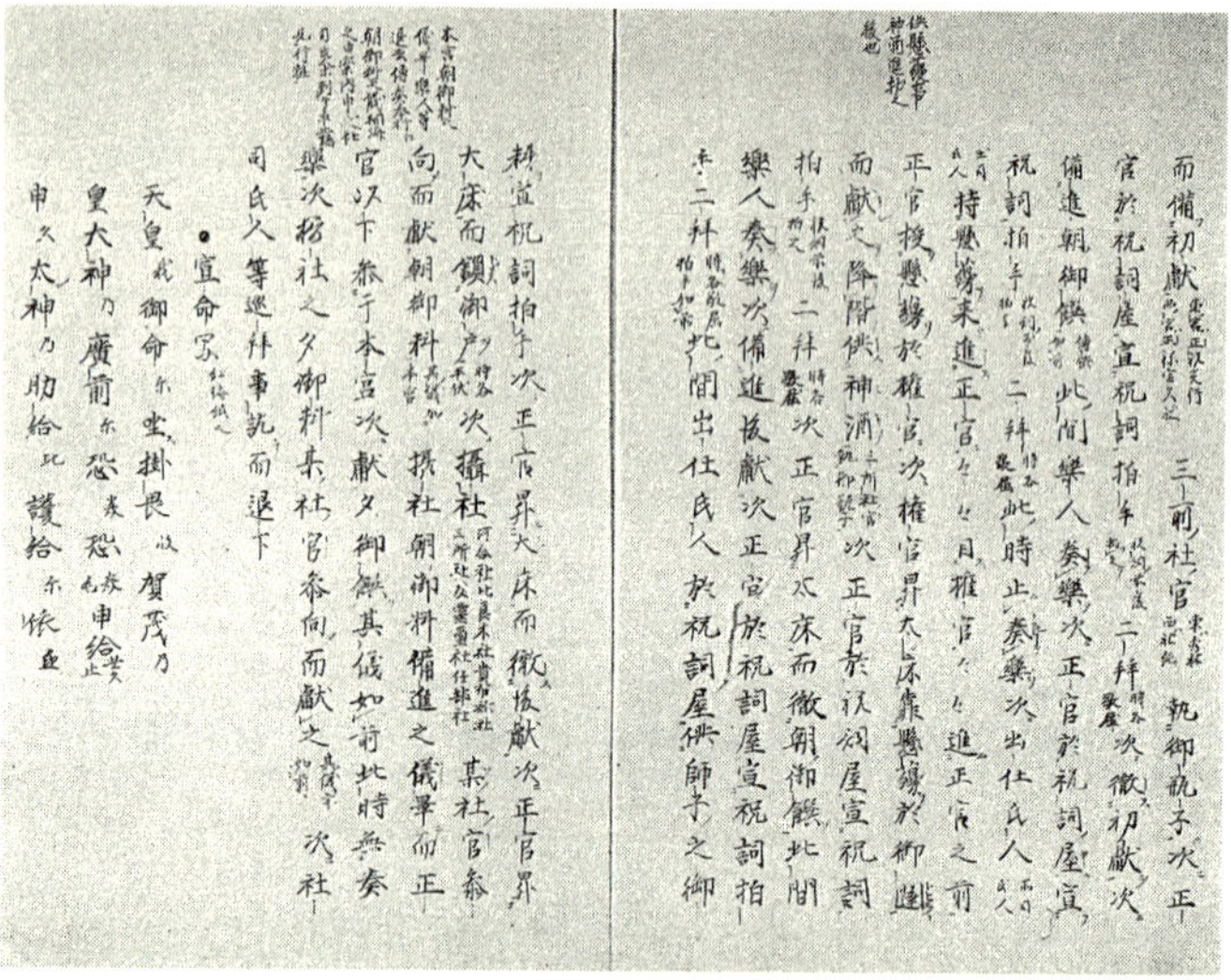

図7　賀茂神に対する天皇の勅、御祭文
（『御祭記』所収）

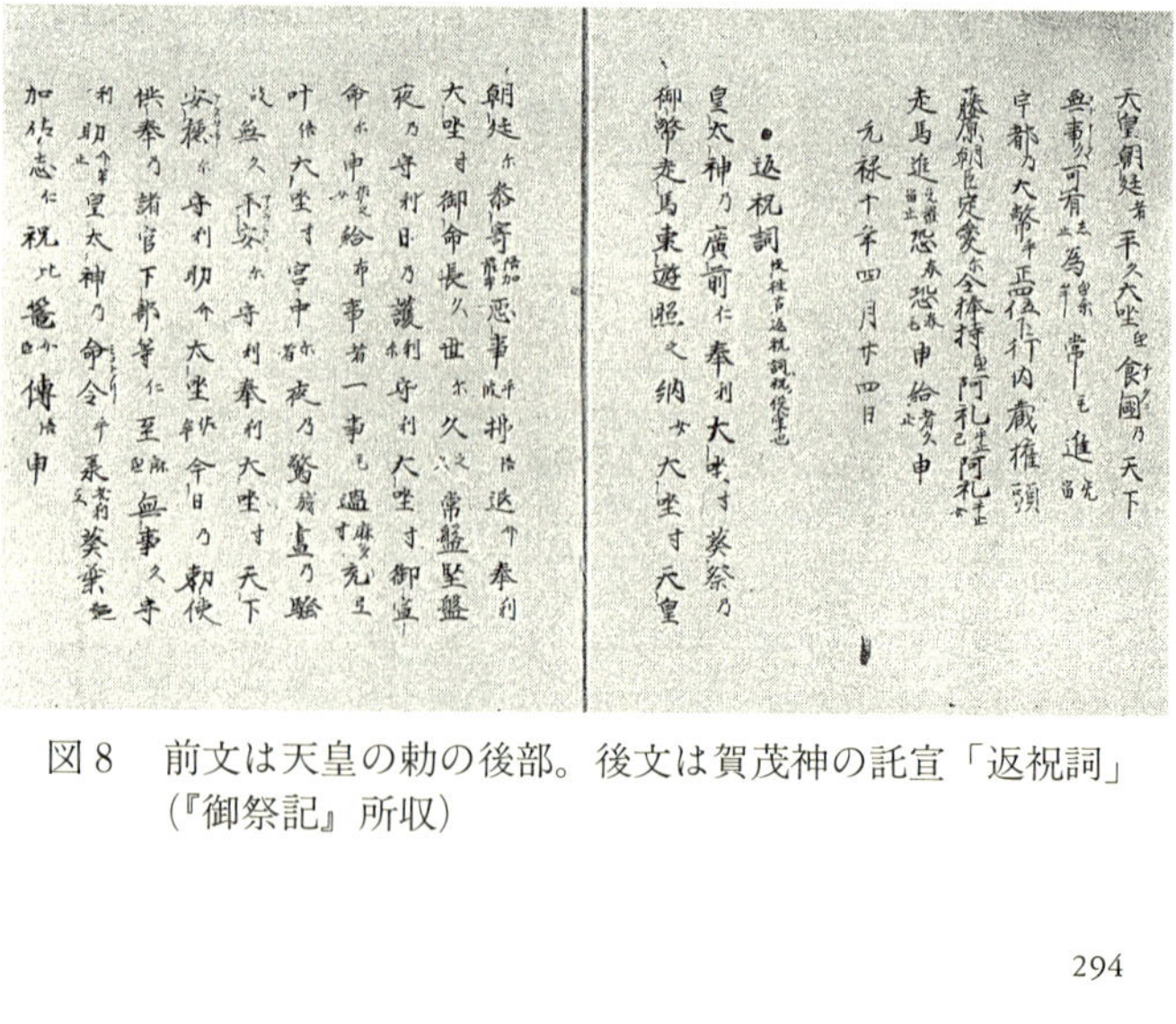

図8　前文は天皇の勅の後部。後文は賀茂神の託宣「返祝詞」
（『御祭記』所収）

図9　勅使が天皇の勅たる「御祭文」を奏上

図10　賀茂の神託たる「返祝詞」と案上の神禄

返祝詞往古従返祝詞ハ祝ノ役掌也

皇太神ノ広前ニ奉リ大坐ス、葵祭ノ御幣走馬東遊照シ納メ大坐ス、天皇朝廷ニ参寄ヘカラム悪事ヲハ拂ヘ退ケ奉リ。御命長ク世ニ久シク常盤堅盤夜ノ守リ日ノ護リニ守リ大坐ス、御宣命ニ申サシメ給フ事ハ、一事モ過マタス充テ叶ヘ大坐ス。宮中ニハ夜ノ驚キ昼ノ騒キ無ク平安ニ守リ奉リ大坐ス、天下安穏ニ守リ助ケ大坐サム、今

日ノ勅使供奉ノ諸官下部等ニ至マテ無事ク守リ助ケムト皇太神ノ命令ヲ承ハリテ葵葉ノ加佐志ニ祝ヒ籠メテ伝ヘ申ス

（付属語や送り仮名は片仮名に改め、読点を付けた）

宣命では勅使に命じて、皇城地主神である賀茂の神へ天皇や朝廷の平穏、国中の無事を祈願している。賀茂の神の託宣である返祝詞では宣命によって祈願している事柄すべてを成就させることを約束して、神禄として葵の挿頭《かざし》を贈っている。斎王は御杖代として、この天皇と賀茂の神との間で交わされた神聖な祭祀を見届けている。斎王は紫野斎院に戻り、清浄な生活を再開することになる。

㈢ 斎王としての選子内親王

選子内親王は天延三年（九七五）六月二十五日賀茂斎王に卜定され（『日本紀略』）、円融天皇の御代から花山・一条・三条・後一条の五代の天皇の御杖代を勤めて、大斎院の称を冠せられるようになる。藤原氏摂関体制の最盛期を形成した道長が支えた一条朝を中心とした時期と重なり、この時期は皇権の確立に重要な役割を担った内侍所御神楽を定例化した時期でもある。[5] この御神楽は賀茂臨時祭で奉奏していた歌舞であった。文学史上に登場する足跡、『枕草子』「職《しき》の御曹司におはしますころ、西の廂《ひさし》に」の章段では中宮定子サロンとの交流が語られている。『紫式部日記』においても彰子中宮サロンを通しての斎院サロンの記事、『今昔物語集』巻第十九「村上天皇御子大斎院出家語第十七」における殿上人からも憧れを抱かれた紫野斎院の文化水準の高さを注視してみたい。加えて『発心和歌集』、大斎院サロンの結晶ともいえる『大斎院前の御集』『大斎院御集』にみえる和歌史上の業績から判断して、文人貴種の位置付けが与えられているが、本稿では斎王という皇権の重々しい御杖代としての選子内親王をも究明していく。

斎王選子内親王は村上天皇第十皇女で母は中宮安子であるが、安子はこの出産が因で急逝している。父帝も三年後に崩御し、選子内親王は三歳で両親を失うことになり、神に仕える斎王でありながら、禁忌であるはずの仏教に関心を深めていく要因となっている環境をも垣間見ることができよう。しかし皇城地主神に対する斎王としての勤めも誠実に行使している。賀茂へ奉斎している実態を『日本紀略』で辿ってみる。御禊や賀茂の祭祀に関わった年のみも次のように列挙できる。

貞観二年東河に禊し紫野斎院に入る・天元元年・同三年・同四年・同五年・寛和元年・同二年・永延二年・永祚元年・正暦二年・同三年・同五年・長徳元年・同二年・長保二年・同四年・同五年・寛弘元年・同二年・同三年・同四年・同五年・同六年・同八年・長和元年・同三年・同四年・寛仁元年・同二年・同三年・同四年・治安元年・同二年・万寿元年・同二年・同三年・長元元年・同二年・同三年

長元四年（一〇三一）九月二十二日、選子内親王は病により斎院を退出している。『左経記』の記事によれば、室町に移御している。六十八歳のことである。大斎院退出は往時の貴族社会において異常な大事件であった。まずは御杖代としての足跡に注目したい。

『栄花物語』巻第八「はつはな」では、寛弘二年（一〇〇五）と寛弘七年（一〇一〇）の賀茂祭が描写されている。寛弘二年の場合は虚構として道長嫡男頼通が勅使として供奉していることにして、高名な帥宮《そちのみや》敦道《あつみち》親王と和泉式部の同車や、金の漆塗りの牛車に仕立てた花山院も引き立て役という物語設定となっている。大斎院選子内親王に視点を置いていない。寛弘七年の場合は、彰子中宮腹敦成《あつひら》親王を抱いて賀茂祭を見物する達成感に満ちた権勢道長と三十一文字の贈答を交わす大斎院が描かれている。

四月には、殿（道長）、一条の御桟敷にて若宮（敦成）に物御覧ぜさせたまふ。いみじうふくらかに白う愛敬づき、うつくしうおはしますを、斎院の渡らせたまふをり、大殿、これはいかがとて、若宮を抱きたてまつりたまひて、御簾《みす》をかかげさせたまへれば、斎院の御輿《みこし》の帷《かたびら》より、御扇をさし出でさせたまへるは、見たてまつらせたまふなるべし。かくて暮れぬれば、またの日、斎院より、

光いづるあふひのかげを見てしかば年経にけるもうれしかりけり

御返し、殿の御前、

もろかづら二葉ながらも君にかくあふひや神のしるしなるらん

とぞ聞えさせたまひける。

（新編日本古典文学全集版本文を用い、傍注を付ける）

賀茂祭の見物の名所、一条大路の桟敷でのこと。外戚道長が三歳の敦成親王を抱きあげて、斎院に見せている。斎院は御扇を差し出して答えている。『大鏡』師輔《もろすけ》伝によるところでは、道長が膝の上に据えていたのは敦成親王（即位して後一条天皇）ばかりでなく、「二所ながら」即ち寛弘六年に誕生した二歳の敦良《あつよし》親王（即位して後朱雀天皇）をもいっしょという描写にしている。「二代までうちつづき栄え」るという、道長の稀有なる幸運を誇示している表現もなされている。『大鏡』はより説話性、虚構性の顕著な歴史物語である。さらに『御堂関白記』四月二十五日条がより記録性が高いとすれば、(6)

祭の還《かへさ》を見る、若宮出で給ふ

と記され、道長と敦成親王が見物をしたのは一条大路ではなく、上賀茂神社から紫野斎院に向かう道筋大宮大路北延長路、即ち祭の還《かえ》さでの逸話ということになる。後に即位して後一条天皇となる若宮敦成親王を見て、選子内親王の贈歌「光いづるあふひのかげを」においては、葵の若葉のような若宮の姿を拝見して、斎王は御杖代としての喜びを歌いあげている。道長の「もろかづら二葉ながらも」の返歌においては、葵桂を挿頭《かざ》す賀茂祭の日に、即位して後一条天皇となる若宮と斎王選子内親王とがお逢いできたのは、皇城地主神の賀茂の（大）神の霊験と感謝している心情を表出しているのである。

選子内親王の斎王としての足跡を辿ってみる。大斎院サロンにおける和歌活動から制作された歌集として、『大斎院前の御集』と『大斎院御集』(7)がある。斎王としての環境の中で詠まれた和歌を注視してみる。子《ね》の日の和歌が両歌集に収められている。

二月十三日、紫野にて、朱雀院の御子の日せさせ給ふに、院の人々、見せさせ給ふ。野に車ども立てなめたるに、この車を止どめて、実方の少将、見おこするほどに、いひにやる。

44紫の雲の下りゐる今日さへや小松たなびく霞立つらむ

少将、返し

45紫の雲のたなびく松なれば緑の色もことに見えけり

これは円融院永観三年二月十三日の子の日の遊びに際しての贈答である。船岡山は子の日の遊びの名所で、紫野斎院はその東方にあると想定されている。[8] その他六〇・六一番歌、それに『大斎院御集』にも次の贈答歌が収められている。

二十四日、また子の日なるに、「船岡のかたに、車なむ行く。」といふほどに、ふみさし置かせたり。

11神垣に止まる心もあるものを今日の禊ぎは夕かけてせむ

返し、尋ねて、追ひて、つかはす。

12夕かけてたが子の日する野べならむ霞のみこそまづはたなびけ

やはり船岡での子の日の歌詠で、紫野斎院の神垣も詠まれている。他に六三・六四・一〇〇・一〇一も船岡の「子の日」の歌詠となっている。

賀茂の斎王としての祭祀に関わる歌詠も注目される。『大斎院前の御集』所収歌は『前の御集』、『大斎院御集』所収歌は『御集』という形式で指摘してみる。

『前の御集』一二九　祓ふれど離れぬものは禊ぎ川ただひとかたのことにぞありける

一四七・一四八・一四九も御禊での詠歌である。『前の御集注釈』における〔七〇〕の詞書のみの部分

六月十四日、祓へせさせ給ふ。東の御前の今遣水に集まりおりて、草人形《ひとがた》作りて、みな祓へて後に、宰相

『前の御集』一一三・一一四・一一五は月の末の御祓における詠歌

『前の御集』一五〇は「御阿礼の日」の詠歌

『前の御集』二〇八は賀茂臨時の祭の詠歌

『前の御集』二二五・二二六は「木綿襷《ゆうだすき》」を詠み込んでいる

『前の御集』二四二・二四三は賀茂祭における唐衣についての詠歌

『前の御集』二六五・二六六は「汗殿ににはかにまかでてあるに云々」の詞書が付いている。汗殿は斎院における禁忌語彙で、月の障りの時に籠る殿舎のことである。

『御集』一九・二〇・二一・二二・七一・七二は賀茂祭の折の出来事を詠んでいる。

『御集』四三は「おほばこの神」と詠み込んでいる。選子内親王のことと想定されている。

『御集』五六・五七・八八・八九は十一月の相嘗《あいなめ》祭を詠み込んでいる。

これらの詠歌は賀茂の斎王であるが故の内容になっている。大斎院選子内親王は御杖代としての勤めを果たしている。大斎院と称される声望と聖性を示す根拠ともなっているのである。

一方で選子内親王が斎王として異形の人間性を有していたことも窺うことができる。それは神に奉仕する聖女としては相容れない仏教への信仰心の篤さである。紫野斎院から北上した道筋に雲林

院がある。『大鏡』の物語設定にもなっている菩提講が執り行われる寺として名高い。参詣者は念仏を唱和して、極楽浄土に往生することを祈願するのである。『大斎院前の御集』二二三・二二四は雲林院の念仏を詠んでいる。『今昔物語集』巻第十九「村上天皇御子大斎院出家語第十七」でも、殿上人が「雲林院の不断の念仏」へ詣でた帰路に紫野斎院に立ち寄り、評判に違わない雅趣を語り、一方で大斎院の出家のことが打ち明けられている。

其の年十一月に忍て斎院を出させ給て、□と室町と云所におはしまして、其ヨリ三井寺の慶祚阿闍梨の房におはしまして、御髪を下して尼と成らせ給にけり。其の後は道心をおこして、偏に弥陀の念仏を唱へて、終り極て貴くしてなむ失《うせ》させ給ひにけり。

大斎院の退下の月日と授戒僧が異なるようであるが、大斎院の出家や薨去《こうきょ》については好意的に描いている。ところが『大鏡』師輔伝では賀茂斎王の出家に批判的見解を綴っている。

昔の斎宮・斎院は仏経などのことは忌ませたまひけれど、この宮には仏法をさへあがめたまひて、朝ごとの御念誦かかせたまはず。近くは、この御寺(雲林院)の今日の講には、さだまりて布施をこそは贈らせたまふめれ。いととうより神人にならせたまひて、いかでかかることを思し召

しよりけむとおぼえさぶらふは。（下略）

皇祖神や皇城地主神に対する御杖代としての斎宮・斎院の重さは『延喜式』にも定められているように、仏教関係語彙は禁忌に当たる行為であるはずである。このことは一項でも指摘している。選子内親王は長元四年（一〇三一）九月二十二日斎院を退下している。『小右記』の記事によると、前日に退下の意向を記し、予定としては「今月二十五日可被出院云々」の日程であった。それを突然早めたことを、実資《さねすけ》は「驚奇無レ極」と書き留めている。『左経記』によると、二十八日大斎院は出家して大僧正深覚が授戒を施している。閏十月二日には覚超僧都によって十戒を授けられている。前掲の『今昔物語集』で登場する僧ではなく、覚超僧都が参入している。

『大斎院前の御集』においても選子内親王の仏教への関心を窺うことができた。寛弘九年（一〇一二）四十九歳でまとめられた釈教歌集『発心和歌集』もある。『大斎院御集』三十番は次の詞書を有する和歌である。

「少納言のなくなりし、あはれなること」など、人々いひて、百和香しおきたりけるを取りいでて、せうとのえさうにつかはす

30法のため摘みたる花をかずかずに今はこの世の形見にぞする

この和歌は『後拾遺和歌集』巻第十、五七九にも入集されている。「せうとのえさう」は「せうと陳政《のぶまさ》」と想定されている。『栄花物語』巻第二十七「ころものたま」には中宮彰子の出家が語られ、選子内親王と道長との贈答が交わされる。万寿三年（一〇二六）正月のことである。

斎院よりかく聞えさせたまへり。

君すらもまことの道に入りぬなり一人やながき闇にまどはん

この御返り、殿(道長)の御前聞えさせたまふ

あとをたれ人みちびきにあらはれてこの宮仕惑ひしもせじ

と申させたまへり

『後拾遺和歌集』巻第十七の所収歌には

上東門院あまにならせたまひけるころよみてきこえける　選子内親王

という詞書が添えられている。大斎院の仏教への帰依を読み取るとともに、道長の返しに込められた賀茂の神への御杖代という聖なる勤めに対する信頼である。本地から垂迹して人を導くために、

賀茂の明神として顕現している神に仕えている斎王であれば、何も惑うことはないというのである。出家後の選子内親王がもう一度賀茂の神への奉斎を示す記事も認められる。『左経記』長元八年（一〇三五）四月二十五日条の記事である。

天晴、午刻許参二先斎院一、女房云、去斎院給後、須任二先例一、於二辛前一可レ有二御祓一也、而有レ所二思食二不レ被レ行二其事一、日来御悩、依二如レ此之祟一所レ奉レ致之由、有二御卜幷夢想告一、為レ之如何、令申云、雖二延引有一如然祟者、早可令行二御祓一也者、云々

唐崎（辛前）社（図11）での御禊は病のために執り行うことができない。唐崎社は賀茂御祖神社禰《ね》宜《ぎ》里亭である、河崎泉亭の西に位置する禊祓の社である。[9] この社は今日下鴨神社の斎王代御禊の御手洗池の東に祀られている。選子内親王は賀茂斎王として典型となる聖性を有していよう。一方で仏教への帰依については、賀茂斎王でなければ、浄土教の流布した貴族社会の時空で理解することができる。前の大斎院が薨去するのは、『左経記』に記された唐崎社御禊の件の二ヶ月後、長元八年（一〇三五）六月二十二日の申刻のことである。

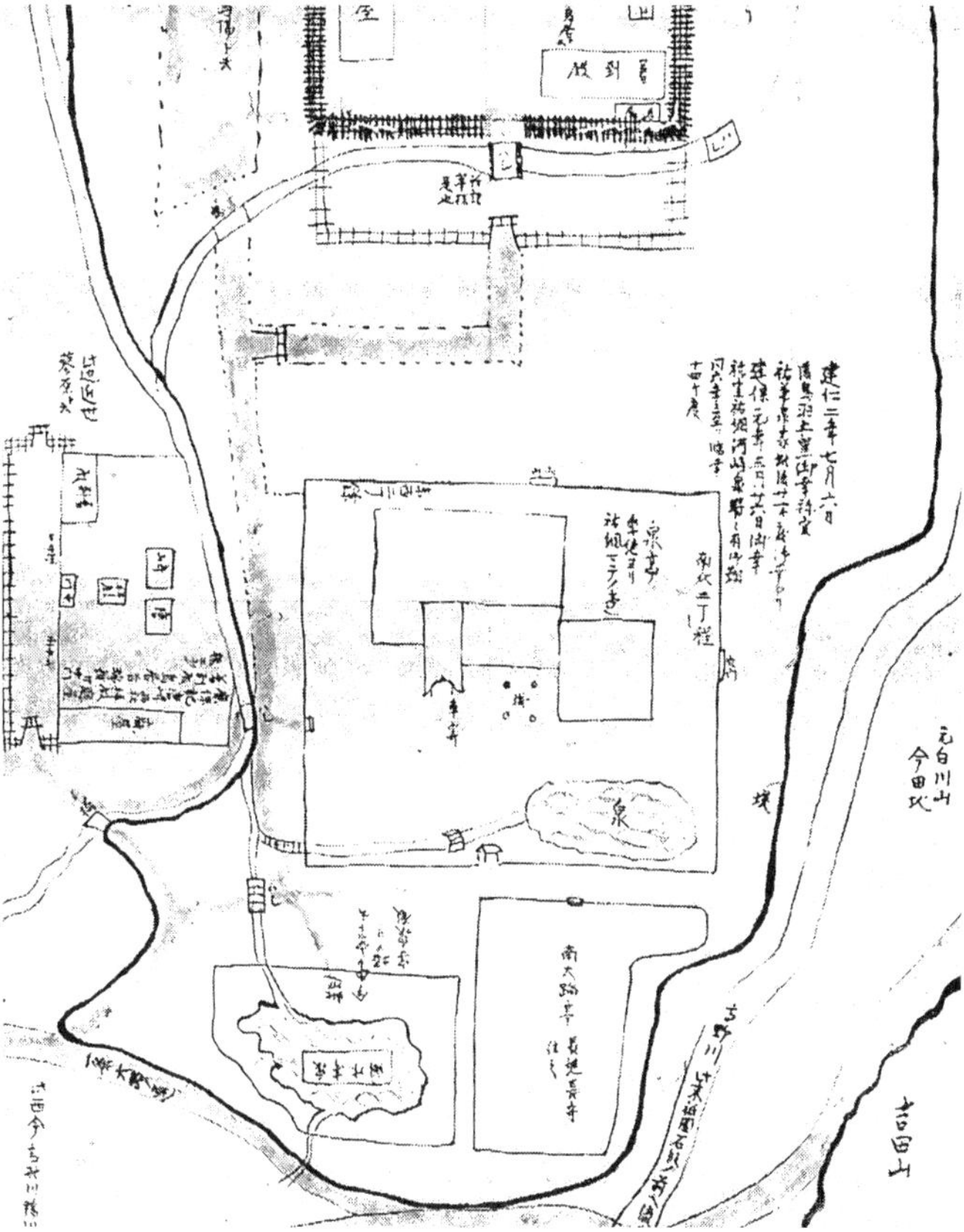

図11　御禊の社の唐崎社(左中央の神域)も鎮座する河崎泉亭旧図

(四) むすびに――源氏物語への展開

王朝における最高の聖女である、平安京地主神の賀茂の神の斎王について考察を進めている。律令体制の規範書である『延喜式』に定められるように、皇城地主神への御杖代としての賀茂のイツキヒメ（斎王）の奉斎なのである。その実態については賀茂御祖神社と賀茂別雷神社の社家圏で所蔵・継承する祭祀資料等をも踏まえて究明している。殊に円融・花山・一条・三条・後一条という五代の天皇の御杖代を勤めた、大斎院選子内親王の斎王としての動静に視点を定めてみた。

むすびとしては、『源氏物語』における斎院、朝顔の君の周辺を軸にしてその聖女性を捉えてみたい。桃園式部卿宮の姫君であるから女王としての賀茂の斎王卜定である。父宮の薨去によって斎院を退下する。葵の巻から薄雲の巻までの奉斎であるから、朱雀帝から冷泉帝までの二代の帝の御杖代となっている。史実上の賀茂の斎王も原則の即位の度に新斎王が卜定されるわけではなく、二代の天皇の御杖代となる場合も実情のようである。朝顔の君は父宮の在世が続けば斎院を継続することもできたはずである。退下した邸宅も紫野斎院に近い桃園邸である。叔母女五の宮、それに賀茂祭や内侍所御神楽にも関わる源典侍《ないしのすけ》も同居している。朝顔の斎院は光源氏の雅趣豊かな催しにも主要な役割を果たしている。梅枝の巻における史実上では存在しなかった稀有の催し、薫物合わせでも嚆矢《こうし》として朝顔の君の薫物《たきもの》が届けられる。古今の書画をも収集する中に、朝顔の君の名筆も選ばれている。王朝文化最盛期において高名な文化サロンを形成していた、大斎院選子内親王の才芸をも偲ばせるものがある。

賢木の巻において光源氏は雲林院に参籠する。紅葉賀の巻では義母藤壺との密通の御子冷泉帝が誕生する。花宴の巻では南殿の桜の宴で春鶯囀《しゅんのうでん》を舞い、弘徽殿に紛れ込み右大臣の后がねの姫君朧月夜と契ってしまう。葵の巻では賀茂の御禊の一条大路で正妻葵の上と、君達の憧れの女君六条御息所との車争いが原因となって、その貴婦人の生霊に憑かれて葵の上は急逝している。まだ紫の上は光源氏と対等の女君に成長しているわけではない。父桐壺院も崩御してしまう。藤壺も出家を決意する。光源氏の周辺には悩みを打ち明ける相手とて見当たらない。結局仏に縋るしかなかった。ところが雲林院に行ってみると、朝顔の君が務めをしている紫野斎院は近い位置にある。光源氏は賀茂の神を奉斎する朝顔の君の所へ三十一文字を贈り、返しも詠み交わされる。

（光源氏歌）かけまくはかしこけれどもそのかみの秋思ほゆる木綿襷かな

（朝顔歌）そのかみやいかがはありし木綿襷心にかけてしのぶらんゆゑ

賀茂の祭祀で使用する「木綿襷《ゆうだすき》」が、斎王朝顔の君という聖女の表象として強調されている。光の君は斎王としての朝顔の君への恋心を表出している。朝顔の君の方は帝の御杖代たる賀茂の斎王として、神聖な務めに励む深情を告げている。しかしこの和歌の贈答が右大臣と弘徽殿大后に口実を与えてしまう。光の君と朧月夜の関係を表に出して批難はできない。そこで皇城地主神に奉斎する聖女、紫野斎院に住まう朝顔の君との交情を理由に、光の君の排斥を企むのである。

男の例とはいひながら、大将もいとけしからぬ御心なりけり。斎院をもなほ聞こえ犯しつつ、忍びに御文通はしなどして、云々

というような、賀茂の斎王を犯すという禁忌を破ることは、帝そして国家に対する叛逆と指弾するのである。

須磨流謫の後、光の君は宮中に返り咲くのであるが、権勢としての念願は唯一の実の娘である明石の姫君の入内のこと。宮中世界においては常識外である播磨の国に生を得ている。北山から登場し賀茂信仰圏と深い関わりを持つ紫の上を養母にしても、王朝の世界においては絶対的神聖さには不足がある。藤壺の中宮は既に別の世界に旅立っている。最高の聖女ということになると皇祖神そして皇城地主神に奉斎する斎宮と斎院である。具体的には秋好中宮と朝顔の君ということになるのである。朝顔の巻において「さだすぎ」た、そして「花の盛りは過ぎ」たはずの前斎院朝顔の君に接近するのである。二人の間の贈答歌では斎王を退下した身に転じていても、賀茂の神が折り込まれている。

前掲のように梅枝の巻において、明石の姫君入内のために設定された薫物合わせや古今の書画の名

筆収集の中で、朝顔の君は格別な位置付けを与えられている。(10) 前章で論じた権勢道長の栄華の周辺に活動する大斎院選子内親王像にも共通性を看取できよう。

本稿のテーマに沿うて、『源氏物語』の女君とイツキヒメとの関わりを提示してみると次のような構図となろう。

皇城地主神の賀茂大神の斎王――朝顔の君
皇祖神の伊勢大神の斎王――斎宮女御（秋好中宮）
貴船明神など賀茂信仰圏の斎女《いつきめ》――紫の上
禊の神並びに八十島祭の住吉明神の斎女――明石の君
藤原氏の氏神の春日神・大原野の祭神の斎女――玉鬘

こうした女君の聖性の構造をもって、「玉光る御子」として始発する光源氏物語が形成されている。

注

（1）新訂増補國史大系版『延喜式』を用いる。
（2）拙稿「朝顔の周辺と斎院御禊のこと」（『源氏物語　宮廷行事の展開』おうふう所収）で葵の巻における光源氏供奉を斎院再度の御禊と想定している。『花鳥餘情』でも「この事第一の難義也云々」とし、「右近大将源朝臣定」の例を掲げている。

（3）賀茂の御生れ神事については、上賀茂神社宮司建内光儀著『上賀茂神社』（学生社）、下鴨神社宮司新木直人著『御生神事　御蔭祭を探る』（ナカニシヤ出版）、『神游の庭』（経済界）、所功著『京都の三大祭』（角川書店）。拙稿「源氏物語と皇城地主神降臨の聖空間」（『源氏物語　重層する歴史の諸相』竹林舎所収、本著では第二章「一」に改題・補筆の上所収）、拙著『源氏物語　宮廷行事の展開』所収の賀茂信仰に関わる拙稿（おうふう）などでそれぞれの見解を論じている。

（4）勅使の「御祭文」と賀茂社の「返祝詞」は拙著『源氏物語を軸とした王朝文学世界の研究』（桜楓社）所収「文献資料——賀茂御祖神社関係新資料——」の『御祭記』（鴨脚家蔵）の写真版より転写している。

（5）陽明文庫に所蔵されている伝道長筆国宝『神楽和琴秘譜』は一条天皇の御代での制作とされる。拙稿「光源氏と皇権——聖宴における御神楽と東遊び——」（『國語と國文學』二〇〇四年七月号所収）などで指摘している。本著では第一章「五」と「六」に連関している。

（6）陽明叢書版『御堂関白記』を翻刻している。『後拾遺和歌集』巻第十九所収歌の詞書は次の通りである。

　後一条院をさなくおはしましける時まつりごらんじけるに、いつきのわたり侍けるをり、入道前太政大臣いだきたてまつりて侍けるをみたてまつりてのちに、太政大臣のもとにつかはしける

道長は敦成親王、後の後一条院のみを抱いている。見物の位置は具体的に記述されていない。な

お拙稿「王朝文学と神道史」(『王朝文学と仏教・神道・陰陽道』竹林舎、本著では第一章「四」に改題・補筆して掲載する)においては、皇権と道長摂関家とを対比して考察を加えている。

(7) 大斎院サロンの歌集については、『大斎院前の御集注釈』(石井文夫・杉谷寿郎共著、日本古典文学会貴重本刊行会)、『大斎院御集全注釈』(石井文夫・杉谷寿郎共著、新典社)を参考にしている。

(8) 角田文衞論稿「紫野斎院の所在地」(『王朝文化の諸相』所収)、拙稿「雲林院と紫野斎院」(角田文衞・加納重文編『源氏物語の地理』所収)。本著では第一章「三」に改題・補筆の上掲載している。

(9) 拙稿「賀茂御祖神社禰宜里亭・河崎泉亭考――『枕草子』の「賀茂の奥」を探る――」で論証している。図11「泉亭旧図」は『鴨社古絵図展』図録によるもので、平安末期から中世初期の下鴨禰宜里亭の図と見なされている。

(10) 賀茂の斎王としての朝顔の君像や、紫の上にみる賀茂信仰との連関は注2・注3で掲げた拙稿で考察を試みている。

四　朝顔の斎院と光源氏の皇権

(一)　光源氏の皇権を支える姫君

光源氏と朝顔の姫君との結び付きは、同年代における男女としては最も早い。帚木の巻において源氏が方違えで中の品たる紀伊守邸へ立ち寄ることになる。寝殿の東面に部屋を取った時、西面には例の紀伊守の若い継母空蟬の主従も身を寄せており、例の事件に繋がる前段階となる設定である。そこで空蟬女房の源氏自身の女性関係に対する「うちささめき」を耳にする。

まづ胸つぶれて、かやうのついでにも、人の言ひ漏らさむを聞きつけたらむ時、などおぼえたまふ。ことなることなければ、聞きさしたまひつ。式部卿宮の姫君に朝顔奉りたまひし歌などを、少し頰ゆがめて語るも聞こゆ。

「式部卿宮の姫君」こそ朝顔の姫君であり、朝顔に源氏が贈った恋歌を少し違いがあるものの、階級の異なる中の品の家に仕える女房達までが知っていることになる。それほど若き源氏と朝顔との恋が巷間に知れ渡っていたことになる。源氏十七歳の折のことである。朝顔の年齢は不明ではあるものの、源氏との恋が相応しいと認識される年齢で、二人は同年代と思われることに留意したい。

さらに朝顔の姫君の初出からすでに藤壺と連関していることに注目したい。前の引用文において、「胸つぶれ」るほどに不安に思い、「人の言ひ漏らさむ」ことを恐れているのはあの藤壺との関係の露顕であった。しかしこの場では藤壺との件ではなく、朝顔との恋愛譚が中産階層の女房達の間で最高の話題を提供していたのである。朝顔の物語上の性格が皇統の姫君であることの他に、さらなる聖性が賦与されていることを後段以降で究明してみる。

前述のように藤壺と朝顔という、皇統に連なる尊貴な二人の女君は始めから連関性を有して進展している。光源氏は皇権に関わる色好みの貴種として二人の女君との交情は想像に難くない(1)。重く据えて理解せねばなるまい。藤壺と源氏は秘めたる御子を冷泉帝として即位させ、斎宮女御の入内も叶い後見としての権勢を達成していた。しかし光源氏の御子は帝と后が双方とも実現しなくてはならないことが運命づけられている。冷泉帝即位実現のために光源氏を支えた年長の世代、いわば旧世代の重要人物が年齢上終焉を迎えている。薄雲の巻では天変地異などの不吉な予感も懐かせつつ、源氏の後見である義父の太政大臣が薨去《こうきょ》し、さらに重厄《ちょうやく》という人生通過儀礼上の避け得ない年齢を迎えて至上の女君・藤壺女院が崩御していく。こうした転換期を賜姓源氏光が乗り越えていかねばならない。しかし后がねの一人娘は宮中から離れた地方受領出身のもっとも身分の劣る妻、明石の女君腹であった。この姫君を養育する体制を整備し、姫君の養母としてヒロイン紫の上を据える。六条院の女主人でもあるが、藤壺中宮の姪という血筋からとらえる「紫のゆかり」のみで担うには、あまりにも重い明石の姫君の宿命であった。明石の姫君入内までに、梅枝の巻における薫物合わせ、草子つくりに際しての名筆収集等、六条院あげての美的空間の描写において登場する尊貴な女君達の役割を注視したい。それら聖なる催しにおいて、朝顔の姫君はどのような位置を占めているかを確認してみる必要がある。

(二) 朝顔巻頭部から桃園をめぐる

朝顔の姫君は前項で指摘したように、物語に語られる始発から藤壺中宮と連関している。さらに藤壺の崩御が朝顔の君の存在をその代行者としての位置に高めている(2)。朝顔の巻頭は改めて朝顔の姫君を物語に登場させることで、諸事情に配慮した説明的詞章で語られ、原岡文子論稿では「説明する語り手の女房の存在」を指摘している(3)。

斎院は御服にておりゐたまひにきかし。大臣、例の思しそめつること絶えぬ御癖にて、御とぶらひなどいとしげう聞こえたまふ。宮、わづらはしかりしことを思せば、御返りもうちとけて聞こえたまはず。いと口惜しと思しわたる。
長月になりて、桃園の宮に渡りたまひぬるを聞きて、女五の宮のそこにおはすれば、そなたの御とぶらひにことづけて参うでたまふ。

朝顔の君は父桃園式部卿宮の喪に服するために斎院を退いて、桃園の宮に移っていた。そこには叔母女五の宮も移り住んでいた。故院即ち故桐壺院の兄弟となる親王方は六条御息所の夫故前坊と、薨去したばかりの朝顔の父故桃園式部卿宮で既に故人となっている。故院の姉妹に当たる内親王はというと、女三の宮即ち故葵の上の母大宮で、夫太政大臣は前巻薄雲で薨去しており、その場面に未亡人としての悲しみの姿が描かれているわけではなく、すでにこの世の人ではなかろうと推測される。残るは女五の宮で、老いの身を寄せるのに最も相応しい近親の権門は、桃園式部卿宮ということになる。桃園の宮家では嫡子たる兄宮も世を去り、男主を失った邸内は早くも荒廃の徴を見せているのである。この女五の宮の存在を永井和子論稿(4)では「桐壺院側の人間であり、この朝顔の巻をさかのぼること十年以前に崩御された院の時間」を継承する人物と見なす。正に聖帝桐壺帝の意向を熟知した、今となっては唯一の人物として新たに据えられている。光源氏が聖なる父院の皇権を継承する保証を与える人物が、女五の宮ということになる。そしていよいよ光源氏が権勢としての力量を発揮する少女の巻頭においても、光源氏と朝顔の姫君の結婚を奨める。父院なき現在、女五の宮の発言こそが重さを有していたことになる。

朝顔の姫君を「宮」と記していることも留意しなくてはならない(5)。本来「宮」は内親王・皇女に対して使用する称であるが、式部卿宮の姫君であれば女王のはずである。すでに帚木の巻で「式部卿宮の姫宮」と称されている。しかし秋好中宮が斎宮という帝の御杖代《みつえしろ》として奉仕していることもあり、「伊勢の宮」とか「宮」などと称される。朝顔の姫君も斎院ということで皇城地主神の賀茂の神に奉仕する尊貴な役割を担っていることも考慮してよかろう。さらに『源氏物語』創作時における斎院は村上皇女選子《せんし》内親王で、すでに円融帝・花山帝・一条帝の三代にわたる斎院で、『紫式部日記』にも記され、歴史物語や説話文学にも語られるような文化サロンの主《あるじ》でもあった。このような「宮」としての大斎院選子内親王の存在も、朝顔の斎院像の形成に影響しているはずである(6)。斎院としての朝顔の姫君についてはすでに本章「三」において考察を加えている。

朝顔の姫君は九月になって紫野斎院から「桃園の宮」に移る。桃園の地は『河海抄』では、

　桃園在所、一条北大宮面、一条西中程、世尊寺南、当時号枸杷町敷、師氏大納言宅也、保光中納言代明親王男伝領、仍号桃園中納言

醍醐皇子代明《よあきら》親王、男子源保光《やすみつ》に伝領され、保光は桃園中納言と号しており、長徳元年（九九五）に七十二歳で没している。その年は疫病が流行し、藤原道隆・道兼が相次いで薨去し、道長が甥伊周《これちか》との権力争いを経て内覧の宣旨を得て、権勢としての歩みを開始することにもなる。しかし『日本紀略』によるとこの夏に疫病が流行し、それによる主の死去で桃園の邸内が荒廃したことを窺わせる。原田敦子論稿(7)に従えば、桃園にゆかりの高貴な女人は病か、何らかの不幸を背負って身を寄せているという。朝顔の姫君が斎院を退下《たいげ》した際、老いた叔母女五の宮らを登場させた。

ほどもなく荒れにける心地して、あはれにけはひしめやかなり。

朝顔の巻における風景も、主である桃園式部卿宮という旧体制の貴顕を失っての荒廃を物語る描写となっている。ただ物語は光源氏が隆盛の途上において、本妻にとまで希求する朝顔の君が落魄の姫君ということでは似合わしくない。今西祐一郎論稿では「桃園という地名は単なる準拠を超えて、その具体的な人物像の機微を担う事柄(8)」と主張し、その説に従って松井健児論稿では「王家に連なる人々の面影を髣髴とさせる姫君の門地の高さの象徴化」と見なし、「裏返された桃花源に住む永遠の姫君(9)」と位置づけている。

桃園の位置は前掲の『河海抄』によれば、「一条北大宮面」ということである。王朝期の事実上の主要幹線一条大路の北、大内裏東の大路、大宮大路を越えたいわゆる大宮大路北延長路に位置している。この大宮大路の北に続く路は洛外といいながら紫野斎院、そして離宮であり寺院化して参詣者を集める雲林院に辿り着く道筋である。(10)大内裏のすぐ北にも当たる。洛外という言説から感受するような、寂しい郊外という空間ではなかろう。雲林院跡は平成十二年に発掘調査され、平成十四年に報告書(11)もまとめられている。地域は紫式部墓などのある島津製作所の西辺に隣接し、北は北大路通に接し、南は玄武神社に接している。掘立柱の建物二棟が発掘され、南建物は八四〇～八七〇年、北建物は九〇〇～九三〇年の時期に活用されたと見なされている。形状は園池の中にせり出したほぼ正方形で、『類聚國史』に記される釣台と推定されている。出土品の中には舶来の白磁皿もあり、洛外ではあるが大内裏から近い風趣の豊かな離宮としての面影が想像される。発掘責任者である京都文化博物館の鈴木忠司の示教によると、扇状地性台地の肩部に立地しており、その東側は堀川沿いの低地となっているという。即ち大宮大路を北上する路は桃園・紫野斎院、そして雲林院に至り、南大門前からその西側に沿うた道を抜けて、賀茂別雷《わけいかづち》神社が鎮座する上賀茂に達することになる。この道筋こそ王朝文学にも描かれ、斎院が賀茂祭の還《かえ》さで利用され、見物する貴族が牛車を立てる場となったわけである。朝顔の姫君の物語空間は大宮大路北延長路の上賀茂まで北上する路程と、賀茂祭の路頭の儀の路程即ち大宮大路へ南下し、一条大路を東行し賀茂川を渡り糺《ただす》の森に鎮座する賀茂御祖《みおや》神社に辿り着く路程から成る聖なる空間である。紫野斎院を退下した朝顔の君は雲上の空間である大内裏により近接しているが、別空間として皇統に関わる桃園という名跡に居を移すのである。「一条北」であるし、『弄花抄《ろうかしょう》』が注する「桃園宮は今の仏心寺其跡也」というような場所という。古地図における仏心寺は大宮大路と一条大路が交叉する北西隅に存在している。もちろん前掲の賀茂の信仰圏に留まった空間であることに注目したい。

また先に桃園の「桃」に内在する意識として、漢詩文的発想としての桃花源に示されている仙郷的思考に添うた指摘も紹介した。ただ王朝文学における桃については邪鬼を祓うという風習信仰も指摘できる。(12) 三月上巳の祓において桃は花の美しさや桃源郷に連関するイメージばかりではあるまい。すでに三世紀後半の古墳から桃の種が見出され、魔除けの信仰によるものと推定されている。また伊邪那美命《いざなみのみこと》を追って黄泉《よみ》の国へ出かけた伊邪那岐命《いざなぎのみこと》が、変わり果てた亡妻の醜悪な姿を垣間見て逃げ帰る際に、桃の実を投げつけて事無きを得ている。また追儺《ついな》の折には邪鬼を祓う祭具として桃の弓を用いている。こうした桃の信仰は重陽において菊酒を供したように、三月上巳の折には桃花を浮かべた酒で邪鬼を祓っている。朝顔の君が紫野斎院から桃園へ移る一理由としてこうした「桃」の信仰も考慮されてよかろう。

㈢ 〝さだすぎ〟た姫君としての賀茂の斎院

式部卿宮の姫君・朝顔は賢木の巻において、故桐壺院の服喪で退下した弘徽殿腹女三の宮に代わり、斎院に卜定された。源氏は「筋異に」ということで、賀茂の斎院という聖なる立場に就いた朝顔の君が限りなくいとおしい。しかし思い返せばすでに葵の巻で朝顔は光源氏が特別の宣旨で供奉《ぐぶ》した斎院御禊の行粧《ぎょうしょう》において、見物の桟敷の中から賛美をおくる者の一人として登場している。

姫君は、年ごろ聞こえわたりたまふ御心ばへの世の人に似ぬを、なのめならむだにあり。ましてかうしもいかで、と御心とまりけり。

帚木の巻における巷間のうわさの通り、源氏からは数年来文が届いていることが明らかにされ、姫君も心を動かすが、身近な間柄になることは避けている。斎院卜定以前から、すでに賀茂の神に関わる祭祀に際しても、源氏との交情を避ける聖女性を有しているといえよう。正妻葵の上を物の怪で失った折に、源氏はその苦悩を交わす女君としてただ一人朝顔の姫君と贈答歌を交わしている。

秋霧に立ちおくれぬと聞きしよりしぐるる空もいかがとぞ思ふ

この朝顔の返歌に、それ以上の交情の深まりはなく、源氏は朝顔を「つらき人」として、さらに恋心がそそられるのである。この歌のほのかなる墨つきにて思ひなし心にくし。

という筆跡は梅枝の巻において明石の姫君入内に伴う女手の御手本に選ばれることに呼応している。物語としては朝顔の姫君のこの態度によって、相対的に「対の姫君」を思い起こす。のちの朝顔の巻で明確になる、朝顔の姫君と紫の上の対応がここですでに成立しており、この葵の上急逝に際してまず朝顔の情愛を求めるものの、拒否に遇い若紫に向かう。二条院に戻った源氏の前に、

姫君、いとうつくしうひきつくろひておはす

ということで、成長した若紫が顕れる。若紫も十四歳、王朝における高級子女の結婚適齢年代を迎えていたのである。そして新枕を交わし紫の上というヒロインが定立する。

薄雲の巻で前世代の貴種が薨去する中に、桃園式部卿宮も加わり、二項で触れたように朝顔の姫君が父宮の服喪のため斎院を退下し、桃園の宮に移る。朝顔の姫君はここに至り帝の御杖代として皇城地主神賀茂の神へ奉斎する聖女、という重い役割を終えたのか。否である。他方、伊勢斎宮を退下した六条御息所腹姫君は冷泉後宮に入内して斎宮女御と称され、梅壺の御方さらに秋好中宮として立后する。故前東宮の姫君であり、光源氏の後見があったとはいえ、皇祖神天照大神に対し天

皇の御杖代として奉斎していた聖女性の重さがあってのことと判断できよう。朝顔の姫君も同様で、やはり退下しても賀茂の斎院という聖なる資格を有する。王朝における最高の御禊が、天皇の場合は即位に際しての大嘗会《だいじょうえ》御禊である。女性が修する御禊としては平安京の地主神、賀茂の神を祭るいわゆる賀茂祭を前にして、御手洗《みたらし》川で浄める斎院御禊である。従って当然朝顔は最大級に神聖な女君ということになる。だからこそ『伊勢物語』において斎宮との恋が語られたように、賢木の巻における朝顔の斎院に対する光源氏の恋慕も、最高の禁忌たり得たのである。

朝顔は唐突な再登場となる(13)、賢木の巻から十帖を経た十九帖薄雲で父式部卿宮と死別し、朝顔の巻でその服喪により斎院を退下し、桃園に移ったことが語られる。空白の根拠としては女五の宮そして源典侍《ないしのすけ》という故桐壺院ゆかりの老女達の登場するところから、永井和子論稿(14)では「この巻の背後に桐壺院の世界が濃厚に存在している」と指摘している。また何故桐壺帝の世界に回帰しなくてはならないのか、という点の解明も待たれる。光源氏の栄華譚としては朱雀帝の御代は語るべきものは少ない。当然須磨流謫に傾斜している時空の描写に費やされていたわけである。ただ朝顔の巻に至って何か異質な状況が窺える。源氏は晩秋に桃園の宮を訪れている。

朝霧をながめたまふ。枯れたる花どもの中に、朝顔のこれかれに這ひまつはれてあるかなきかに咲きて、にほひもことに変れるを折らせたまひて奉れたまふ。

源氏は右の風景を、戻った二条院で見ている。晩秋の前栽の霜枯れた花々の中に、はかなげに、華やいだ美しさもなくなった朝顔を折って歌を贈る。

見しをりのつゆわすられぬ朝顔の花のさかりは過ぎやしぬらん

年ごろの積もりも、あはれとばかりは、さりとも思し知るらむやとなむ、かつは

源氏が贈った歌詞を確かめると、現在の朝顔の美しさを讃える表現ではない。逆に「美しい花の盛りを過ぎたのでは」と案じている。歌に続く文においても「年ごろの積もり」ということで長年経過していることを記す。朝顔の君の返歌においても色の移ろった晩秋のはかなげな花と表出している。源氏は朝顔の君に仕える上級女房の宣旨を呼んで相談をする。

宮は、その上だにこよなく思し離れたりしを、今はまして、誰も思ひなかるべき御齢《よはひ》、おぼえにて、はかなき木草につけたる御返りなどのをり過ぐさぬも、軽々しくやとりなさるらむなど、人のもの言ひを憚《はばか》りたまひつつ、うちとけたまふべき御気色もなければ、古りがたく同じさまなる御心ばへを、世の人に変り、めづらしくもねたくも思ひきこえたまふ。

朝顔の君に対する源氏の心情が綴られている。ここでは朝顔の君が斎院を退下したにもかかわらず、「宮」として語られている。そして「御齢」と「おぼえ」即ち、色恋沙汰を越えるべき年齢とその斎院としての聖性に対する声望が強調されている。源氏は月がうっすらと積もった雪を照らした情趣深い夜、例の源典侍との応待を「老いらくの心懸想《こころけそう》」として〝すさまじきもの〟の喩えを思い起こしながら、朝顔の君に対する最後の求婚を試みる。この場面における源典侍に注目してみたい。

葵の巻において葵祭当日光源氏と若紫が同車するという華麗な趣向によって都人の前に披露された際、[15]源典侍は「よしある」檜扇に歌を添えて贈っている。この場での源典侍は『江家次第《ごうしだい》』にも記されるように、賀茂祭において帝からの宣命《せんみょう》を内蔵寮の使に伝えるという、重要な内侍の役割を担っている。また檜扇は女官が祭祀に用いる「よしある」聖具なのである。次の源典侍の文《ふみ》、

　　はかなしや人のかざせるあふひゆゑ神のゆるしの今日を待ちける

注連《しめ》の内には

には光源氏と若紫との関係は賀茂の神の「ゆるし」を得たものとして、「注連の内」即ち二人の聖域を侵すことはできない[16]と告げている。典侍という聖なる役割を持った女君に、源氏と若紫の結婚を予見させている。源典侍は単なる道化役ではない。一方朝顔の巻における源氏の朝顔の斎院に対

する求婚場面においても同様な役割を担うはずの源典侍であった。しかし源典侍との応待という前段階で、すでに〝すさまじきもの〟老女の好色、という源氏の心象が語られている以上、朝顔の君との恋の前途は好転する要素を見込み得ないように思う。この巻における朝顔の君に対する源氏の嚆矢《こうし》の三十一文字も、

　人知れず神のゆるしを待ちし間にここらつれなき世を過ぐすかな

であり、傍点の賀茂の「神のゆるし」が詠み込まれている。朝顔の君の「動きなき御心」即ち揺るぎない決意として、次のように語られている。

　昔、我も人も若やかに罪ゆるされたりし世にだに、故宮などの心寄せ思したりしを、なほあるまじく恥づかしと思ひきこえてやみにしを、世の末に、さだ過ぎつきなきほどにて、一声もいとまばゆからむ、と思して、さらに動きなき御心なればあさましうつらし

昔の自分も源氏の君も若くて、賀茂の神のおとがめもなく、故桃園の父宮まで二人の結婚を期待していたころでさえ、それをあってはならぬことと思いきめていた。まして現在の〝さだ過ぎ〟(17)即ち

女盛りを過ぎた年齢となっての結婚などはまったく似合わしくない、という「動きなき御心」は不変である。

『源氏物語』の中で「さだ過ぎ」と表現されている人物を例示してみる。少女の巻の花散里については、夕霧の目を通して次のように表現されている。

　もとよりすぐれざりける御容貌《かたち》の、ややさだ過ぎたる心地して、痩せ痩せに御髪少なるなどが、かくそしらはしきなりけり。

花散里は以前から器量の整った女性ではなく「さだ過ぎ」た女君である、と評しているのである。花散里は故父桐壺院の后麗景殿女御の妹で、引用本文の描写時期における光源氏は三十三歳である。前巻朝顔の巻の雪の夜に語られる女性評の中で、花散里は

　東の院にながむる人の心ばへこそ、古りがたくらうたけれ。

と評され、以前からの交際が語られている。源氏三十三歳のことである。やはり源氏とそう違わない中年女性としての年齢かと思われる。少女の巻ではあの弘徽殿の大后にも用いられている。二月

二十余日朱雀院行幸が催された際、冷泉帝と光源氏はともども朱雀院の母后「ふりぬる齢」の弘徽殿の大后をも見舞う。「いといとうさだ過ぎたまひける御けはひ」であった。光源氏の権勢に「世をたもちたまふべき御宿世」、即ち御代を治める宿運を確認している。大后は五十七、八歳と推定される。前掲の典型的老女、源典侍も紅葉賀の巻でこの言説で形容され、同年代の「五十七八の人」と語られている。手習の巻では、「五十《いそぢ》ばかりの」妹尼に仕える少将の尼が浮舟を慰めようと碁を打つ場面で、あまり気の進まない浮舟の目を通して、「さだすぎたる尼額《あまびたひ》の見つかぬに云々」と語られている。やはり中年の女性を窺わせている。

「さだ過ぎ」という言説に対する紫式部の意識を試みる上で、『紫式部日記』も参考にしたい。寛弘五年の記事である。十一月一日敦成《あつひら》親王御五十日《いか》に際しての右大臣藤原顕光《あきみつ》が正装の彰子中宮の女房達の扇を取りあげたりしての酔態ぶりを、女房の視線から「さだすぎたり」と批難している。顕光は六十五歳の高齢であった。寛弘五年の冬の記事には、他にも〝老〟に対する意識を感受できる。十一月二十八日賀茂臨時の祭の記事の中では当代の舞の名手と称された左近将監《さこんのじょう》、尾張兼時《かねとき》の「こよなくおとろへたる振舞」を目にしてひどく同情したり、紫式部自身の身になぞらえている。一連の五節の盛事が続く中、十一月二十二日童女御覧の儀に、内大臣藤原公季《きんすえ》女弘徽殿女御義子付の左京の馬という女房が、舞姫の介添役として出仕している。以前は内裏女房として活躍した女房であったが、その老と落魄を暴露する心積もりで、少々意地悪な贈り物を仕組んでいる。

御前に扇どもあまたさぶらふなかに、蓬萊《ほうらい》つくりたるをしも選りたる、心ばへあるべし、見知りけむやは。筥《はこ》のふたにひろげて、日蔭《ひかげ》をまろめて、そらいたる櫛ども、白きもの、いみじくつまづまを結ひそへたり。「すこしさだすぎたまひにたるわたりにて、櫛のそりざまなむなほなほしき」と、君達のたまへば、今様《いまやう》のさまあしきまでつまもあはせたるそらしざまして、黒方《くろばう》をおしまろがして、ふつつかにしりさき切りて、白き紙一かさねに立文《たてぶみ》したり。（下略）

（本文は新編日本古典文学全集版による）

彰子中宮の御前にあるたくさんの扇の中から、特に蓬萊の絵を描いているのを選んで贈り物に使っている。蓬萊は不老不死の仙境であり、左京の馬の老を揶揄しての企てである。それに扇を拡げて上に、まるめた日蔭の鬘《かつら》、刺櫛《さしぐし》も高齢向きにそらして、衰えた容色を隠すための白粉や、香りを漂わす黒方なども不格好な体裁で贈っている。それもできるだけ左京の馬の「さだすぎ」た容姿を暴露するための心積もりが、記されている。

五節も過ぎ巳《み》の日の夜を迎えて、賀茂臨時の祭の試楽の楽しみが尽きない時分《じぶん》であった。今度は紫式部が我が身についても、この言説を用いるのである。

高松の小君達さへ、こたみ入らせたまひし夜よりは、女房ゆるされて、間のみなくとほりありきたまへば、いとどはしたなげなりや。さだすぎぬるをかうばかりにてぞかくろふる。五節恋しなどもことに思ひたらず、やすらひ、小兵衛《こひやうゑ》などや、その裳《も》の裾、汗衫《かざみ》にまつはれてぞ、小鳥のやうにさへづりざれおはさうずめる。

道長妻源高明《たかあきら》女明子、即ち高松の上腹の若君達、頼宗《よりむね》（十六歳）・顕信《あきのぶ》（十五歳）・能信《よしのぶ》（十四歳）などが彰子中宮の局に入り込んで、中宮付女房の部屋に自由に出入りして、若いやすらひや小兵衛などの衣の裾にまつわりついてふざけあっている。しかし紫式部は「さだすぎ」、即ち女盛りを過ぎたことを口実にして、仲間に入ることを拒否しているのである。こうした女盛りを過ぎた紫式部の年齢について、天元元年（九七八）出生と見なし、寛弘五年（一〇〇八）時三十一歳説をとるのが与謝野晶子・山中裕らの説(18)である。寛弘五年の十二月二十九日条はその二、三年前に初出仕した月日であり、夜更けになっても寝ることができず、他の若い女房達が華やかな男女の交流を「いろめかしく」語り合っているのに、紫女一人は宮中の華麗さに溶け込むことができず、独詠を綴る。

　年くれてわが世ふけゆく風の音に心のうちのすさまじきかな

とぞひとりごたれし。

夜が更けることと、わが世がふけてゆくことを懸けているもので、ただ独り「すさまじ」という強い現実否定の心情を吐露している。やはり、紫女は強烈に老を意識した状況にあり、三十一歳とすれば、物語上の朝顔の君の年齢と重なってくる。源氏と朝顔の斎院のように三十歳台での結婚は、当時の通念としての御子をもうけて夫婦生活を営むような意識とはとうてい考えられまい。朝顔の君は結婚という形式での光源氏との結び付きではなく、光源氏の栄華を支える聖なる女君としての存在を保持して、明石の姫君入内までの後見として重要な役割を果たしていくのである。

(四) むすびに

薄雲の巻で語られた、天変地異の発生した中での桐壺帝時代以来の主要人物の薨去、殊に藤壺女院の崩御による空白後を如何にして光源氏は自らの権力体制を整備していくか、厳しい状況下にあった。そうした中で「后がね」の一人娘明石の姫君を養育していかねばならない。六条院の女主人・紫のゆかりたる紫の上の存在だけでは絶対的権勢とは成り得ない。后となった女君を改めて源氏の妻とすることは不可能である。后達を除けば、王朝における最高の聖女は、帝の御杖代であった伊勢の斎宮か賀茂の斎院である。(19) 斎宮は入内して冷泉帝后となっている。残るは桃園式部卿宮の愛娘、朝顔の斎院の存在に収斂《しゅうれん》してくる。ただすでに朝顔の斎院は〝さだ過ぎ〟た中年の聖なる女君であった。一方で紫の上は賀茂の信仰圏であり、賀茂の神の降臨する地、北山から登場し、葵祭において都社会にデビューし、藤裏葉巻において賀茂の御生《みあ》れにもただ一人参詣している。(20) 朝顔の斎院に対する紫の上の嫉妬は、妻の座を懸けた才色の競争といったものではない。賀茂の神に関わる同質性にあり、しかも御杖代として賀茂の神を奉斎してきた最も神聖な女君であることに起因していると見なしたい。朝顔の君は源氏と結婚はしない女君であっても、入内するまでの明石の姫君を支えていく。それに応ずるかのように朝顔の巻の後部、紫の上を前にした雪の夜の女性評においても、最も重要な女君として据えられる。

前斎院の御心ばへは、またさまことにぞみゆる。さうざうしきに、何とはなくともきこえあはせ、我も心づかひせらるべきあたり、ただこの一ところや、世に残りたまへらむ

現在生存している女君として、「前斎院」たる朝顔の君の存在には格別な「ただこの一ところ」なのであることが、光源氏自らの真言として語られる。明石の姫の入内を間近にした薫物合わせでは、六条院の女君以上に朝顔の「前斎院」が重い役割を担っている。まず、源氏からも依頼をしていた朝顔の女君から優美に整えた薫物と三十一文字が届けられる。合わせた黒方《くろぼう》も奥ゆかしい香が漂う。入内に持参する草子・名筆の中にも朝顔の女君の「御手」を加えている。藤壺亡き後の「一ところ」として、朝顔の前斎院の存在意義は光源氏の皇権達成を支える聖女性にある、と理解している。

注

（1）源氏と朝顔との交情に関する積極的見解として鈴木日出男論稿「朝顔の姫君の朝顔」（『むらさき』二〇、昭五八）、「朝顔・夕顔」（『源氏物語歳時記』筑摩書房、平一）、「藤壺から紫の上へ」（『源氏物語虚構論』東京大学出版会、平一五）などがある。

（2）秋山虔論稿「紫の上の変貌」（『源氏物語の世界』東京大学出版会、昭三九）、森藤侃子論稿「槿巻の構想」など（『源氏物語――女たちの宿世』桜楓社、昭五九）、藤本勝義論稿「源氏物語『朝顔』巻論――回想と喪失の構造――」（『源氏物語の探求』第十一輯、風間書房、昭六一）などに指摘されている。

（3）「朝顔の巻の読みと『視点』」（『源氏物語の人物と表現――その両義的展開』翰林書房、平一五）による。

（4）「源氏物語における老者――女五の宮を中心に」（『源氏物語と老い』笠間書院、平七）による。

（5）赤迫照子論稿「『宮』と呼ばれる朝顔の斎院――女王の『宮』呼称が意味するもの――」（『古代中世国文学一四』広島平安文学研究会、平一一）によると、朝顔の君の場合は藤壺宮に重ねることなど三点を指摘する。

（6）朝顔の準拠として選子内親王を推定している論としては森本茂論稿「朝顔斎院」（『論究日本文学』一七号、昭三七）がある。松井健児論稿「朝顔の斎院」（『源氏物語講座2』勉誠社、平三）では、歴代斎院の文化的資質の高さを指摘する。

（7）「桃園」（南波浩編『王朝物語とその周辺』笠間書院、昭五七）による。

(8)「朝顔の姫君」(『別冊国文学・源氏物語必携II』昭五七・二)による。
(9)「朝顔の斎院」(注6参照)による。
(10)拙稿「雲林院と紫野斎院」(『源氏物語の地理』思文閣出版、平一一)による。本著では第一章「三」に改題・補筆版を掲載している。
(11)京都府京都文化博物館の鈴木忠司を中心に調査研究報告書『雲林院跡』(京都文化博物館、平一四)がまとめられている。
(12)拙稿「源氏物語などに見る節供――桃と菖蒲の祓――」(『源氏物語　宮廷行事の展開』おうふう、平三)による。
(13)注3で掲げた原岡文子論稿に触れられている。
(14)注4で掲げた永井和子論稿による主張である。
(15)拙稿「賀茂神の信仰――『源氏物語』との関連を軸として――」(注12の拙著所収)に源典侍の聖性について触れている。
(16)拙稿「藤裏葉にみる賀茂神の信仰」の「II紫の上と賀茂神」(注12の拙著所収)で触れている。
(17)拙稿「朝顔の周辺と斎院御禊のこと」(注12の拙著所収)の「『さだすぎ』た女君としての朝顔」の章において、朝顔の女君の年齢を三十一歳くらいと推定している。年立における源氏自身の年齢は三十二歳である。
(18)与謝野晶子論稿「紫式部新考」(『太陽』昭和三年二月号所収)、山中裕著作『平安時代の女流作家』(至文堂、昭三七)を参照のこと。

（19）小嶋菜温子論稿「神歌のちから」（『源氏物語批評』有精堂、平七）において朝顔の聖性について神楽との関連で論じている。

（20）拙稿「紫上と朝顔斎院――賀茂神に関わる聖女として――」（注12の拙著所収）。

五　光源氏物語の総括——幻の巻における賀茂祭

㈠　はじめに

源氏物語四十一帖幻の巻はいわゆる光源氏の最晩年となる一年を語る物語である。初春から年の瀬まで光源氏は、縁《ゆかり》の人々としみじみ心を通わしている。その心情の高まりを和歌の贈答で交わし、一方で心奥から吐露される独詠歌に表出されている。正に野村精一論稿で指摘する、「うた日記」(1)という表現形式で物語は進行する。小町谷照彦論稿(2)では幻の巻における春の叙述について和歌の伝統に基づいた「抒情的な季節感」とともに、「人間の心情に裏付けられた内的時間」と見ている。夏から冬にかけての叙述については「月次《つきなみ》の屛風歌」の如く季節の風物の目盛りに従って展開することを指摘なさっている。夏に入って、更衣・賀茂の祭・五月雨・花橘の月影・山ほととぎす・池の蓮・ひぐらし・蛍といった風趣ある対象を掲げる。秋は「七夕」・八月朔日「斎《いもひ》」の曼荼羅《まんだら》供養・重陽《ちょうよう》の「菊の着せ綿」と続く。冬になり神無月の雲居の雁・五節《ごせち》・御仏名《おぶつみょう》・追儺《ついな》を書き綴り、正月の贈り物を用意している。ここに光源氏物語世界は完結しているのである。

確かに和歌伝統に培われた十二ヵ月の年中行事や美的風景を見事に描写している。その日記的展開の中で亡き最愛の紫の上をはじめ、残された入道の宮（女三の宮）・今上帝の后として光源氏の栄華の頂点に据えられた明石の中宮の母である明石の女君・夕霧や玉鬘の養育に携わった母代の花散里・そして男君としては源氏の後事を支える嫡男の夕霧・紫の上から殊に愛情を受けて育った明石中宮腹第三皇子の匂宮が主要な活躍人物として配されている。日記の重要な役割として、文学性というより宮中行事や公事の記録性ということがある。世俗一般生活での歳時記と異質の宮中に関わる聖空間や、皇統に連なるが故の祭政的公事が混在している。殊に卯月中酉日を中心とする賀茂祭は皇城地主神の祭祀である。天皇の神聖さを保持し秘事性も内包する新嘗祭《にいなめさい》も重々しい行事で、殊に豊明節会《とよのあかりのせちえ》における五節の舞は宮中行事としての典雅な女舞でもある。御仏名も清涼殿で前世・現世・来世の三世における諸々の仏の名を唱え、その年の罪業を懺悔し滅罪するという宮中の法会である。幻の巻の日記的文体には、こうした祭政を重視する宮中社会体制下での思想・信仰が内在しているものと思われる。光源氏は六条院と称される准太上天皇として、宮中社会の頂点に到達した存在である。光源氏の人生における終焉を迎えるにあたり、物語主人公としての超人性を示現する様相と、准太上天皇としての祭政上の役割を注視してみる。本稿では平安京地主神の祭祀として宮中から篤い崇敬を受けている賀茂祭の表現を考察する。

㈡　かざしの葵と恋愛譚

光源氏は故紫の上の侍女、中将の君を召人としている。この中将の君との交流で葵祭の日の表現が進行する。都人の華やいだ風情を思い、他の女房達にも見物を奨めている。中将の君は紫の上が先立った今、その形代としての役割を有している。うたた寝をしている中将の君は濃い鈍色《にびいろ》の袿《うちき》に黒い表着を襲《かさ》ねており、まだ紫の上の服喪の装いとなっている。正妻葵の上亡き後の光源氏を支え、若紫から紫の上に成長する過程での最も信頼を得た女房である。光源氏にとって最愛の女君で、物語のヒロイン紫の上の鎮魂・哀悼を意識した巻頭の春の描写が展開している。亡き紫の上を偲びつつ、しだいに中将の君がごく限られた語り相手となっている。

中将の君とてさぶらふは、まだ小さくより見たまひ馴れにしを、いと忍びつつ見たまひ過ぐさずやありけむ、いとかたはらいたきことに思ひて馴れもきこえざりけるを、かく亡せたまひて後は、その方にはあらず、人よりことにらうたきものに心とどめ思したりしものをと思し出づるにつけて、かの御形見の筋をぞあはれと思したる。

中将の君は女童のころから源氏の傍で馴れ親しんだ女房で、紫の上亡き後は形見として心を懸けている。

紫の上の物語における初登場は北山である。北山は賀茂の神の御生《みあ》れの聖地である。また紫の上が宮中社会にその美麗な姿を披露するのは、賀茂祭の見物で光源氏と同車という華々しい趣向によるものである。賀茂の神の御生れにおいて紫の上が詣でるのは光源氏の唯一の后がね、明石の姫の入内がかなうに際してのことである。こうした紫の上と賀茂信仰との連関は後述することにするが、その視点で幻の巻における賀茂祭の描写を読み解かねばならない。単に夏の風物詩的な表現に留まるものではない。賀茂祭に挿頭《かざ》される葵は、賀茂の神禄として勅使に贈られる神聖な祭具である。

葵をかたはらに置きたりける云々

という葵は、特別に神聖な祭具と見なすべきである。光源氏の二条院あるいは六条院の庭や前栽からでも摘んできて、室内に据え置くという植物ではない。賀茂御祖神社《かものみおや》（以後下鴨神社とする）の御生れにおいても、その行粧《ぎょうしょう》で高坏《たかつき》に載せた葵桂《あおいかつら》が御神宝として神前に供されている（図1）。神宝類を配した写真で示されるように、北山の一山御蔭山《みかげやま》で神を降臨させる「御生木《みしょうぼく》」とともに最も重要な扱いを受けている（図1）。

図１　賀茂御祖神社御蔭祭神宝として高坏に載せた葵桂・御生木

　また賀茂祭における社頭の儀において勅使に捧げる神禄や、祭に関わる人々の冠に挿頭す葵の使用法を記録する文書（図2）も伝えられている。応仁の乱で途絶える賀茂祭を元禄期に再興する際に用いた文書類も、いわゆる下鴨神社の有力社家である鴨脚《いちょう》家に伝承されている(3)。葵は草であり萎れ易い。それで葉の形状が似ている木である、桂の枝を用いる。それ故葵桂と並記される。葵祭とはいうものの、挿頭《かざし》としての実態は、保存の効く桂の枝なのである。

　賀茂別雷《かものわけいかづち》神社（通称上賀茂神社）で使用する葵は貴船の山中深く、十数ヵ所から七千五百本を採集するという(4)。葵は環境の変化で生育場所が変わるので見つけにくく、山の斜面や谷間など足場の悪い湿地に生えるものと言う。その採集場所である貴船山中は賀茂神社に関わる神域で、直射日光が当たらないようにして貴船川の水につけて祭まで保存していると記している。宮中の葵桂はこうしたものが行粧用に届けられるのである。幻の巻に描写される中将の

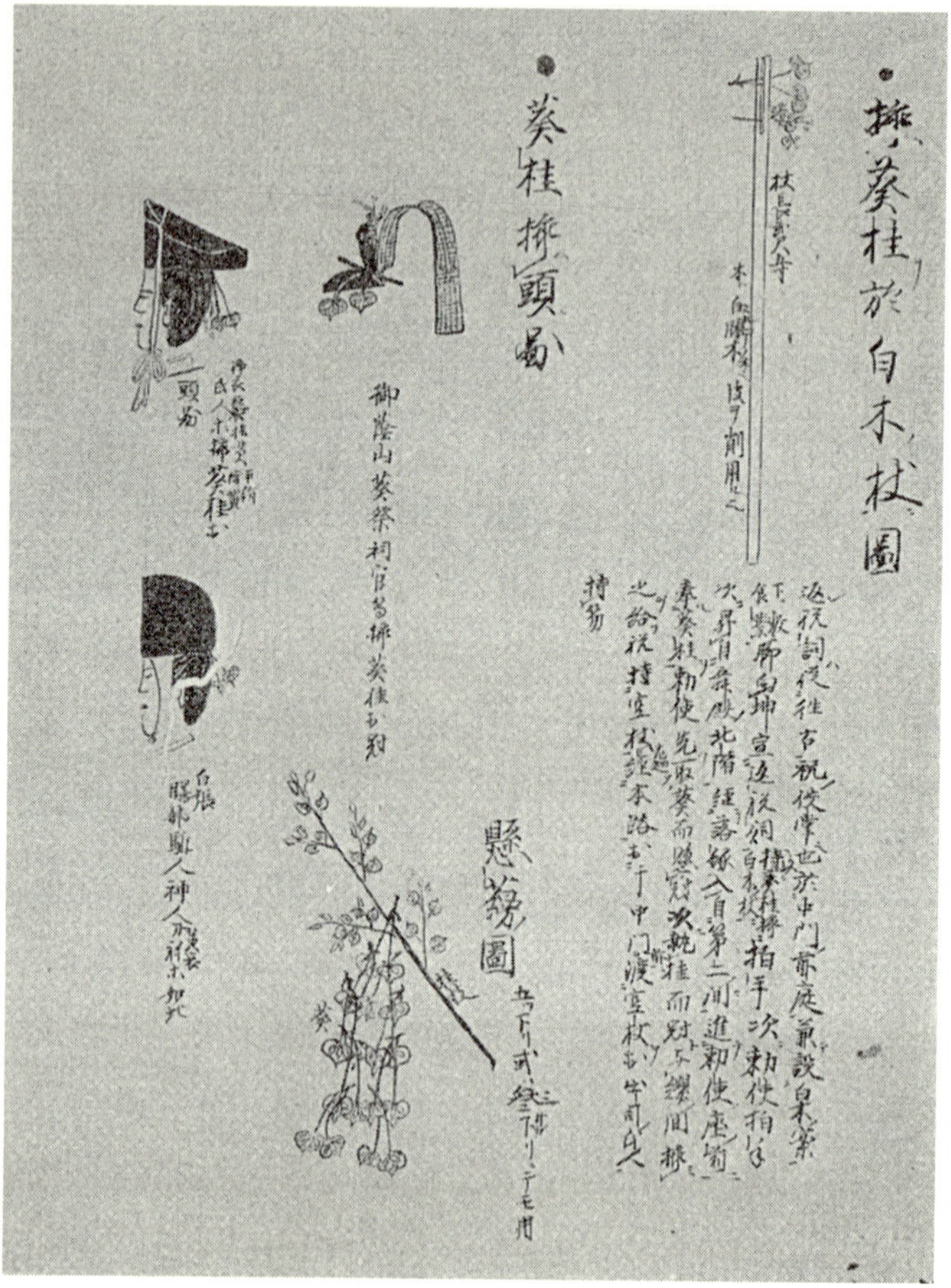

図2　賀茂御祖神社の賀茂祭神禄と葵桂の挿頭の図

君の傍で目にする「葵」もそうした神聖な祭具と同じ対象と見做すべきである。単なる夏の歳時記や風物詩に留まるものではない。

㈢ 光源氏物語としての賀茂の神

王朝絵巻ということで今日も都大路で勅使・斎王代ら一行の行粧が衆目を集めている。平安朝文学を飾る最も華麗な宮中行事にもなっている。光源氏物語における賀茂の神の関わりはそうした歳時記的な面のみではない。月次《つきなみ》屏風とか四季の美という和歌的趣向が強調されることに加え、日記のもう一面の役割である宮中の出来事・行事の記録性が注視されてよい。

光源氏は賀茂祭の当日、都大路での「見物」に思いを起こす。葵の巻における光源氏と若紫との同車による出《いだ》し車《ぐるま》は、一条大路で華美に装った貴族達の目をも奪う趣向であった。光源氏はいつもより以上に美しい御髪の若紫を見て、整髪を思いつく。見物のための晴れ姿を整えるというのが一般的な読み方であろうが、本稿では若紫が十四歳という年齢に注目する。身分の高い出自を有する女君が結婚する年齢でもある。この女君については成女式に当たる裳着やそれに伴う婚姻儀礼という描写がない。若紫はこの時点で肉親との交流が少ない。光源氏が養い親であり恋人という関係が成り立っている。葵祭の慣習・信仰として「逢《あ》ふ日《ひ》」でイメージされる男女間の出逢い、その最高の展開が結婚ということになる。車争いから発した生霊事件で正妻葵の上を失うことになる一方で、紫の上が結婚にふさわしい年齢に到達している。賀茂祭に際しての紫の上の御髪削《みぐしけず》りと、物語において他に例のない「暦《こよみ》の博士《はかせ》」をお召しになっての畏まった日時の吉凶占いは、紫の上の晴れの舞台を思い懐かせる。御髪削りを終えた場面でも、やはり稀有な仰仰しさを指摘できる。

（前略）削《そ》ぎはてて、「千尋《ちひろ》」と祝ひきこえたまふを、少納言、あはれにかたじけなしと見奉る。

御髪を削いだだけで、光源氏は紫の上との間柄を「千尋」即ち永遠という意の言説で祝い、この言説を歌い込めた贈答歌がいわば祝言のような響きを感受させている。

さらに祭の「見物」に出かけた一条大路では、例の源典侍《げんのないしのすけ》の文が届く。

よろしき女車のいたう乗りこぼれたるより、扇をさし出でて人を招き寄せて、「ここにやは立たせたまはぬ。所避りきこえむ」と聞こえたり。いかなるすき者ならむと思されて、所もげによきわたりなれば、ひき寄せさせたまひて、「いかで得たまへる所ぞとねたきになん」とのたまへば、よしある扇の端《つま》を折りて、

「はかなしや人のかざせるあふひゆゑ神のゆるしの今日を待ちける

注連《しめ》の内《うち》には」とある手を思し出づれば、かの典侍なりけり。（下略）

女車から男心を誘うような、扇の端に書き留めた文が届く。その中の三十一文字に賀茂祭の主要な言説である「葵」と「挿頭」すが折り込まれている。贈り主は「すき者」源典侍であった。源典侍は単にすさまじきものにとらえられている、好色な老女としての位置付けのみではない。典侍として賀茂祭においても重要な役割を果たしている、と見なすべきである。皇祖神天照大神の御神鏡を納める内侍所の聖なる女官の、実質頂点に立つべき存在なのである。藤裏葉の巻において紫の上の賀茂参詣の際の祭でも、斎院女人列の中には惟光《これみつ》の女が「藤典侍」として供奉しているのである。そうした典侍は「葵」に懸けた「逢ふ日」ということで光源氏に対する恋愛の情を告白していると見なす一方で、同車している光源氏と紫の上の関係を確認する役割を担っているものと考えたい。「はかなしや」で始まる和歌の後に添えられた「注連の内には」は、光源氏の妻となるであろう紫の上を認めている言説である。「葵」を「挿頭し」ている光源氏と紫の上の空間、それが賀茂の神が認める「注連」縄で囲まれた神聖な賀茂の神域であり、そこに立ち入ることはできないと宣言している言説である。

光源氏と紫の上の関係を恨めしく思いつつ二人の「注連の内には」立ち入ることは断念して、むしろ前途を祝福している感さえある。源氏の答歌、

かざしける心ぞあだに思ほゆる八十氏人になべてあふひを

においても、「挿頭し」「あふひ」の言説を詠むことに変わりはない。源典侍は口惜しさから歌争いを挑んでいる。

くやしくもかざしけるかな名のみして人だのめなる草葉ばかりを

においても、「挿頭し」や「名」「草葉」ということで、葵を挿頭にして恋しい方に逢う日であることを示している。幻の巻でもこうした言説を軸として物語が進行する。源氏は傍らに置かれた葵を見て、「この名こそ忘れにけれ」と告げる。最愛の紫の上を失い、最晩年を迎えている源氏は、人物像の最大の性格である〝色好み〟の特質を失ってきている。紫の上の「形見」である中将の君は源氏の現状を踏まえた歌を詠む。

さもこそはよるべの水に水草《みくさ》ゐめけふのかざしよ名さへ忘るる

源氏は出家をも視野に入れた中で、精一杯賀茂祭への心情を吐露する。

おほかたは思ひ捨ててし世なれどもあふひはなほやつみをかすべき

葵を見ると恋心が募るという心情を、中将の君に詠みかけている。

賢木の巻において父桐壺院に先立たれ、右大臣・弘徽殿大后側の専横下にあり身近な有力者もいない。雲林院に参籠した際に、紫野斎院で帝の御杖代として賀茂の神に仕える朝顔の斎院に三十一文字を贈る。秋の季節故に葵が詠み込まれることはなく、斎院の聖装である「木綿襷《ゆうだすき》」が注目される言説である。使用している料紙の色は「浅緑」で、初夏の彩りを示現していると思われる。朝顔の巻に至るまで朝顔の君に対する求婚は続く。年齢の上では光源氏と同年に近く、中年にも至っており、賀茂斎院としての物語上の役割が人物設定に関わっているものと考えている(5)。平安京地主神である賀茂の神に仕える、女君としては最も神聖な御禊を行う聖女も恋愛譚は禁忌なはずである。

さらに賀茂の信仰・祭祀と「逢ふ日」という言説が関わる〝色好み〟の物語は若菜下の巻に引き継がれる。光源氏の許に正妻として降嫁した朱雀院女三の宮と、衛門督柏木との密通事件が仕組まれる。賀茂祭に先立った斎院御禊の前日の出来事である。

四月十余日ばかりのことなり。御禊、明日とて、斎院に奉りたまふ女房十二人、ことに上臈にはあらぬ若き人童《わらは》べなど、おのがじし物縫ひ化粧などしつつ、物見むと思ひまうくるも、とりどりに暇《いとま》なげにて、御前の方しめやかにて、人しげからぬをりなりけり。近くさぶらふ按《あ》察《ぜち》の君も、時々通ふ源中将せめて呼び出ださせければ、下《お》りたる間《ま》に、ただ、この侍従《じじゅう》ばかり近くはさぶらふなりけり。よきをりと思ひて、やをら御帳《みちやう》の東面《ひむがしおもて》の御座《おまし》の端に据ゑつ。さまでもあるべきことなりやは。

宮は、何心もなく大殿籠《おほとのごも》りけるを、近く男のけはひのすれば、院のおはすると思したるに、うちかしこまりたる気色《けしき》見せて、床《ゆか》の下《しも》に抱《いだ》きおろしたてまつるに、物におそはるるかと、せめて見開《あ》けたまへれば、あらぬ人なりけり。あやしく聞きも知らぬことどもをぞ聞こゆるや。あさましくむくつけくなりて、人召せど、近くもさぶらはねば、聞きつけて参るもなし。わななきたまふさま、水のやうに汗も流れて、ものもおぼえたまはぬ気色、いとあはれにらうたげなり。

傍線部を含めて斎院御禊の見物《みもの》の準備で大わらわで、六条院春の町の女三の宮の周辺は人目が少ない。そこで宮の御帳台《みちょうだい》の東面の御座所の隅に柏木を潜ませている。最高の高貴性を有する内親王の密通場面で、人々がこの御禊に集中する空白に起きるのである。光源氏がヒロイン紫の上の看病で、二条院に閉じ籠らざるを得ない緊急事態にある間隙での悲劇でもあった。幼さが残るほどの若さに加え、稀有の高貴さ故に教導できる資格の人物は光源氏しかいない。父帝である朱雀院すら末宮として溺愛してやまない姫君であり、その朱雀院も、すでに出家の身として世俗を離れた身の上であった。歳時記というより、平安京地主神の祭を前にした帝の御杖代《みつえしろ》としての斎院御禊は華やかな女人列の行粧でもあり、女房達の羨望の的であった。源氏という重石の不在もあり、小侍従以外の有力な女房達も全員見物に出かけてしまっている。

賀茂の祭祀・信仰のシンボルともなっている「葵」、そして懸詞の「逢ふ日」から展開される男女の出逢い、いわゆる恋愛譚が形成される。最高の貴種である女三の宮には苛酷な悲劇が設定される。この斎院御禊においては、すでに葵の巻で特別の宣旨で供奉している光源氏の晴れ姿を仰ぎに参じた六条御息所と葵の上の車争いという、有名な場面が設定されている。光源氏にとっては前東宮妃という貴公子達の憧れの的であり、義理の叔母にも当たる貴婦人。もう御一方は、左大臣と降嫁した大宮との一人娘という深窓の姫君の組み合わせであった。この斎院御禊の有様は須磨の巻に引き継がれる。特別の光源氏の供奉に付き従った、伊予介の子右近将監《うこんのじょう》は殿上人としての日給簡《ふだ》も削られて、須磨下向に伴うことを決意し、「賀茂の下の御社」即ち賀茂御祖神社に都への離別の情を詠みかける。

ひき連れて葵かざししそのかみを思へばつらし賀茂の瑞垣《みづがき》

やはり賀茂の祭祀のシンボルとなる「葵」そして「挿頭し」を詠み込んで、平安京地主神を祀る下鴨神社に別れを告げている。心奥には帰京への希求も込められている。

(四) 光源氏物語と賀茂の祭祀・信仰

幻の巻において、日記的文体の夏の「御更衣」に続いて、賀茂祭の描写に入る。

祭の日、いとつれづれにて、「今日は物見るとて、人々心地よげならむかし」とて、御社のありさまなど思しやる。「女房などいかにさうざうしからむ。里に忍びて出でて見よかし」などのたまふ。（下略）

すでに前項において、月次屏風とか歳時記的表現などの和歌的趣向を読みとることに加えて、日記の役割としての宮中行事や公事の記録性ということを指摘している。賀茂祭は宮中にとって平安京の地主神に対する、帝の御杖代である賀茂の斎院や勅使による御礼の参詣が加わった祭祀である。(6) 源氏は女房達に祭見物を奨める。自身は賀茂御祖神社の聖域に思いを馳せている。須磨下向の折は、平安京の社寺で唯一この御社に頭を垂れている。

君も御馬より下りたまひて、御社の方拝みたまふ。神に罷《まか》り申ししたまふ。
うき世をば今ぞ別るるとどまらむ名をばただすの神にまかせて

この「御社」は「ただす(糺)の神」と称されることから、平安京地主神の鎮まる賀茂御祖神社のことである。光源氏は都に留まることはできない。弘徽殿大后・右大臣側の攻勢が、東宮である冷泉帝に及ぶようなことはあってはならない。平安京地主神である賀茂の神は糺の森の聖地にあり、その「糺」の言説通りに光源氏は自らの真実を直訴している。わざわざ馬から下りて「拝」している。この「拝」は賀茂祭に際して上下両賀茂神社の社頭の儀において、勅使が帝の宣命《せんみょう》を代読する場合の「跪拝《きはい》」をしているのであろう。平安京地主神である賀茂の神に対して、最高の敬意を表現しているのである。幻の巻における祭の描写の中でも、「御社のありさまなど思しやる」の詞章には、須磨流離という苦難に耐えて准太上天皇にまで昇りつめることができた、光源氏自身の一生への謝辞が込められている。傍らにある「葵」も庭に植えてあるような草花と同等ではない。賀茂の神が祭の勅使に贈る神禄としての「葵」を見てとるべきであろう。賀茂の神の神意は、祭において勅使が奉納する帝の宣命に対する神の託宣に表出されている。神宣は「返祝詞《かえしのりと》」と称されており、賀茂祭社頭の儀における神禄の「葵」とこの「返祝詞」が平安京地主神として賀茂の神の最高の役割である。賀茂祭の構成は四部から成っている。

①斎院御禊の儀（賀茂の御手洗《みたらし》で浄める）
②賀茂の御生れ（上賀茂神社は神山《こうやま》・下鴨神社は御蔭山《みかげやま》）
③賀茂祭路頭の儀と上下両神社における社頭の儀
④祭の還《かえ》さ（斎院が上賀茂神社から紫野に帰る）

③の賀茂祭社頭の儀が、宮中との関係で最も主要な祭祀である。都大路の華麗な行粧は宮中から一条大路を進み下鴨神社に向かい、神事を終えた後、賀茂川に沿うて上賀茂神社に辿り着く。その行粧が最も一般的で、王朝人の関心を誘う部分である。

宮中との関わりで最も重要な祭祀である社頭の儀において、宮中からの幣物・走馬・東遊びが納められ、その答礼として賀茂の神が「挿頭」としての「葵」、神託としての「返祝詞」を勅使に授ける。「四」で触れた鴨脚家文書の『御祭記』に「返祝詞」(7)が収められている。神託は第二章「三」論稿「源氏物語の女君とイツキヒメ――大斎院選子内親王と源氏物語への連関」の二九四〜二九六ページを参照してほしい。天皇・朝廷に及ぶ悪事は退散させることや、長命であること、宣命で希望することを叶えることを約束している。さらに「葵」の「挿頭」を贈ることが神託として伝えられている。光源氏としても、須磨流離に際して平安京地主神の賀茂の神を拝し、「糺の森」へ我が身の正当性を誓い、平安京から退出する挨拶を告げている。光源氏という主人公の神話的・伝奇的性格が物語られている。

光源氏の周辺の女君に目を転じても、紫の上や朝顔の斎院については殊に顕著な賀茂の神との連関が注視されてよい。紫の上が物語世界へ登場する地として、北山が設定される意味も探らねばならない。単に山間の仏教的空間であれば、北山に限らず、東山、嵯峨野を中心とした西山、そして南の宇治の周辺と平安京の四周すべてが当てはまることになる。源氏物語の空間は単一思考で帰結するような表現方法を採ってはいない。しかし北山全体が賀茂川の水源となる空間である。賀茂信仰との深い関わりのある空間で、注6で提示した拙稿などでも考察している。ともかくも紫の上は北山から始発している。鞍馬・貴船にしても、日吉大社の鎮まる比叡山にしても、密接な賀茂の神の信仰圏である。成女式に当たる裳着を行う年齢において紫の上は「暦の博士」を召して御髪を整えて、葵祭で賑わう一条大路において同車という派手な趣向で御披露目される。宮中からの勅使の行粧に奉仕する典侍である源典侍が、光源氏と紫の上の出し車に強い関心を懐いている。いわば新たな主人公の門出を目立たせるのに好都合な役割を果たしている。さらに光源氏にとって后がねの姫君である明石の姫君の入内がかなう藤裏葉の巻において、姫君の養母として紫の上が賀茂の御生れに詣で、賀茂祭を見物している。これは光源氏物語の栄華達成という定点における、平安京地主神としての賀茂の神への光源氏の御礼参りという物語展開と理解できよう。本稿(二)でも触れたように光源氏物語の最晩年を描く幻の巻においても、紫の上の「形見」である中将の君との三十一文字による贈答によって、光源氏の生涯の仕上げを組み立てている。

朝顔の君は光源氏が斎院御禊に供奉するという稀有の宮中行事を桟敷で見ている。父式部卿宮も神に魅入られるような源氏の晴れ姿への驚歎の詞があり、朝顔自身は六条御息所の生き様を強く気にしている。賢木の巻において新斎院に立った。帝の御杖代として平安京地主神の賀茂の神に奉仕する聖女となったわけである。光源氏が雲林院に参籠した折に、大宮大路北延長路に位置する紫野斎院とも近いので、和歌の贈答が行われる。「葵」が「逢ふ日」に重なることから生ずるこの出逢いが事件となり、源氏須磨流離に際しての右大臣側の表向きの言いがかりとされる。朝顔の巻においても桃園宮邸に移り住み、光源氏との和歌の贈答が世間の噂となる。本稿では斎院という帝の御杖代としての聖女性を重く考えている。朝顔の巻における朝顔の君は、自ら「さだ過ぎ」という言説で語るように、結婚適齢期をかなり過ぎたすでに中年といえる年齢で、三十二歳の光源氏とあまり差がないはずである。それでも光源氏が朝顔の斎院を妻にと懇望する理由は他に求めなくてはならない。[8] 注5で注記した拙稿や本章「四」でも論じているが、光源氏は権力体制確立の切札とも言える、一人娘明石の姫君の入内を実現しなくてはならない。藤壺女院には薄雲の巻で先立たれている。紫の上を正妻とするには貴族体制で欠くことのできない、肉親の後見が欠けている。梅枝の巻で設定される六条院体制挙げての薫物合わせや名筆の収集における女君達の貢献度は目を見張るものがある。藤壺女院より早く六条御息所も故人であり、朧月夜は朱雀院の傍にあり、斎宮であった秋好中宮は冷泉後宮に入内している。例えば故藤壺女院に代わる貴い女君として、平安京地主神の賀茂の神に対する帝の御杖代としての資格を保持する、朝顔の存在が不可欠であった。このように光源氏をめぐる終幕の物語の展開に至るまで、平安京地主神として最高格の神聖さを有していた賀茂の神の祭祀や信仰が、奥深く軌跡を留めているものと思われる。

注

(1) 野村精一論稿では文体論的視点から幻の巻におけるうたとかな散文との連関を指摘して、「うた日記」と評している。『源氏物語文体論序説』所収論文「源氏物語の文体批評――第二部の問題――」による。

(2) 小町谷照彦論稿「『幻』の方法についての試論」(『源氏物語の歌ことば表現』東京大学出版会所収)による。同人編著の『御法・幻』至文堂所収論文「紫の上追悼歌群の構造――時間表現をめぐって――」において、それぞれの和歌的風趣対象について和歌からの分析をさらに詳細に究明している。

(3) 旧鴨脚家所蔵の文書『御祭記』に収められている。拙著『源氏物語を軸とした王朝文学世界の研究』第四章「文献資料――賀茂御祖神社関係新資料――」(桜楓社)に写真版を掲載している。

(4) 『葵祭』(大阪書籍発行)という冊子で「賀茂葵(二葉葵)を採り続けて二十年」という記事が掲載されている。

（5）朝顔の人物像については紫の上の存在との関わりや、朝方の顔としての官能的な解釈が、原岡文子論稿「朝顔の巻の読みと『視点』」『源氏物語　両義の糸』（有精堂）、越野優子論稿「喩としての朝顔」『中古文学』（平成九年五月）などでなされる。拙稿としては賀茂の斎院としての聖女性の面も考慮して、結婚忌避や明石姫君の入内に際しての後見のことを論じている『源氏物語宮廷行事の展開』所収「朝顔の周辺と斎院御禊のこと」（おうふう）がある。

（6）拙稿「源氏物語と皇城地主神降臨の聖空間――紫の上・朝顔の斎院そして光源氏の聖性の基底――」『源氏物語　重層する歴史の諸相』（竹林舎）所収（本著では第二章「一」に所収）において賀茂祭を前にした北山における賀茂の御生れ、即ち賀茂の祭神の降臨について考察している。殊に源氏物語の藤裏葉の巻でこの祭礼に紫の上が参詣している。賀茂別雷命の御生れであることから一般的には上賀茂神社を想定するのであるが、『小右記』などの古記録や歌集において、すでに平安朝の時点で下鴨神社が独自に祭祀を執行している。いわゆる今日の御蔭祭である。源氏物語の賀茂の御生れはこの下鴨神社への参詣と見なすことを主張している。若紫の巻における北山論とも連関してくる視点である。

（7）注3と同書。

（8）秋山虔論稿「紫上の変貌」『源氏物語の世界』（東京大学出版会）所収において、朝顔の斎院は六条御息所・朧月夜と同様に光源氏の正室になれないように操作されていることを指摘している。

むすび

二〇〇八年の源氏物語千年紀を経て、源氏物語の研究史は百花繚乱と表現するにふさわしい活況を呈した。有力な博物館や美術館を含めて様々の催し・展示が企画された。今日においてもその余韻が続き、広がりを見せている。

海外からの研究方法を移入することにより、テクスト・ジェンダー・身体・サブカルチャーなどの言説を注視して新しい理解を見出してもいる。また東アジア文化圏としての比較文化研究や、欧米を巻き込んだ研究も進行している。

ただ千年を遡る時代・社会・文化・生活・風習・信仰といった実態や情況については、そうした一時の思考で解明できる内容ではない。世界史的にも画期的な文芸で、中国に確認できる文芸でもなく、まして欧米の国々も今日の国名で呼ばれている国家は一つも存在しない。平安時代や『源氏物語』の時間や風景は一時の事象で解明できる内容ではない。新たな掘り起こしを待ち、その成果を積み重ねていくテーマであり、研究素材である。

平安京における皇権を中軸とした政治体制では今日にはタブーでもある祭政が行われ、最も華やかな時空を形成している。『源氏物語』で見れば、主人公光源氏は「玉光る男御子」、即ち皇統の皇子として始発し、常人では果たし得ない人生を築きあげる物語ということになる。宮中の祭政の中心的空間である、大内裏の正殿たる大極殿においては、秋好中宮の若かりし日の伊勢斎宮下向の儀式が行われる。内裏の正殿たる紫宸殿においては、花宴の巻の春鶯囀《しゅんのうでん》が舞われる。常の御殿たる清涼殿においては青海波《せいがいは》が舞われる。

天皇制において最大の敬意を払う対象は、皇祖神天照大神を祀る伊勢神宮であり、平安京地主神としての賀茂神社である。前の社には皇統の女君を斎宮と定め、物語では前掲の秋好中宮が務めている。第一章においては皇祖神に対する神遊びの楽、御神楽を注視している。松風の巻において源氏は神を送る曲の「其駒」を演奏している。若菜下の巻においては光源氏の一人娘明石の姫君の第一皇子が立太子した御礼参りとして住吉詣が催され、御神楽と東遊びが奉奏されている。賀茂神社に仕える聖女は朝顔の斎院である。本著では賀茂の祭祀について斎院の御禊・賀茂の御生《みあ》れ・賀茂祭に関するいくつかの拙稿を第二章に収めている。四月中酉日の勅使と斎院の行粧は平安朝の最高に華やかな見物《みもの》として、多くの文学作品にも描かれている。石清水八幡宮も賀茂の神に並ぶような崇敬を得て、北の賀茂に対応して南祭を催す神の宮となっている。一条天皇による石清水行幸の背景を論証してみた。

皇権の重さを担った離宮であり、歌枕の名所であった、嵯峨院名古曽の滝跡、雲林院跡、そして賀茂神社に関わる紫野斎院跡や賀茂糺《ただす》の森の王朝遺跡を、発掘資料や古絵図を用いて考察を試みている。嵯峨院は聖帝の誉れを有する嵯峨上皇が詩宴を開いた離宮である。唐風な神仙思想的風景が詩に詠まれている。歌枕として名高い名古曽の滝周辺が発掘された。すでに公任歌にも荒れてきた風景を偲ばせるが、今日大覚寺が往時の遣り水を復元している。『源氏物語』では松風の巻でこうした風景が活かされている。

雲林院跡も賢木の巻で光源氏が仏教的風景の中に参籠する地である。淳和天皇の離宮で遊猟や詩宴が催されている。後に僧正遍照の寺院にもなり、『古今和歌集』にも詠まれている。池水の中に入り込んだ掘立柱建造物跡が発掘され、船来の白磁片も出土している。さらに雲林院南大門に大宮大路北延長路が辿り着く。この道筋は南に紫野斎院が存在し、北上する先が賀茂別雷神社である。即ち葵祭の還《かえ》さの重要な道筋なのである。雲林院跡の発掘により、祭で牛車を立てた名所を考察し、風流な佇《たたず》まいを有していた紫野斎院を想定している。世界遺産の糺の森に鎮座する賀茂御祖神社においては、重要な御手洗《みたらし》の石川の瀬見の小川や斎宮御所跡が発掘され、一部復元されている。

以上の拙稿を作成するに際しては、文献資料収集や発掘調査地見学において御示教・御厚情に与った方々がおられる。京都市文化財保護課の梶川敏夫氏、京都文化博物館の鈴木忠司氏、近衞家陽明文庫、賀茂御祖神社の新木直人宮司、賀茂別雷神社、石清水八幡宮、鶴岡八幡宮、伏見稲荷大社、大覚寺には御礼を申し添えたい。

末筆になるが、大修館書店部長の岡田耕二氏は何度も拙宅まで来訪し、拙著制作の企画の相談を重ねている。さらに小生の講演にも多忙の中時間を割いて戴いた。具体的に細かな編集作業を進行した尾崎祐介氏にも御礼を申し上げたい。机上の仕事に留まることなく、雲林院跡の実地検証なども行ったそうで、編集姿勢は賞賛に値するものと拝察している。著者としてはさらなる上梓を思案しつつ筆を措くことにしたい。

二〇一〇年三月

沈丁花の薫る砧雨読庵にて

著者

初出一覧

第一章　源氏物語の聖なる風景

一　光源氏の皇権とその風景
「皇権の空間―光源氏物語の風景再現」（『源氏物語と平安京―考古・建築・儀礼』青簡舎、二〇〇八年七月に所収）を改題の上、補筆している。

二　光源氏と嵯峨天皇の風景――嵯峨御堂の「滝殿」
「嵯峨御堂の「滝殿」―光源氏皇権への連関」（『源氏物語へ源氏物語から』笠間書院、二〇〇七年九月に所収）を改題の上、補筆している。

三　光源氏を支える聖空間――雲林院・紫野斎院、そして賀茂の御手洗
「雲林院と紫野斎院」（『源氏物語の地理』思文閣、一九九九年八月に所収）を改題の上、大幅に補筆している。

四　光源氏の皇権と信仰――平安京勅祭の社、賀茂と石清水
「王朝文学と神道史―皇権を軸として―」（『平安文学と隣接諸学2　平安文学と仏教・神道・陰陽道』竹林舎、二〇〇五年三月に所収）を改題の上、補筆している。

五　光源氏の皇権と聖宴――御神楽と東遊び
「光源氏と皇権―聖宴における御神楽と東遊び」（『國語と國文學』八一巻七号に所収）を改題の上、補筆している。

六　光源氏における住吉の聖宴――東遊びと御神楽の資料から

「光源氏における住吉の聖宴―東遊びと御神楽の資料から」（『儀礼文化』第三六号に所収）を補筆している。

第二章　平安京の地主神、賀茂の神と源氏物語

一　賀茂の神降臨の聖なる風景――光源氏の聖性の基底

「源氏物語と皇城地主神降臨の聖空間」（『源氏物語重層する歴史の諸相』竹林舎、二〇〇六年四月に所収）を改題の上、補筆している。

二　賀茂の神の聖婚――「葵《あふひ》」と「逢ふ日」

「源氏物語にみる賀茂神の聖婚「あふひ」考（上）」（『王朝文学史稿』五八号、一九九六年三月に所収）と「源氏物語にみる賀茂神の聖婚「あふひ」考（下）」（『専修国文』五八号、一九九六年一月に所収）を合併した論稿に再構成している。

三　源氏物語の女君とイツキヒメ――大斎院選子内親王と源氏物語への連関

「皇城地主神のイツキヒメとしての斎王―大斎院選子内親王と源氏物語への連関―」（『王朝文学と斎宮・斎院』竹林舎に所収）を改題の上、補筆している。

四　朝顔の斎院と光源氏の皇権

「「さだ過ぎ」た朝顔の斎院―光源氏の皇権との関連―」（『源氏物語の鑑賞と基礎知識　薄雲・朝顔』至文堂、二〇〇四年四月に所収）を改題の上、補筆している。

五　光源氏物語の総括――幻の巻における賀茂祭

「幻の巻における賀茂祭―光源氏物語の総括―」（『國學院雑誌』二〇〇八年一〇月号に所収）を改題の上、補筆している。

■や行

■ら行

■わ行

■ま行

■は行

■た行

■な行

■さ行

■か行

索　　引

[著者紹介]
小山利彦（こやま　としひこ）
博士（文学），専修大学教授。

[主たる編著書]
『源氏物語入門』共著（桜楓社，1975）
『源氏物語を軸とした王朝文学世界の研究』（桜楓社，1979）
『玉鬘・初音』（新典社，1986）
『源氏物語と風土―その文学世界に遊ぶ―』（武蔵野書院，1987）
『カラー版王朝文学選』共編（桜楓社，1988）
『古典を歩く　2　源氏物語』（毎日新聞社，1989）
『源氏物語　宮廷行事の展開』（おうふう，1991）
『カラー版平家・義経記・太平記』共編（おうふう，1995）
『宇都保俊蔭　全』（翰林書房，1999）
『伊勢物語』（翰林書房，1999）
『源氏物語の鑑賞と基礎知識　薄雲・朝顔』（至文堂，2004）

[CD-ROM・DVD-ROM制作]
『CD-ROM　源氏物語　上・下』（富士SSL，1996）
『日本の王朝文化　賀茂祭―平安京の華』（専修大学ネットアーカイブ，2004）
『専修大学図書館所蔵古典籍　散文篇』（専修大学ネットアーカイブ，2004）
『専修大学図書館所蔵古典籍　韻文篇』（専修大学ネットアーカイブ，2005）
『日本の王朝文化　男踏歌―平安京の初春を寿ぐ』（専修大学ネットアーカイブ，2005）
『平安京と源氏物語』（専修大学日本文学文化ネットアーカイブ，2007）
『四天王寺聖霊会と舞楽』（専修大学日本文学文化ネットアーカイブ，2007）

[その他論稿]
枕草子　賀茂の郭公考(上)―風景と習俗を視点に―（『専修国文』第50号）
枕草子　賀茂の郭公考(下)―本文と習俗を軸に―（『専修国文』第52号）
賀茂御祖神社　禰宜里亭・河崎泉亭考―『枕草子』の「賀茂の奥」を探る―（専修大学人文科学年報第24号）
能因法師―都から東国へ―（『国文学解釈と鑑賞』第67巻11号，至文堂）
更級日記考―文学風景への意識を軸に―（『国文学解釈と鑑賞』昭和58年9月号，至文堂）
若紫における北山の時空―角田文衞著「北山の『なにがし寺』を起点に―（『源氏物語と紫式部　研究の軌跡』角川学芸出版）
出羽における義経伝説の断面（『学苑』日本文学紀要　昭和51年1月）
芭蕉俳諧の推敲過程に関しての考察（『日本文学論究』第29冊）

源《げん》氏《じ》物語《ものがたり》と皇権《こうけん》の風景《ふうけい》

NDC913 vi, 378p 20cm

初版第一刷——二〇一〇年五月二〇日

著者——小山利彦《こやまとしひこ》

発行者——鈴木一行
発行所——株式会社大修館書店
〒一〇一-八四六六 東京都千代田区神田錦町三-二四
電話03-3295-6231(販売部)
03-3294-2354(編集部)
振替00190-7-40504
[出版情報] http://www.taishukan.co.jp

装丁者——井之上聖子
印刷——文唱堂印刷
製本——難波製本

ISBN978-4-469-22212-8 Printed in Japan